APOCALYPSE 6-12 :
UN JOUR,
JE TE RETROUVERAI

Coëtquen Editions
BP 95008
35150 Janzé

www.coetquen.fr

ISBN 978-2-84993-326-8

Dépôt légal : 4e trimestre 2018

photo de couverture : © Chris Tefme - Fotolia.com

Avertissement

Ceci est une œuvre de fiction. Bien que les lieux décrits par l'auteur soient réels, les personnages et les situations décrits dans ce livre sont purement imaginaires : toute ressemblance avec des personnages ou des événements existants ou ayant existé ne serait que pure coïncidence.

SANDRA NOËL

APOCALYPSE 6-12 :
UN JOUR, JE TE RETROUVERAI

Coëtquen Editions

Bibliographie

Serial Kloster, Coëtquen Editions, 2015 (mention spéciale polar salon du livre de la Krutenau, Strasbourg 2017)

À mes parents, mes sœurs et toute ma famille
À ma tante Sr. Julitta, *Ruhe in Frieden*
À ma grand-mère Margareth, *Ruhe in Frieden*
À Alexander

En vieillissant, on s'aperçoit que la vengeance est encore la forme la plus sûre de la justice.
Henry Becque

Il faut se méfier de ceux qui parviennent à cacher leurs défauts, ce sont les plus dangereux.
Bono

CHAPITRE 1

Samedi 9 juillet 2016, Augsburg-Göggingen

À Göggingen, quartier calme du sud d'Augsburg, se dressait l'église catholique St. Georg und Michael. Les cloches sonnèrent 16 heures précises. Quelques paroissiens sortaient de l'édifice, encore imprégnés de l'atmosphère paisible du lieu de culte. Son clocher à bulbe le rendait plus imposant, comme tous ceux de la Bavière, particularité s'ajoutant à son architecture baroque.

En face de la bâtisse, le presbytère de la Von-Cobres-Straße. Derrière la maison curiale se trouvait un jardin rempli de plantes aromatiques et médicinales. Une multitude de couleurs embellissait la parcelle fleurie aux parfums enivrants. Le père Anton Rödel, un quadragénaire aux yeux clairs d'une carrure impressionnante, avait aménagé une terrasse à côté du jardin. Il s'y installait souvent en été pour préparer ses offices à l'aide de son dictaphone. L'intérieur du bâtiment regorgeait d'humidité. La moisissure rongeait les recoins des murs en pierre. Pas étonnant pour une bâtisse de plus de cinquante ans. Les pièces sombres ne laissaient guère entrer la lumière, mais l'ecclésiastique s'en moquait, car il n'avait pas besoin de beaucoup de clarté.

Le prêtre paraissait pensif, absent. La chaleur étouffante l'épuisait physiquement et moralement. Assis au creux d'un antique fauteuil dans la pièce qui servait de salon, il faisait face à son téléviseur sans prêter attention au journaliste de ZDF[1]. À ses pieds, un chaton miaulait sans pouvoir attirer son attention. Lorsqu'un tambourinement à la porte le sortit de ses pensées, il se leva brusquement et se hâta vers l'entrée.

— Alors ? J'ai cru que tu allais hésiter à m'ouvrir ! lança un jeune homme brun, de taille moyenne, vêtu d'un survêtement gris clair et d'une capuche qui recouvrait sa tête.

Son regard inquiétant et sa voix rauque de gros fumeur intimidaient toujours le père Rödel lorsqu'il recevait la visite de son mystérieux *« invité »*.

— Mais non ! Tu sais, à mon âge, on ne court plus si vite, tenta-t-il avec humour pour se détendre.

— Qu'est-ce que tu faisais ?

— Je regardais les informations sur ZDF. Quel bon vent t'amène ?

Le jeune homme sourit intérieurement. *« Rien de plus mortel que cette chaîne, idéale pour servir de somnifère »*, se dit-il.

— Je viens récupérer le livre que tu devais me préparer, tu te souviens ?

— Oui, oui, bien sûr !

L'ecclésiastique sentit un frisson l'envahir. Ses mains se refroidirent et son cœur s'accéléra tandis que le jeune ôtait sa capuche.

— Je te sens tendu. Tu as un problème ?

— Non, tout va bien. Je suis un peu fatigué en ce moment. La chaleur m'épuise. J'ai même oublié de nourrir le chat !

— Ah, j'avais pas remarqué que tu avais un chat.

L'invité surprise se baissa pour attraper le félin apeuré qui s'était réfugié sous la table. Le père Rödel n'appréciait guère qu'on manipule son petit protégé par les pattes.

— Oui, il a besoin de beaucoup d'attention… Tout comme toi ! poursuivit le prêtre en baissant les yeux.

Le jeune intrus perçut l'angoisse qui s'emparait de son hôte. Pour le narguer, il serra lentement le cou du chaton. Le père Rödel ne

(1) ZDF = Zweites Deutsches Fernsehen, 2e chaîne de télévision allemande.

supportait pas la maltraitance animale. Son cœur compressa sa poitrine et ses mains devinrent de plus en plus moites.

— Arrête ! supplia-t-il. Il est fragile. Je comprends que tu aies besoin qu'on s'intéresse à toi…

— Exactement. Tu as tout compris. J'ai mes raisons, tu ne trouves pas ?

Si le jeune homme avait eu des revolvers à la place des yeux, le curé serait déjà mort. Il se décida enfin à relâcher le mini félidé, ce qui baissa la tension du religieux. Puis un silence pesant s'installa dans cette atmosphère tendue.

— Oui. Je suis entièrement d'accord, répondit le père Rödel, au bout de quelques instants.

Le jeune visiteur frappa du poing sur la table. Sa patience avait des limites.

— Bon, assez discuté ! Tu me files le bouquin ? s'énerva-t-il.

— Pas de panique, mon petit !

Les mains tremblantes, le père Rödel marcha d'un pas agité jusqu'au secrétaire, duquel il sortit l'ouvrage tant attendu du garçon.

— Bon, tu ne t'es pas planté, j'espère ?

— Non, c'est celui-là. Regarde à l'intérieur ! rétorqua l'ecclésiastique comme pour lui lancer un défi.

— OK, c'est bon ! Je passe la semaine prochaine pour la suite…

— La suite ? Quelle suite ? murmura Anton Rödel, en sortant de sa torpeur.

Lorsque l'individu en capuche quitta le presbytère, le prêtre poussa un soupir de soulagement. Mais des nuages sombres s'accumulaient au-dessus de lui…

***

Samedi 16 juillet 2016, Vatican, 13 heures

À Rome, l'évêque venait de terminer son déjeuner en famille : un repas plus que copieux, un arôme délectable de tiramisu se répandait encore dans la pièce. Après de nombreux mois longs et pénibles, il avait enfin réussi à accorder un peu de son précieux temps à son neveu et à sa nièce, les seuls membres de sa famille avec lesquels il gardait un lien étroit. Les adieux s'étaient avérés difficiles, car il savait que leur prochaine rencontre n'aurait lieu que six mois plus tard. Le religieux frisait les soixante-seize ans et des lunettes ovales recouvraient ses yeux bleus. Pour son âge, sa sveltesse surprenait du haut de son mètre soixante-dix-neuf. Ses cheveux blancs frisés, cachés sous sa calotte, n'avaient pas quitté son cuir chevelu.

D'un seul coup, il se mit à penser à la résolution de l'enquête au couvent de Kirchbach, une affaire terrifiante qui avait secoué tout le Vatican[2]. Une année s'était écoulée depuis l'arrestation du coupable. Sans son agent infiltré, Helmut Falk, le tueur en série du village bavarois poursuivrait toujours son rituel sanglant.

Il profita de cette belle journée estivale pour s'asseoir sur sa terrasse, admirant la vue exceptionnelle : la place Saint-Pierre, avec son architecture baroque, située devant la basilique San Pietro in Vaticano. L'esplanade accueillait de nombreux visiteurs, une foule de touristes faisait la queue pour visiter le pilier principal du Saint-Siège. Impressionnant, mais normal, puisqu'il s'agit du plus important monument religieux pour les catholiques. Un bouquet de sons aigus et joyeux parvenait jusqu'à ses oreilles. L'évêque ferma les yeux et sentit les rayons du soleil lui caresser le visage. Une chaleur si bienfaisante, si bénéfique pour sa santé. Le pontife, malgré cette distraction agréable, ne put s'empêcher de se questionner. Effectivement, une autre affaire menaçait la Sainte Église : un prêtre avait disparu sans laisser de traces. Étrange, venant d'un religieux si proche de ses paroissiens. Tout en savourant son café tiédi, il prit quelques instants pour contacter Helmut Falk, à qui il avait confié la mission. Son agent secret, recruté personnellement par le pontife et récemment formé par le SIV[3], lui serait d'un grand secours. Le meilleur de tous, selon lui.

(2) Voir *Serial Kloster*, Sandra Noël, Coëtquen Editions, 2015.

(3) SIV : Servizio Informazioni del Vaticano est l'organisation des services secrets du Vatican.

Le type parfait pour se mélanger au peuple : un ancien délinquant devenu prêtre et résidant à Augsburg.

— Bonjour Helmut. Ici Monseigneur Hausle. Es-tu arrivé sur les lieux de ta nouvelle mission ?

— Bonjour Monseigneur. Oui, je suis à Augsburg. Je vais me rendre à Göggingen pour me mêler aux paroissiens et tenter d'en apprendre davantage sur cette disparition mystérieuse. Avez-vous d'autres informations sur cette affaire ?

— Non, je n'ai pas vraiment eu le temps de me renseigner plus tôt. J'ai déjeuné en famille. Mon neveu m'a annoncé solennellement ses fiançailles. Je suis enchanté pour lui.

Helmut fronça les sourcils. Pendant qu'il allait mener l'enquête, l'évêque, lui, se reposait tranquillement en famille.

— Félicitations, Monseigneur ! répondit Helmut, tout en dissimulant son amertume. Concernant l'affaire, dois-je inspecter le presbytère en détail ? Et si jamais le père Rödel réapparaissait ?

Helmut, complètement absorbé par sa future mission, ne pouvait accepter que l'évêque passe du bon temps en famille sans lui fournir plus d'indices. Néanmoins, il garda son calme et ne laissa paraître aucune émotion négative.

— Oui, il faut tout fouiller. Rödel n'a pas donné signe de vie depuis une semaine. Il est peu probable qu'il refasse surface. Il a dû lui arriver malheur. Je te laisse le soin de lancer les recherches nécessaires avec l'aide de ton frère Josef. Il faut aboutir à une conclusion au plus vite, insista l'évêque. Dois-je te rappeler le prix d'un échec ?

Helmut n'avait aucunement besoin d'une piqûre de rappel ! Il savait très bien que la réputation de la Sainte Église dépendait de sa réussite.

— Je vais m'y atteler, Monseigneur… Mais Josef est légiste et n'est pas toujours disponible quand j'ai besoin de lui. Il ne peut intervenir que si l'on retrouve son cadavre quelque part !

— Bon, j'espère qu'on va le retrouver vivant. Surtout, ne perds pas de temps ! N'oublie pas qu'il nous faut absolument éviter un nouveau scandale. Tu connais mieux que moi les conséquences d'un échec…

Helmut avait eu du fil à retordre avec la dernière affaire et il ne souhaitait en aucun cas revivre ces instants difficiles. Cette fois-ci, il devait prouver au Vatican que sa mission aboutirait plus vite que la précédente.

Après son échange avec l'évêque, il partit prendre un grand bol d'air. Il arpenta les rues d'Augsburg et traversa la Moritzplatz, où circulait le tramway. L'architecture baroque des maisons colorées emplissait la ville de gaieté. Un peu plus loin, il arriva devant la Weberhaus, ancienne maison de guilde. Helmut s'arrêta devant pour la contempler. *« Heureusement qu'elle tient toujours debout,* pensa-t-il. *Ce serait dommage qu'elle soit à nouveau détruite. »* Puis l'officier du Vatican fit halte au *Brinckmann Café*, l'endroit habituel de ses rencontres avec Josef. La serveuse, parfumée d'une fragrance à vous irriter les narines, s'approcha de lui. Helmut ne put qu'éternuer tellement l'odeur le dérangea.

— Bonjour, vous souhaitez boire quelque chose ? demanda la jeune brune avec un accent tchèque.

— Un café, mais uniquement du *Dallmayr*. Je ne supporte pas le café italien.

Helmut ne pouvait s'empêcher d'associer le café italien à l'évêque.

— Bien, Monsieur, répondit la serveuse en fronçant les sourcils.

Elle se dit que son client s'avérait exigeant. Elle demanda tout de même à sa responsable s'ils en servaient. Heureusement pour elle, la réponse fut positive. Rassurée, la jeune Tchèque s'approcha de la machine à café et prépara une tasse encore chaude, tout juste sortie du lave-vaisselle. Puis elle déposa le breuvage sur un plateau et l'apporta à ce client « très spécial ».

Helmut la remercia en déployant son plus beau sourire. Enfin une journée qui s'annonçait bien. La tasse fumait. Le café, d'un noir intense, raviva les papilles de l'officier du Vatican. Rien de tel pour préserver sa bonne humeur.

Il sortit son smartphone et appela son frère. Josef Falk ne voyait plus la fin de ses interminables soirées au sein de l'IML[4] d'Augsburg.

— Je te dérange, Josef ?

— Je suis débordé en ce moment. Tu as besoin d'aide pour ton enquête, c'est ça ? soupira le légiste.

— Bingo ! J'ai absolument besoin de ton aide. C'est urgent. Je viens de parler à l'évêque et il m'accorde très peu de temps pour boucler l'affaire. Ça me rappelle des souvenirs…

Helmut prétendit avoir le couteau sous la gorge pour réussir sa mission. Indispensable pour convaincre son frère de l'aider alors qu'il n'était pas concerné par l'enquête.

— Oui, à moi aussi. Tu es au *Brinckmann Café* ?

— Exact. Tu lis en moi comme dans un livre ouvert ! Tu peux m'y rejoindre ?

— J'ai encore du boulot, mais je suis un peu fatigué et j'allais partir. Je peux être sur place dans une demi-heure si ça te convient.

— Oui, je t'attends. Je vais en profiter pour préparer les éléments que je possède.

Une heure plus tard, les deux hommes discutaient, une bière bavaroise à la main. Josef confia brièvement à Helmut sa surcharge de travail et ses petits déboires familiaux. Helmut lui annonça qu'il comptait rendre visite à leurs parents le week-end suivant. Il éprouvait un réel besoin de se changer les idées avant d'entamer sa nouvelle mission. Il espérait se détacher un moment de sa fonction d'enquêteur et se vider l'esprit pour mieux se consacrer à ses investigations. Il ne pouvait s'empêcher de se demander ce qu'était devenu le père Rödel. Avait-il quitté le pays ? Avait-il été kidnappé ? Était-il en cavale ? C'était ce qu'il devait découvrir. Cette fois-ci, l'évêque ne lui laisserait pas de seconde chance. Sa première enquête au sein du SIV avait pris du temps avant d'être résolue. Il devait absolument faire ses preuves et se montrer à la hauteur des espérances du pontife.

(4) Institut médico-légal.

D'ailleurs, Monseigneur Hausle détestait les scandales. Son unique souhait : préserver l'Église d'un nouvel esclandre. Pas question de se retrouver au placard et muté en ex-RDA !

— Helmut, je comprends tes craintes, mais ne t'en fais pas. L'affaire du couvent franciscain de Kirchbach[5] était notre première enquête ensemble et pas l'une des plus simples.

— Je sais, Josef, mais je ne veux pas me retrouver à Weimar si j'échoue. Ce poste est une chance pour moi, une perspective d'évolution que je n'aurais jamais évoquée auparavant. Imagine, si je ne trouve pas ce qu'est devenu ce prêtre ? Si jamais on retrouve son cadavre, un nouveau scandale va éclater et je peux t'affirmer que l'évêque sera dans tous ses états. Ou pire encore ! Et si ce prêtre était mêlé à un quelconque trafic ? Il se serait évaporé pour se faire oublier... Tout est envisageable.

— Tu t'en fais trop. Tu as le soutien du Vatican. Je te rappelle que tu es un officier du SIV. Tu sembles oublier que je suis aussi de ton côté. Nous allons résoudre ce mystère même si ce n'est pas mon job. Honnêtement, ce curé ne peut pas être bien loin. Il s'est sûrement absenté quelques jours pour un imprévu. Peut-être un proche souffrant ?

— Oui, tu as raison. Je peux parfois être un peu tendu. Bon, je dois réagir... Revenons à l'essentiel : je ne pense pas à un imprévu. Il aurait au moins prévenu les paroissiens. Non, si Monseigneur Hausle a fait appel à moi, c'est sans doute pour étouffer une sombre histoire. J'espère que ce prêtre n'est pas un criminel...

— Garde confiance. Ensemble, nous parviendrons à découvrir ce qui se trame... Tu vois tout de suite le mal partout.

— Je me mets à la place du père Rödel, moi aussi je suis prêtre et jamais je ne disparaîtrais sans prévenir. En cas d'absence imminente, je trouverais toujours quelqu'un pour reprendre ma paroisse. Il lui est arrivé quelque chose à mon avis...

---

(5) Voir *Serial Kloster* aux Editions Coëtquen, 2015.

En cet agréable mois de juillet, les deux frères en profitèrent pour flâner dans les rues ensoleillées d'Augsburg. La ville s'animait telle une fourmilière. Après une marche d'une vingtaine de minutes, ils atteignirent l'Argonstraβe, où vivaient leurs parents. Helmut y avait stationné son véhicule, une ancienne Mercedes. Il portait un costume noir qui faisait ressortir la blondeur de sa chevelure tel un chanteur de *Schlager*(6). Ses lunettes de soleil cachaient ses magnifiques yeux bleus. Le quinquagénaire souriait, imprégné par la splendeur des rues d'Augsburg en plein été. Son frère Josef, qui venait de fêter ses quarante-deux ans, entendit son téléphone sonner. *« Pas envie de décrocher. Tant pis, pas le choix ! Encore elle ! »* pensa-t-il, son portable en main et prêt à répondre.

— Oui, chérie ? Non, je n'ai pas oublié. Je vais chercher les enfants chez tes parents… Ne t'inquiète pas… Reste calme… D'accord, à tout à l'heure…

Josef raccrocha. Il poussa un soupir et lança un regard insistant à Helmut, lui expliquant qu'il lui raconterait plus tard ce qui le préoccupait.

Une heure après sa conversation avec son frère, Helmut se rendit à Göggingen. Il balaya rapidement des yeux la chambre du père Rödel, mais rien de spécial à première vue. Il procéda de la même façon avec le salon et la cuisine et là, ça paraissait plus que suspect.

Helmut passa la cuisine au peigne fin. La table n'était pas débarrassée. Le quinquagénaire s'étonna des couverts disposés en double puisque le père Rödel vivait seul. Attendait-il de la visite ? Le petit-déjeuner n'avait pas été consommé. Des pots de confiture encore ouverts, du pain rassis. Puis Helmut s'approcha de l'évier et remarqua des gouttes de sang séché sur les parois. Il sortit un coton-tige de sa sacoche et en préleva un échantillon qu'il confierait à Josef pour le faire analyser par les techniciens scientifiques le lendemain.

(6) Chanson de variété.

Toutefois, rien ne laissait supposer que le prêtre ait quitté volontairement les lieux, les effets personnels de l'ecclésiastique étant toujours en place. Le désordre qui s'amoncelait dans chaque pièce semblait douteux. Helmut se dit qu'un cambrioleur chercherait quelque chose de particulier. Or, si ce rôdeur existait, il n'avait pourtant pas touché aux effets personnels du prêtre. Tout paraissait anormal : la façon dont étaient disposés les objets, l'accumulation de poussière, les pièces sens dessus dessous… Helmut s'assit quelques instants dans l'un des fauteuils en tissu rouge du salon et observa les cloisons, les meubles, les objets, les fenêtres… Une décoration sobre, mais raffinée, des cadres accrochés aux murs blancs, des photos de famille, des paysages, une image en noir et blanc représentant le pape Benoît XVI…

Ce curé avait certainement eu des ennuis. Toutes les hypothèses possibles remplirent le cerveau d'Helmut : un enlèvement ? Mais par qui ? Et pourquoi ? Un meurtre dont il serait victime ? Mais où se trouverait le corps ? Il n'y avait que quelques traces de sang. Une disparition inquiétante ? Mais pas de signalement, pas de déclaration faite au commissariat, selon Josef. Un suicide ? Cela pourrait être envisagé. Mais aucun mot, aucun message… Pourtant, il avait fouillé le presbytère, en vain. Quelque chose lui avait certainement échappé, mais quoi ?

CHAPITRE 2

Dimanche 17 juillet 2016, Augsburg

Helmut et Josef se rendirent chez leurs parents qui habitaient aussi à Augsburg. Madame Falk, originaire de la forêt Noire, adorait combler ses enfants. Un petit bout de femme d'un mètre cinquante-cinq, une silhouette entretenue, bien que légèrement potelée, une septuagénaire blonde aux cheveux blonds peroxydés.

Sur la terrasse orientée sud, le soleil perçait les quelques cumulus qui tachetaient le ciel bleu estival. La vue du balcon donnait sur un jardin soigné par Monsieur Falk. Quelques arbres fruitiers, une pelouse impeccable, parfait pour quelques matches de football entre hommes. Un chemin en béton orné de rosiers menait au potager. Helmut se pencha pour admirer le paysage qui s'offrait à lui. Sa mère, toujours aussi prévenante, lui ordonna de ne pas trop s'appuyer sur la rambarde. L'officier du Vatican écouta ses conseils et retourna s'asseoir à côté de son frère.

Monsieur Falk, un robuste Bavarois en surpoids, sortit une bouteille d'Holunderblütenlikör(7) et servit généreusement ses fils. Le vieil homme raconta ses vacances à Innsbruck avant de les bombarder de questions.

— Alors, Sepp, pourquoi es-tu venu sans ta petite famille ?

Josef avait appréhendé les questions de son père toute la nuit. Et puis il détestait cette manie de l'affubler de ce surnom qui l'agaçait

(7) Liqueur de fleur de sureau.

depuis son enfance. Que répondre dans de telles circonstances ? Inquiet du jugement de ses parents, il trouva une réponse plausible.

— Annika est partie quelques jours dans sa famille. Elle avait besoin de changer d'air, car elle est un peu malade en ce moment. Mais tu verras les enfants le week-end prochain, affirma Josef, le cœur déchiré.

— J'espère bien ! Dis-lui qu'on lui souhaite un bon rétablissement. Et ton travail ? Toujours aussi prenant ? questionna Monsieur Falk, laissant dépasser son *Bierbauch*(8) sur la table.

— Oui, parfois je ne compte pas les heures et je continue d'aider Helmut dans ses enquêtes.

— Ah, Helmut ! Et toi ? Tout se passe bien ?

— Oui, papa. L'évêque m'a chargé d'enquêter sur une disparition, mais c'est confidentiel, je ne peux t'en dire plus.

— C'est bien fiston ! Je suis heureux de t'avoir retrouvé. Tu as suivi ta voie et j'en suis fier. Tu étais si rebelle dans ta jeunesse…

— Oui, je sais. J'ai eu des moments difficiles, mais grâce à la foi et à l'évêque, j'ai pu m'en sortir. Je suis désolé de vous avoir fait endurer tous ces moments déplaisants.

— Tu étais encore jeune et indécis. C'était il y a bien longtemps. Maintenant, tu es prêtre et officier du SIV ! Qui l'aurait cru ?

Helmut sentit son cœur battre plus fort. La colère monta. Pourquoi aborder à nouveau un sujet qui fâche ? Son paternel ne semblait pas oublier cette période sombre de sa vie. Bien plus subtil que son vieux père grassouillet, il ne releva pas et tenta de poursuivre la conversation d'un ton calme.

— Je sais, je suis tellement content de m'en être sorti. Ce n'était pas évident. La drogue est un fléau difficile à combattre… Maintenant, arrêtons de parler de ça !

Cependant, Helmut lança un regard accusateur vers son père qui le remarqua et en fut troublé. Son fils ne plaisantait pas. Il se révélait plus dur qu'il n'en avait l'air.

---

(8) Bedaine.

Madame Falk les interrompit et apporta les spätzle[9] accompagnés d'un filet mignon. *« Ouf ! Heureusement que maman arrive toujours au bon moment »*, se dit Helmut.

— Tu vois, Sepp ! Je me souviens toujours de tes plats préférés, dit-elle à Josef, le sourire aux lèvres.

Avec elle, Josef oubliait son surnom ridicule qui l'énervait tant provenant de la bouche de son père. *« Une mère, un cadeau du Seigneur »*, pensa-t-il.

— Maman, tu es un ange tombé du ciel, répondit le légiste en serrant sa mère dans ses bras.

Helmut servit ses parents et son frère. Comme toujours, il restait serviable et bienveillant envers ses proches. Il savoura les spätzle qui fondaient dans sa bouche lorsque son téléphone sonna. Il se leva, décrocha et s'éloigna quelques instants.

— Helmut, ici Monseigneur Hausle.

— Oui, Monseigneur. Je vous écoute. Tout va bien ?

— Très bien, Helmut. Je reviens de chez ma sœur. Elle est souffrante…

Helmut n'était pas dupe. Il perçut le mensonge de l'évêque au son de sa voix. Néanmoins, il essaya de dissimuler tout signe de frustration.

— Je suis sincèrement désolé pour vous. Rien de grave ? Je suis chez mes parents pour la journée.

— Non, elle va mieux… Profite bien de ta famille ! Où en es-tu dans ta mission ?

— Jusque-là, pas de nouvelle piste. J'inspecte les lieux et Josef va m'aider. Pour l'instant, rien de concluant. J'ai juste été surpris par le désordre qui régnait dans le presbytère. Nous allons tenter de relever des empreintes et je vais aussi faire la connaissance des paroissiens. Je vous appelle dès que j'en sais plus.

---

(9) Plat culinaire à base de pâtes. Spécialité régionale de l'Alsace et du sud de l'Allemagne.

— D'accord. Surtout, ne perds pas de temps. Il faut retrouver le père Rödel au plus vite ! On ne sait jamais quel scandale peut encore nous atteindre. Je te fais confiance comme pour la précédente affaire. Dois-je te rappeler le prix à payer si tu échouais ? Je me verrais dans l'obligation de te muter à Weimar…

— Bien, Monseigneur. Vous serez le premier informé de l'avancement de mon enquête.

Non ! Pas Weimar, pas en RDA. Ça, il ne le supporterait pas. Se retrouver perdu au milieu des champs, hors de question. Pour lui, le *Freistaat* Thüringen n'était qu'un trou perdu au fin fond de l'Allemagne de l'Est. Jamais il ne se verrait quitter sa Bavière natale. Pas question de se retrouver chargé de petites enquêtes de voisinage. Maintenant qu'il avait atteint le grade d'officier, il ne s'imaginait pas intégrer une petite paroisse dans un Land de confession majoritairement protestante.

Helmut mit fin à la conversation, un peu exaspéré. Il engloutit une seconde bouchée de spätzle, qui lui parut moins appétissante... La voix du pontife lui avait semblé étrange : il ne montrait pas le même enthousiasme que d'habitude...

Son père lui demanda si tout allait bien. Helmut lui fit comprendre que sa mission serait corsée.

— Pas de panique, fiston. Il est juste curieux et sait que tu mèneras ta mission à bien, mais il veut garder le contrôle.

— Je sais, papa. Mais cela me perturbe. J'ai besoin de temps pour réussir et je ne veux rien laisser au hasard.

— Bon, maintenant on mange ! cria madame Falk. Vous parlerez de travail plus tard. Nous sommes ici pour passer un bon moment en famille. Si vous voulez un Schwarzwälder en dessert, il faudra être sage !

Personne ne put résister au fameux gâteau Forêt-Noire tant madame Falk cuisinait comme un chef étoilé. Son mari, Souabe bavarois d'origine, se passionnait plutôt de mécanique et adorait restaurer de vieilles voitures pour les exposer au musée de l'automobile de Munich.

Après le repas, madame Falk prépara le café. L'odeur agréable du *Dallmayr* chatouilla les narines d'Helmut qui se leva, se rendit dans la cuisine, attrapa les tasses et les cuillères et les déposa sur la table de la terrasse. Cette journée de repos lui vida l'esprit et il se sentait prêt à accomplir sa mission. Pourtant, Helmut restait persuadé que l'évêque lui cachait quelque chose. Il aurait juré avoir entendu une autre voix… Impossible qu'il s'agisse de la télévision…

***

Le soir même, un événement vint perturber la quiétude du quartier Göggingen d'Augsburg. Dans la Bayerstraβe, un individu habillé d'un jogging gris clair pénétra par effraction chez monsieur Heinz Lutz, un fidèle de la paroisse du père Rödel âgé de soixante-dix ans. Après avoir brisé la porte-fenêtre de la cuisine à l'aide d'un coupe-verre et muni d'une lampe de poche, il marcha sur la pointe des pieds pour gagner la pièce voisine. Le malfrat se retourna pour vérifier qu'il n'avait laissé aucune trace de son passage. Il ne manquerait plus qu'il laisse des empreintes. Heureusement, il portait ses gants en cuir. Un bruit dans l'appartement attira son attention. *« Merde ! Le vieux est là ! Il faut se montrer plus discret. Il n'est pas encore couché à une telle heure ? »*

L'homme se dirigea sans hésiter vers la chambre, à l'étage, et consulta en même temps un plan dessiné sur une feuille de papier quadrillé. Il fut pris d'un haut-le-cœur, tant l'odeur rance imprégnée dans la maison le répugna. Surmontant son dégoût, il inspecta la pièce sans trouver ce qu'il cherchait. Le malfaiteur descendit alors l'escalier pour se rendre au salon, dans lequel le propriétaire des lieux regardait *Tatort* sur ARD(10). Monsieur Lutz entendit un bruit derrière lui, se retourna et se mit à hurler. L'agresseur, la tête recouverte d'une capuche, lui ordonna de se taire, mais le septuagénaire n'obtempéra pas. L'individu sentit la panique l'envahir et par réflexe, il saisit ce qui lui vint sous la main. Il frappa le vieil homme à la tête avec la

(10) Allgemeiner Rundfunk Deutschlands, première chaîne allemande (Das Erste).

statuette qu'il avait attrapée. Monsieur Lutz s'effondra, le crâne ensanglanté. Le tueur contempla le corps sans vie de sa victime tout en ronchonnant : *il ne pouvait pas rester en place, le vieux. Pas eu d'autre choix que de le buter*. Il paniqua avant de se rendre compte qu'il détenait l'objet tant attendu : une magnifique statuette égyptienne du chat Bastet. L'intrus la glissa dans son sac à bandoulière et quitta la maison en toute discrétion. Il s'assura tout de même que personne ne l'avait vu rôder dans les parages. Après l'odeur de renfermé, le parfum de la mort vint envahir la maison du défunt.

CHAPITRE 3

Lundi 18 juillet 2016, Augsburg

Josef et Helmut attendirent la tombée de la nuit pour inspecter le presbytère de fond en comble afin de ne pas se faire repérer. La chambre du prêtre ne mesurait pas plus de 15 m² : le lit situé près de la fenêtre, l'armoire en bois massif encombrait le reste de la pièce. Helmut commença à fouiller les tiroirs de la table de chevet, mais ne trouva qu'un exemplaire du *Nouveau Testament* aux pages jaunies qu'il reposa aussitôt à sa place. L'odeur de renfermé devenait si insupportable qu'Helmut se sentit obligé d'ouvrir la fenêtre pour aérer quelques instants. La tapisserie des murs commençait à tomber en lambeaux. Au-dessus du lit, un énorme crucifix en bois marron foncé avec l'inscription INRI[(11)]. Helmut se signa puis poursuivit ses recherches.

Pendant qu'il examinait le carrelage de la cuisine à la recherche d'autres traces de sang, Josef entendit une plainte aiguë qui provenait du salon. Il s'aventura avec méfiance dans la pièce et s'approcha de la télévision où il aperçut deux yeux verts brillants le fixer avec crainte. Il s'abaissa et attrapa l'animal encore tremblant, caché en dessous du meuble TV. Le pauvre chaton ne devait pas avoir plus de six mois. Josef le serra contre lui, le caressa, l'emmena dans la cuisine puis ouvrit le réfrigérateur. Le légiste saisit une brique de lait et en

---

(11) Acronyme de l'expression latine *Iesvs Nazarenvs, Rex Ivdæorvm*, traduit par *Jésus de Nazareth, roi des Juifs*.

versa un quart du contenu dans un récipient. La petite bête toute frêle se libéra des bras de son sauveteur et se rua vers le bol déposé près de sa gamelle de croquettes. Le félidé au pelage noir semblait manquer de soins depuis plusieurs jours.

Helmut fit son apparition quelques instants plus tard et observa la scène avec attention.

— Josef ! Tu as trouvé un nouveau compagnon ?

— Oui, la pauvre bête était recroquevillée sous le meuble télé du salon. Comment peut-on oublier son chat ? Il semble ne pas avoir été nourri depuis plus de deux jours. Tu ne l'avais pas vu la dernière fois que tu étais venu ?

— Non, en effet, il était certainement caché quelque part. Tu es son sauveur !

— J'aimerais bien le garder ! Lena et Matthias seraient ravis.

Le légiste se remémora l'année précédente lorsque ses enfants avaient tant insisté pour avoir un animal domestique. Comment réagiraient-ils s'il ramenait un chaton ? Et Annika ? Cette attention envers les enfants pourrait-elle lui faire plaisir ?

— Il faudra demander la permission au père Rödel dès qu'on le retrouvera, répondit Helmut en haussant la voix pour sortir son frère de sa rêverie.

— Tu penses vraiment qu'on va le retrouver ? Et s'il était mort ? Ou s'il a été enlevé ?

— Alors tu pourras récupérer son chat ! Pourquoi dis-tu ça ?

— N'oublie pas que tu as découvert des traces de sang dans l'évier. Je verrai demain après analyse s'il s'agit de celui du prêtre, mais je n'ai pas trouvé d'autres traces.

— Elles ont peut-être été nettoyées…

— C'est possible. Il faudrait passer la pièce au luminol(12) pour le savoir.

— Donc, tu penses qu'on aurait pu le tuer ?

---

(12) Produit chimique qui prend la couleur bleue lorsqu'il est mélangé avec un oxydant. Il est utilisé en criminalistique pour détecter les traces de sang laissées sur les scènes de crime.

— Je ne sais pas, les quantités de sang sont trop faibles pour émettre cette hypothèse. Ce qui est certain, c'est qu'il y a eu lutte à cet endroit précis.

Josef lui montra les traces d'hémoglobine.

— Oui, j'avais trouvé cela étrange. Et tu crois qu'il aurait pu être enlevé ? demanda Helmut en se grattant le menton.

— C'est possible. On peut tout envisager à ce stade de l'enquête. Je ne suis que médecin légiste : pas de corps, pas de crime.

— Oui, je m'en doute.

— Et toi ? Qu'as-tu trouvé dans la chambre ?

— Oh, rien d'intéressant. L'armoire du prêtre contient toujours les vêtements et les soutanes. J'ai fouillé les tiroirs, mais je n'ai trouvé que la Bible. Quel secret nous cache ce curé ? C'est bizarre qu'il se soit évaporé sans prévenir. Pourtant, j'ai le sentiment que quelque chose nous a échappé.

— Nous allons continuer l'inspection. Je vais emmener le petit chat chez moi en attendant de savoir quoi en faire.

Ainsi, Josef se plongea dans ses souvenirs : sa femme n'aimait pas particulièrement les chats – du moins, il le supposait –, ses enfants, eux, en réclamaient un depuis un moment déjà. Lui, il n'était pas trop partant. Qui s'en occuperait ? Avec son planning chargé, quand trouverait-il le temps d'en prendre soin ? Impossible. Si seulement Annika n'était pas aussi réfractaire... Lena et Matthias lui manquaient. Il ne supporterait pas de ne plus les voir. Ramener ce chat, ce serait en quelque sorte réaliser leur rêve et c'était idéal pour reconquérir sa femme, bien qu'elle ne soit pas fan des animaux.

Josef serra le chaton contre lui. L'animal miaula et lui montra un geste affectif en frottant sa tête contre lui, ce qui finit par attendrir le légiste.

— Je crois qu'il m'aime bien ! C'est décidé, je vais le garder pour Lena et Matthias.

— Dis donc, frérot, tu m'avais caché que tu avais un cœur aussi tendre, lança Helmut d'un ton ironique.

— C'est ça, moque-toi de moi ! En attendant, je suis ton allié précieux dans cette mission.

— Je sais ! J'aime juste te taquiner. Mais dis-moi, je te trouve bien pensif en ce moment… Tout va bien ? s'inquiéta l'officier du SIV.

— Excuse-moi, mais je n'ai pas envie d'en parler pour l'instant. Revenons à nos moutons…

***

Augsburg, 1982

Depuis plusieurs mois, Helmut Falk, dix-neuf ans, fréquente une bande de petits loubards qui lui promettent des virées intéressantes. Il est rebelle, son père ne comprend décidément rien à son envie de liberté.

— Pas question que t'ailles traîner avec n'importe qui ! Tant que tu vivras ici, tu respecteras les règles. Tu crois que tu peux rentrer comme dans un moulin et mettre les pieds sous la table ? Ça fait une heure que ta mère te cherche. Elle a appelé tous tes copains d'école !

Monsieur Falk n'a pas l'air de plaisanter. Il est tellement énervé que ses mains tremblent d'envie de corriger Helmut.

Le jeune ne semble pas réagir aux propos de son père et monsieur Falk n'a guère le choix que de hausser la voix.

— Tu dis rien ? Qu'est-ce qu'il t'arrive depuis plusieurs mois ? Tu as changé, Helmut. Il serait temps de te réveiller et de te trouver un boulot !

Helmut le regarde, les yeux livides, puis soupire.

— De toute façon, tu comprends rien, papa ! J'ai envie de bouger, de faire ce que je veux ! J'ai pas envie de faire comme toi !

Premier coup de poignard frappant l'ego du paternel qui sent son cœur s'accélérer.

— Tu comptes faire quoi ? Rester ici à glander et à être logé, nourri, blanchi aux frais de la princesse ?

— Je comprends rien à ce que tu dis…

Helmut a du mal à articuler, sa bouche est pâteuse, il a soif.

— Tu m'as bien compris ! À partir de maintenant, tu vas bouger tes fesses et travailler ! Fini, la vie de château pour toi !

— Je vois pas de quoi tu parles. T'as pas quelque chose à boire, p'pa, je crève de soif ?

À cet instant, monsieur Falk remarque que son fils a les yeux bien blêmes. Il comprend alors qu'il est drogué.

— Tu prends de la drogue ? hurle le père.

— Quelle drogue ? J'ai rien pris du tout. J'ai soif, c'est tout…

Helmut s'assied sur le canapé du salon et fixe son père d'une façon inquiétante.

— Helmut ! Ça ne peut plus durer ! Tu vas arrêter tes conneries maintenant ! Je t'interdis de revoir cette bande de délinquants !

Soudain, Helmut est pris d'une envie de répondre à son géniteur, mais une envie bien plus forte l'habite... Il se lève brusquement et s'approche de son père en levant le poing.

— Lâche-moi, vieux ! Sinon tu vas le regretter. File-moi plutôt 20 DM(13) !

Le jeune homme attrape son père par le col de sa chemise et le regarde droit dans les yeux.

Monsieur Falk capitule et remet un billet à son fils.

(13) DM : Deutsche Mark (ancienne monnaie de la RFA).

CHAPITRE 4

Mardi 19 juillet 2016, Augsburg

Josef Falk revêtit sa blouse blanche, ses lunettes et prépara ses outils de découpe. Son métier le confrontait aux pires horreurs : empoisonnement, strangulation, coups de poignard… Toutes ces atrocités lui rappelaient les démons de la nature humaine. Comment était-ce possible de s'en prendre à son prochain avec un tel acharnement ? Cette fois-ci, ses collègues de la Kripo(14) lui avaient apporté un cadavre avec le haut de la tête fracassé. La victime paraissait approcher les soixante-dix ans.

Le légiste aux cheveux roux coiffés en brosse commença par analyser la forme de la blessure au sommet du crâne du mort. Il ne remarqua qu'un coup provenant d'un objet contondant. Le sujet âgé ne présentait pas d'autres traces d'agression sur le reste du corps. *« Il s'agit d'un homicide volontaire sur la personne de Heinz Lutz, résidant Kirchbergstraße 6 à Augsburg-Göggingen. Le vieil homme, veuf, vivait avec son chien, un labrador qui n'a pas été retrouvé. La mort a été quasi instantanée puisque le coup violent porté sur sa tête lui a été fatal. »*

Deux heures plus tard, il termina de remplir son rapport d'autopsie et éteignit son dictaphone. Il ôta ses gants en latex et sa blouse blanche maculée d'hémoglobine, se lava les mains et enleva ses lunettes pour les remplacer par ses lentilles de contact. Josef quitta

---

(14) *Kriminalpolizei* : Brigade criminelle.

l'institut médico-légal et rentra chez lui, épuisé par cette journée de labeur.

***

Helmut ne cessait de réfléchir à toutes les informations qu'il avait récoltées. Il était persuadé qu'il lui manquait des détails déterminants. *« Je dois retourner au presbytère et fouiller à nouveau de fond en comble. J'ai peut-être laissé passer des indices précieux. »*

Il attrapa son calepin, y nota quelques idées, puis composa le numéro de son frère. Josef lui donna rendez-vous chez monsieur Lutz, la victime du cambriolage de la Kirchbergstraße.

Une fois sur place, les deux frères s'interrogèrent sur le lien entre le cambriolage et la disparition du père Rödel. Serait-ce la même personne qui les manipulait tous ?

Entretemps, la police auditionnait les voisins de la victime. Selon eux, personne de suspect n'aurait rôdé dans le quartier ces derniers temps.

— Que s'est-il passé chez ce monsieur ? demanda Helmut.

— Le vieil homme a été retrouvé mort à son domicile. Il a été frappé en haut du crâne avec un objet contondant. La forme de la blessure m'a conforté sur l'idée qu'il s'agit d'un objet assez lourd, dit Josef en mimant la scène.

— Ah bon ? Et pour quel motif ?

— On pense qu'il a été cambriolé. Il a dû surprendre le ou les malfaiteurs. La maison était en désordre quand nous sommes arrivés.

— Donc il y a un lien entre l'assassinat de monsieur Lutz et son cambriolage. Tu crois que le père Rödel aurait aussi pu être cambriolé ? Ça serait une sacrée coïncidence !

— C'est possible, mais nous n'avons rien remarqué d'anormal à part les traces de sang dans l'évier et le désordre.

— Oui, c'est vrai. Tu as pu les faire analyser ?

— C'est en cours. J'aurai les résultats demain soir.

— Comment savoir si quelque chose a bien été dérobé chez monsieur Lutz ?

— Je vais demander à ses proches de vérifier et de me dire s'il manque quelque chose.

— Tu crois qu'ils sauront identifier un objet manquant ? Moi, je suis capable de te dire s'il manque quoi que ce soit chez nos parents, mais parce que c'est mon travail.

— Oui, c'est toujours une piste à explorer.

Les deux hommes continuaient leurs recherches pendant qu'un agent de la police scientifique sortait son kit pour relever d'éventuelles empreintes digitales. Sa mallette contenait de nombreux outils tels que des pots de poudre magnétique, du ruban adhésif, une loupe et un porélon… Helmut contemplait le matériel et se demandait comment utiliser cette panoplie. Il observa attentivement l'expert qui poursuivait ses analyses autour de la scène de crime, mais sans rien trouver de concluant. Le tueur devait porter des gants.

Peu après, les enfants du défunt entrèrent dans la pièce, les larmes coulant sur leur visage. Ils firent l'inventaire des objets précieux que possédait leur père. Depuis le décès de leur mère quatre ans auparavant, monsieur Lutz vivait en ermite. Ses fils ne lui rendaient visite qu'une fois par mois, mais ils connaissaient bien les lieux et ne tardèrent pas à déclarer la disparition d'une statuette égyptienne, un souvenir que l'aîné avait rapporté à ses parents.

CHAPITRE 5

Mercredi 20 juillet 2016, Augsburg

Georg Keller, un homme de cinquante-six ans, corpulent, de taille impressionnante, souffrait de calvitie et se cachait derrière ses lunettes rondes et sa moustache grisonnante. Il résidait à Augsburg-Göggingen depuis plus de vingt ans. Père de trois enfants, il avait perdu son épouse dans un accident de voiture l'année précédente. Viola s'occupait du service, Holger et Andreas cuisinaient ensemble tandis que leur père se chargeait de l'accueil et de l'administratif.

Il entretenait de bonnes relations avec son voisin, monsieur Lutz. Parfois, les deux hommes se rencontraient à la *Bräustüberl*(15) du coin. Le dimanche, son jour de fermeture, il se rendait à son club de tir à la carabine et aimait y rencontrer ses amis pour partager de bons moments. Cette activité lui permettait d'évacuer ses pensées noires et de poursuivre sa vie sans sa défunte épouse, encore traumatisé par cette tragédie. Heureusement que ses enfants le soutenaient et l'aidaient, sinon il aurait sans doute sombré dans l'alcool et le *Maximilian Hof* n'aurait pas survécu.

19 heures : Helmut et Josef pénétrèrent dans le restaurant. Georg Keller les installa en terrasse. Peu après, sa fille Viola prit leur commande. La jeune fille, à peine majeure, ne manquait pas d'assu-

(15) Bistrot, un peu comme une Winstub en Alsace, mais plus rustique.

rance derrière ses grands yeux noirs et sa crinière rousse mi-longue qui embellissaient son visage ovale sans défaut. Helmut choisit une bière Franziskaner tandis que Josef opta pour une bière blanche de Munich. Une demi-heure plus tard, ils choisirent un rôti de porc accompagné de spätzle et une Kartoffelsalat[16] avec des Nürnberger Bratwürste[17]. La jeune serveuse leur apporta des assiettes très copieuses.

— Vous êtes nouveaux ici ? demanda-t-elle à Helmut en le fixant de ses grands yeux noirs maquillés de fard à paupières vert.

« Un peu trop de peinture sur le visage », se dit Helmut avant de lui répondre.

— Oui, nous sommes de passage à Göggingen.

— Et comment trouvez-vous Augsburg ?

— C'est une très jolie ville bien animée, répondit Josef. Mais nous la connaissons déjà. Par contre, nous découvrons Göggingen. Nous voulions visiter le quartier.

— Vous verrez, il y fait bon vivre. Vous allez apprécier les alentours. Et un peu plus loin il y a une superbe église…

— Merci, nous y ferons un tour plus tard. Vous paraissez bien jeune pour ce métier, vous êtes étudiante ? demanda Josef, d'une âme curieuse.

— Oui, je travaille au *Maximilian Hof* avec mon père et mes frères, mais je fais un apprentissage en restauration. J'ai commencé cette année.

— Vous êtes douée, c'est évident.

Helmut avait toujours le don de flatter les dames.

— Merci, et vous ? Que faites-vous dans la vie ? questionna la jeune rouquine, son regard croisant celui d'Helmut.

Georg Keller interrompit sa fille et lui rappela qu'elle avait d'autres clients à servir au lieu de papoter. Il s'adressa à Josef et Helmut avec un accent souabe bavarois très prononcé.

---

(16) Salade de pommes de terre.

(17) Petites saucisses de Nuremberg.

— Vous occupez pas d'elle. Elle aime juste bavarder avec les gens. Toutes mes excuses, messieurs.

— Pas de problème, répondit Josef. Cette jeune fille est très accueillante. C'est un bon point pour votre restaurant.

— Je sais bien, mais elle a tendance à oublier qu'elle a du boulot. Je peux pas être partout.

— Ne vous en faites pas, elle gère très bien le service. Regardez, nos assiettes sont arrivées à peine quinze minutes après la commande. C'est un record ! enchaîna Helmut, le sourire aux lèvres.

Le prêtre infiltré en profita pour interroger le restaurateur. Peut-être pourrait-il le renseigner.

— Vous qui connaissez du monde, étiez-vous proche de monsieur Lutz ?

— Vous êtes de la police ? s'étonna Georg Keller.

Helmut se montra hésitant avant de répondre au restaurateur.

— Non, pas du tout. J'ai juste entendu parler des cambriolages dans le quartier. Vous pensez qu'il avait des ennemis ? Quelqu'un qui aurait pu lui en vouloir au point de le tuer ?

— Pas à ma connaissance. Nous avions l'habitude de nous rencontrer pour boire une bière, mais il ne me parlait jamais de sa vie ou de ses préoccupations. Vous pensez qu'on l'a assassiné pour une raison précise ?

— Je ne peux rien vous dire, je n'en ai aucune idée.

— C'est peut-être un homicide volontaire, ajouta Josef. Tout porte à croire que ce n'est pas un accident ou un simple cambriolage qui aurait mal tourné.

— Vous êtes donc de la police ? insista Georg Keller, inquiet.

Helmut fixa Josef pour lui faire comprendre qu'il devait se taire et tenta de réparer l'erreur commise par son frère. Ils devaient se montrer discrets et là, Josef n'avait pas su se contenir.

— Non, mon frère est très curieux et ne peut s'empêcher de poser des questions !

Le légiste conclut dans le même sens.

— Nous sommes juste intrigués par cette affaire…

CHAPITRE 6

Jeudi 21 juillet 2016, Augsburg, 20 heures

Tanja Rotfeld, lieutenant à la Kripo d'Augsburg, allait célébrer ses trente-six ans. Son mari avait organisé une fête surprise à laquelle il avait convié tous ses proches : amis, famille, collègues de travail. Depuis peu, la belle blonde aux cheveux bouclés collaborait avec le médecin légiste Josef Falk. Ils avaient tissé des liens étroits : leur amour de la justice figurait parmi leurs nombreux points communs. Josef avait proposé à l'époux de sa collègue de préparer une soirée chez lui. Ainsi, elle ne se douterait de rien.

Tanja Rotfeld entretenait sa silhouette au quotidien. Sa passion : le krav-maga. Après une longue journée d'enquêtes en tout genre, elle se défoulait chaque mardi soir. D'ailleurs, elle venait d'obtenir sa ceinture verte. Son objectif : atteindre le rang d'expert en décrochant la ceinture noire, ce qui lui demanderait de nombreuses années d'entraînement.

Mariée à Jonas David Rotfeld depuis cinq ans, elle restait indépendante. Jonas, un homme vieux jeu (supériorité du mâle), l'avait déjà obligée à quitter son poste de lieutenant. À plusieurs reprises, ils s'étaient disputés. Tanja n'avait pas lâché le morceau ! *« Et puis quoi encore ? On n'est pas au Moyen-Âge ! S'il n'accepte pas ma fonction et mon indépendance, qu'il s'en aille ! »* Avec le temps, Jonas devint un époux modèle. Très amoureux de sa femme, bien que possessif et jaloux, il ne manquait pas une occasion pour la combler de cadeaux. Elle avait réussi à l'apprivoiser. Tanja, une battante. Jamais un mot plus haut que l'autre. Pas une défaitiste. Les épreuves de la vie l'avaient fortifiée. Mais, comme tout avait une fin, la personnalité de Jonas évolua au fil du temps. Il commença à devenir de plus en plus agressif dans sa façon de lui parler. Chaque parole prononcée blessait Tanja au plus profond d'elle-même. Lui, qui faisait preuve de gentillesse, avait bien changé depuis leur mariage. Quelques mois auparavant, il avait tenté de lever la main sur elle. Heureusement, elle avait pu le maîtriser grâce à ses connaissances en auto-défense. Depuis, il n'avait jamais osé lever la main sur elle à nouveau.

À ses débuts dans la police, l'univers masculin l'avait un peu bouleversée, mais au fil des années, elle prit de l'assurance et les hommes finirent par la respecter. Elle avait rencontré Jonas lors d'une sortie entre collègues. Le jeune homme travaillait comme commercial chez un concessionnaire. Elle était venue faire réparer sa voiture de fonction et il l'avait aimée au premier regard. Après de nombreuses tentatives pour la séduire, il avait échoué sans pour autant baisser les bras. Elle avait fini par succomber à son charme quelques semaines plus tard.

Josef avait décoré le salon d'une banderole d'anniversaire et accroché plusieurs ballons colorés. Sa femme s'était absentée quelque temps avec les enfants et il profitait donc de la maison pour lui seul. Une belle occasion de célébrer les trente-six printemps de sa chère amie Tanja. Pour une fois qu'il ne travaillait pas le lundi. Quelle chance ! Rien que de penser à ces macchabées en mille morceaux, cela lui coupait l'appétit. Pas un cadavre à décortiquer aujourd'hui ! Sa seule autopsie, ce serait celle du rôti de dinde qui dorait au four.

Dix-huit personnes se joignirent à la fête, même Helmut fut convié. Il allait faire la connaissance de la belle enquêtrice.

— Tanja, c'est Josef. Tu veux bien passer chez moi ? J'ai des nouvelles concernant l'affaire.

— Oui Jo, ça peut pas attendre demain ? Je suis exténuée ! lança-t-elle avec un brin d'irritation.

— Non, il faut que tu voies ça ce soir ! insista le légiste.

— Tu peux pas me le dire par téléphone? grommela la jeune femme.

— Allez, viens ! Tu ne vas pas le regretter.

— Dans une demi-heure.

« Pourquoi faut-il qu'il me dérange le soir ? Je n'en peux plus ! Je vais lui rappeler que je ne suis pas toujours disponible vingt-quatre heures sur vingt-quatre ! » Tanja monta dans sa chambre, se déshabilla et enfila un jean et un T-shirt. Elle sauta au volant de sa Clio rouge et fonça chez Josef. Elle remarqua le nombre élevé de véhicules en stationnement devant le domicile du légiste puis elle sortit de la voiture, attrapa son sac à main et frappa à la porte. La sonnette ne fonctionnait pas. Au bout de quelques instants, Josef l'accueillit avec un sourire radieux.

— Que se passe-t-il, Jo ? Il y a un monde chez toi !

— Oui, des collègues de la Kripo ! Ils vont t'expliquer !

Tanja entra, marmonna des propos incompréhensibles et aperçut Jonas, un verre de Rotkäppchen à la main !

— Entre, chérie ! commença-t-il, lui tirant le bras vers l'intérieur.

Tout le monde chanta JOYEUX ANNIVERSAIRE. Tanja, émue, regretta aussitôt d'avoir rabroué Josef.

***

Augsburg, 1997

Josef Falk se dirige vers son studio d'étudiant lorsqu'il croise une silhouette familière. Son cœur ne fait qu'un bond quand l'homme s'avance vers lui.

— Ah, Helmut ! Que fais-tu là ?

— Je passais prendre de tes nouvelles, mon petit frérot.

— Oui, déjà quatre ans que tu es parti, Helmut. Qu'est-ce que tu deviens ?

Helmut sent la tristesse au fond des yeux de son frère.

— Josef, je suis désolé d'être parti sans donner de nouvelles, mais c'était nécessaire.

Helmut serre son frère dans ses bras.

— Que fais-tu maintenant, Helmut ? Tu veux passer boire un verre ? J'habite juste là.

Helmut accepte l'invitation de Josef. Il éprouve une fierté lorsqu'il apprend que son frère poursuit des études de médecine.

— Je dois te confier quelque chose ! commence Helmut, tout excité.

— Tu m'as l'air épanoui. Raconte-moi !

— Depuis plusieurs mois, je suis habité par une voix qui me guide vers le Seigneur.

Dans un premier temps, Josef est sceptique. Il craint que son frère se soit dirigé vers une secte.

— Tu fais partie d'un groupe religieux ?

— Non, pas encore. J'ai décidé de me faire baptiser. Je suis des cours de catéchuménat…

— Oh, mais je suis heureux que tu aies trouvé la paix intérieure.

Josef commence à s'interroger sur les raisons de cette vocation soudaine, mais il reste bienveillant envers son frère aîné.

— Je suis en train de retrouver le droit chemin et je me sens apaisé, malgré cela j'ai besoin de ton soutien…

— Bien évidemment ! Je suis de tout cœur avec toi.

— J'aimerais reprendre contact avec les parents et qu'ils me pardonnent.

— Tu connais papa, ça ne sera pas facile. Mais ça vaut le coup d'essayer. Je suis prêt à t'aider.

— Merci, frérot.

Helmut réalise qu'il ne s'est pas encore intéressé à la nouvelle vie de Josef.

— Dis-moi, Josef. Tu comptes te diriger dans quelle voie après tes études ? Tu vas devenir médecin ?

— Presque ! Je souhaite me spécialiser en médecine légale. J'aimerais devenir légiste.

— Ah, pourquoi pas. Tu as tous mes encouragements. Tu es brillant, tu y parviendras.

***

Jeudi 21 juillet 2016, Augsburg, 20 h 30, quartier Göggingen

Au restaurant *Maximilian Hof*, Helmut s'entretenait avec le paroissien Georg Keller. La pêche aux indices ! Le gérant ne pouvait cacher son désarroi.

— Moi, j'admirais le père Rödel, c'était un homme bon.

— Pourquoi parlez-vous de lui au passé ? questionna Helmut.

— Il a disparu depuis trop longtemps pour être encore vivant. Enfin, c'est ma théorie.

— Il s'est peut-être réfugié chez un proche ?

— Il n'avait pas de famille à ma connaissance. Son seul compagnon, c'était son chat. D'ailleurs, il est où ?

— Quelqu'un s'occupe de lui.

— Qui êtes-vous, d'abord ? grommela le restaurateur d'un ton sec. Vous nous avez déjà posé plein de questions sur Heinz Lutz la dernière fois.

— Excusez-moi, je me présente : je suis Helmut Falk, un ami du père Rödel. Je m'inquiète pour lui alors j'essaie d'en savoir plus pour le retrouver.

— Je savais pas, désolé. Je pensais qu'il n'avait pas d'amis. Après la messe, il rentre directement au presbytère et ensuite on le voit plus jusqu'au lendemain. À son âge, c'est bien malheureux. Il n'est pas encore très vieux.

— C'est son statut de prêtre qui l'exige ! Mais il a le droit de recevoir de la visite. Il peut aussi sortir.

— Ah bon ? Moi, j'y connais rien ! Y a longtemps que je fréquente plus les églises. Depuis la mort de ma femme, j'ai perdu la foi.

— J'en suis navré…

Helmut rencontra un dernier fidèle avant de quitter Göggingen. Il monta à bord de sa Mercedes 200 et roula jusqu'à chez Josef pour célébrer l'anniversaire de Tanja. Il n'aimait guère les soirées bondées organisées par son frère. En plus, il ne connaissait personne. Il espérait au moins pouvoir goûter une bonne bière blanche. Après tout, il l'avait bien mérité. Il lui fallait oublier toute la tension d'une nouvelle enquête, encore une affaire compliquée.

L'officier blond sonna. Personne ne répondit. Pourquoi ? *« La sonnette est hors service. Vraiment pas de chance. »* Il frappa fort. Josef, le sourire aux lèvres, le pria d'entrer et de prendre un verre. Il lui présenta sa collègue, Tanja Rotfeld. Paf ! Le déclic ! Helmut croisa les yeux de la jeune enquêtrice qui, malgré sa tenue décontractée, dégageait un charme certain. Tanja, elle aussi, sentit son cœur battre comme un tambour pendant le défilé du carnaval.

Helmut reprit ses esprits et serra la main de la jolie blonde. *« Un ange »*, pensa-t-il. Jonas, jaloux comme un tigre, se précipita pour les rejoindre.

— Je suis Jonas Rotfeld, le MARI de Tanja ! lança-t-il d'une voix grave et autoritaire.

— Enchanté ! Helmut Falk, le frère de Josef, enchaîna Helmut en déployant son plus beau sourire.

— Vous vous connaissez ?

— Non, répondit Tanja, exaspérée. Cesse un peu d'être aussi jaloux ! Monsieur venait de se présenter, c'est interdit ?

— …

— Maintenant, laisse-moi prendre un verre !

Tanja repoussa son mari qui avait posé sa main sur son épaule droite.

Jonas ne sut que répondre. Il avait organisé cette fête et voilà le remerciement ! *« Ah, les femmes ! Il faudrait un manuel de mille pages pour déchiffrer leur langage ! »*

CHAPITRE 7

Augsburg 1999, veillée pascale

Revêtu d'un vêtement blanc qui symbolise la créature nouvelle, Helmut est prêt pour le grand jour. C'est son baptême, une étape importante de sa vie, lui qui a choisi la voie du Seigneur. Dans l'église, ses proches sourient, rayonnent de joie à l'idée de le savoir épanoui.

La cérémonie commence par une prière de consécration de l'eau baptismale. Helmut sent la tension monter en lui bien qu'il soit préparé à recevoir le baptême. Il est invité à renoncer par trois fois au mal et à professer sa foi.

Ce moment émouvant se lit dans les yeux de la mère d'Helmut qui laisse couler plusieurs larmes d'émotion.

Le prêtre verse ensuite par trois fois l'eau baptismale sur la tête d'Helmut « au nom du Père, du Fils et du Saint-Esprit ».

Le catéchumène tient un cierge blanc dans ses mains. Il est désormais « lumière du monde ».

Après l'onction avec le saint-chrême, il reçoit enfin l'Eucharistie.

Ça y est. Il est un enfant de Dieu et il a renoncé à sa vie antérieure pour vivre dans l'harmonie, la paix intérieure et l'amour du prochain.

Monseigneur Hausle est ému à son tour. Quelle joie d'avoir délivré un nouveau fidèle du mal ! La force de volonté de son initié l'a convaincu qu'Helmut n'était pas un jeune homme comme les autres.

***

Vendredi 22 juillet 2016, Augsburg-Göggingen

Rika Silberstein attendait avec impatience *Rosh Hashana*(18). Plus que quelques mois de patience, bientôt *Eloul*(19) pour commencer à préparer la fête. La vieille dame potelée pourrait enfin écouter le son du *schofar*(20) ! Toute sa famille viendrait lui rendre visite. Seule à Augsburg, son mari l'avait quittée depuis plusieurs années. Une grave tumeur au cerveau l'avait emporté en quelques semaines. Rika Silberstein savait qu'elle ne pouvait pas retenir ses enfants. Un avenir brillant en Israël les attendait. Ils avaient choisi de s'installer à Tel-Aviv, à mille lieues des hivers rigoureux d'Augsburg. Quelle chance ! Le soleil, la mer, un emploi. Ils vivaient heureux loin d'elle. Dov, l'aîné, travaillait dans l'architecture ; quant à Elisheva, elle poursuivait ses études de vétérinaire. Rika Silberstein planait, rêvait, s'évadait. Elle se leva du sofa et alluma la télévision. Toujours les mêmes programmes : que des *Krimi*(21). Soudain, elle entendit un bruit ressemblant à des éclats de verre. Apeurée, elle saisit la *Menorah*(22) qui se trouvait sur le buffet, seul objet sous la main. Elle s'approcha doucement de la cuisine, où une étrange découverte l'attendit. La porte-fenêtre était brisée. Quelqu'un s'était introduit dans la maison. Elle se retourna, mais ne vit personne et elle s'apprêtait à regagner le salon lorsqu'elle perçut des grincements. Les escaliers ! Le cambrioleur avait franchi l'étage. Rika Silberstein évita de

---

(18) Nouvel An de l'année juive.

(19) Sixième mois de l'année juive ecclésiastique correspondant à la période entre mi-août et mi-septembre du calendrier grégorien.

(20) Corne de bélier dans laquelle on souffle sur différents rythmes pour inviter l'assemblée au repentir et à l'introspection.

(21) Polars.

(22) Chandelier à sept branches.

monter les marches une par une, se cramponna à la rampe et grimpa, discrète comme une souris. Où était-il ? Dans la chambre ? Aucun objet de valeur à dérober. Le bureau, elle devait inspecter le bureau. Le candélabre toujours en sa possession, elle ouvrit la porte de la pièce d'un geste délicat. Personne. Elle risqua la salle de bains. À cet instant précis, une silhouette musclée vêtue d'une cape rouge et d'une cagoule noire la frappa au visage. Elle trébucha, mais essaya de se relever. Elle avait perdu la *Menorah* dans sa chute. Le malfaiteur s'en empara : *« Reste tranquille ou je te bute ! »* bredouilla la voix masculine. L'homme pointa son arme vers la vieille dame et lui ordonna de fermer les yeux alors elle obéit sans broncher. Au bout de quelques minutes, l'agresseur disparut. Rika Silberstein se releva avec peine, son dos la faisait souffrir. Elle parvint à se redresser et s'appuya sur le mur pour se diriger vers sa chambre pour s'allonger. Elle se mit à sangloter. *« Je dois rester forte. Il faut que je reprenne mes esprits. Je vais appeler la police »*, se dit-elle.

Lorsqu'elle entendit les sirènes, Rika Silberstein se précipita vers la porte d'entrée, laissa passer les officiers et leur indiqua la cuisine. Ils inspectèrent de suite la porte-fenêtre cassée. Pas d'empreintes exploitables.

— Que s'est-il passé, madame ? demanda l'un des policiers.

— J'ai entendu des bruits de verre cassé alors je me suis rendue dans la cuisine. Il n'y avait personne, du coup je suis montée à l'étage et un homme m'a attaquée. Il s'est enfui, enchaîna-t-elle d'une voix tremblante.

— Avez-vous reconnu votre agresseur ?

— Non, absolument pas.

— Pouvez-vous le décrire ?

— Il portait une cagoule et une cape bizarre…

— Un peu comme Superman ?

— Oui, c'est ça ! s'exclama Rika Silberstein.

— Nous allons passer la maison au peigne fin. Avez-vous des proches chez qui loger jusqu'à la fin de l'enquête ?

— Non, je n'ai plus de famille à Augsburg.

— Des amis, peut-être ?

— Oui, mais à Ingolstadt.

— Rassemblez quelques affaires et appelez-les. Nous vous y conduirons.

***

19 h 30, Josef Falk gara son véhicule dans la cour. Ouf ! La journée touchait à sa fin. Il se souvint qu'il avait oublié d'informer Annika qu'il rentrerait plus tard ce soir. Il espérait qu'elle ne serait pas encore fâchée. La connaissant, tout était envisageable, surtout qu'elle venait à peine de rentrer à la maison. Il allait presque finir par croire qu'elle s'installerait définitivement chez ses parents. Le légiste chercha ses clefs dans la boîte à gants, mais ne les trouva pas. Il sonna. Personne. Il sonna une deuxième fois, mais personne ne répondit. Étrange, aucune pièce éclairée. Annika ne s'endormait jamais avant minuit et il n'était que 21 heures. Il retourna à sa voiture et fouilla partout pour retrouver ses clefs. Mais bien sûr ! La sacoche ! Il avait dû les glisser à l'intérieur en arrivant à l'IML(23). Bingo ! Il traversa le couloir et héla le prénom de sa femme. Pas de réponse. À peine rentrée de chez ses parents et encore absente ! Il pénétra dans la cuisine et remarqua une note laissée sur la table : *Josef, je repars quelques jours chez mes parents. Cette situation ne peut plus durer. Je dois faire le point. Ne m'appelle pas. Annika*

Josef soupira et se servit une Franziskaner. Encore un problème qui s'ajoutait. Il sortit son téléphone portable, rechercha le numéro de son frère et tapa sur la touche verte pour lancer l'appel.

— Helmut, es-tu disponible ce soir ?

— …

— OK, je me sens un peu seul. Tu veux venir boire un verre à la maison ?

— …

— Je t'expliquerai…

(23) Institut médico-légal.

***

— Hé Josef ! Oui pourquoi ?

— …

— D'accord, j'apporte des bières ! Rien de grave, j'espère ?

— …

— Pas de soucis, j'arrive !

Helmut enfila un pantalon noir et un pull gris. Cinq minutes plus tard, il se trouvait chez Josef. Il sonna et remarqua la mine décomposée de son frère.

— Entre ! commença Josef.

— Je vois que tu n'as pas la forme. Tu es malade ?

— On peut dire ça comme ça, Annika est partie.

— Mais pourquoi ? Elle n'était pas revenue ? s'étonna Helmut.

— Si, mais maintenant, elle veut faire le point. Elle m'a juste laissé un mot. Je ne sais plus où j'en suis. Je sais que je travaille trop, mais je n'ai personne pour faire le boulot à ma place !

— Josef, tu n'as pas posé de congés depuis un an, il faut être raisonnable.

— Et toi ? Tu as besoin de moi pour ton enquête.

— Oui, mais je peux me débrouiller si nécessaire. Je ne veux pas te causer une surcharge de travail.

— Mais non ! Ce n'est pas ton affaire qui me prend le plus de temps. C'est celle des cambriolages et en plus, j'ai appris qu'une résidente de Göggingen s'est fait agresser à son domicile, une certaine madame Silberstein. Le voleur lui a dérobé un chandelier en or.

— Oh, je comprends. Tu crois que c'est lié au meurtre de monsieur Lutz ?

— C'est possible. Mais je préfère ne pas m'avancer au-delà. Et toi ? Tout va bien ?

— Oui, parfaitement bien. Mais quelque chose m'intrigue.

— De quoi s'agit-il ?

— Je n'arrête pas de penser à ta collègue…

— Quoi ? Tanja ? s'écria Josef.

— Oui…

— Eh bien, je suis surpris ! C'est une épreuve que t'envoie le Seigneur. Tu ne dois pas succomber au charme de Tanja Rotfeld. En plus, elle est mariée !

— Je sais, mais je n'arrive pas à me la sortir de la tête. Bref, ça va me passer… Parlons d'autre chose…

— Helmut, tu m'étonneras toujours. N'oublie pas que tu es prêtre ! Mais c'est vrai, elle est pas mal, Tanja. Tu as bon goût.

— Je sais… N'oublie pas que j'avais un certain succès dans ma jeunesse avant de devenir prêtre, rappela l'officier du Vatican, portant la chope de bière à ses lèvres.

CHAPITRE 8

Samedi 23 juillet 2016, Augsburg

La paroisse de St. Georg au centre-ville d'Augsburg accueillait une cinquantaine de fidèles. Comme chaque matin, Helmut avait préparé l'office des Laudes. Malgré ses absences récurrentes, il trouvait du temps à consacrer à ses paroissiens. Bientôt, il devrait rechercher un remplaçant si jamais son enquête perdurait. Concilier les deux fonctions demandait beaucoup d'organisation.

Puisque son enquête piétinait un peu, il se consacra davantage à son église.

***

Mai 2006, Augsburg

Tanja, âgée de vingt-six ans, solitaire, apprécie son indépendance. Elle vit seule depuis un an dans son appartement deux pièces du quartier Pfersee d'Augsburg. Elle cuisine peu, se contente de plateaux-repas commandés chaque soir. Quelquefois, elle sort manger avec ses amies d'enfance. Pas question de s'installer en couple et de subir l'autorité d'un homme. Celle de son ex-petit ami lui avait suffi. Pendant deux ans, la belle blonde avait été sous son emprise avec toute la peine de s'en détacher. Auparavant, elle manquait de confiance en elle et dépendait émotionnellement de cet homme que l'on pourrait nommer un pervers narcissique. Un an qu'elle avait osé le quitter. Au début, elle avait été hébergée par ses parents. Mais tout restait compliqué. Impossible de s'adapter à nouveau à des règles bien précises : rentrer à l'heure pour les repas, s'occuper de l'entretien de la maison, emmener son frère cadet au collège…

Puis, sur un coup de tête, la jeune femme a décidé de partir en voyage organisé. Depuis plusieurs mois, elle pense à s'évader, de découvrir de nouveaux horizons. Elle a alors réservé un vol pour se rendre aux États-Unis. Depuis toute petite, elle rêve de visiter la Californie et la Floride. Elle a déjà bouclé ses bagages, le cœur empli d'impatience. Ses parents n'approuvent jamais ses choix. Ils jugent tout et tout le monde. Son frère cadet, lui, est libre de ses actes. Normal, c'est un mec. Et elle alors ? Parce qu'elle n'est pas née avec une béquille entre les jambes, elle ne doit pas suivre ses ambitions ? Bien que catholique, elle n'adhère pas au principe de l'infériorité de la femme, esclave de son mari et de ses marmots. Que voit-on partout dans les magasins de jouets ? Au rayon filles : des poupons, des dinettes, des aspirateurs, des robes de princesse, du maquillage, des fers à repasser ! Du côté des garçons, tout est si différent : super héros, armes, lego, sport, voiture de course… Tandis que les fillettes se préparent à devenir de futures mères et épouses (bonniches), les mini mâles, eux, profitent de la vie à fond la caisse. La société conditionne les enfants dès leur plus jeune âge.

***

Lundi 25 juillet 2016, Augsburg

Tanja Rotfeld s'engagea dans l'allée principale. Plus que quelques mètres avant d'atteindre son domicile. Elle bifurqua à droite dans la Göggingerstraβe. Il faisait nuit. Elle était restée tard au commissariat pour les besoins de l'enquête, car elle ne voulait en aucun cas baisser les bras. Ce cambrioleur criminel finirait derrière les barreaux. Elle jeta un coup d'œil à son rétroviseur intérieur et remarqua qu'une voiture noire la suivait depuis plusieurs minutes. Au lieu de se diriger dans la Bergheimerstraβe, elle dévia sa trajectoire pour s'assurer que le véhicule disparaisse. Pas de chance, la BMW foncée restait derrière elle. Que faire ? La belle blonde décida alors de retourner au commissariat. La voiture se résigna et ne tenta plus de la suivre. Ouf !

Le lieutenant se rangea dans le garage souterrain et appela son subordonné. *« Merde ! Pas de réseau dans ce foutu parking. Tant pis. »* Elle monta jusqu'à son bureau et chercha un de ses collègues. Ah, Brenner ! Toujours au turbin comme d'habitude. Il dormirait bien sur place s'il n'était pas marié et père de trois enfants.

— Hans ! J'ai un problème !

— Qu'est-ce qu'il t'arrive Tanja ?

— J'ai été suivie par une BMW noire en rentrant chez moi. J'ai dû la semer et retourner au commissariat. Mon mari n'est pas à la maison, alors j'ai préféré revenir.

— Tu as pu relever sa plaque ?

— Non, il faisait trop sombre. Tu pourrais me raccompagner ?

— OK, ça tombe bien, j'allais partir. Je te dépose chez toi ou tu veux rester dormir chez nous ?

— Je vais rentrer au bercail. Je ne peux pas laisser mon chien tout seul.

— Allons-y Lieutenant ! Tu prends ta voiture et je te suis.

***

Malgré la chaleur qui s'imposait, un homme emmitouflé dans un grand manteau imperméable se précipita vers le magasin. L'antiquaire le salua, l'air méfiant. L'individu parlait à voix basse et semblait manquer d'assurance. L'expert en antiquités lui sourit et lui proposa de faire le tour du magasin. L'inconnu sortit plusieurs objets de valeur de son sac à bandoulière et les posa sur le comptoir. L'antiquaire écarquilla les yeux. Comment un tel homme pouvait-il posséder de telles œuvres ? Un magnifique chandelier à sept branches en or. *« Une pure merveille »*, pensa l'expert. Et cette statuette ? La fameuse représentation du chat Bastet. Cela faisait bien longtemps qu'il n'avait pas admiré une si belle sculpture. Mais d'où pouvaient bien provenir ces objets ? Un cadeau ? Un souvenir ? Le commerçant devait admettre qu'il jugeait parfois les gens un peu trop vite. Ce défaut lui jouait souvent des tours. Il accepta néanmoins d'expertiser les deux splendeurs à la demande du jeune homme.

— Alors ? Ça vaut combien ? s'impatienta l'individu, agité.

— Pour vous le dire exactement, je dois procéder à plusieurs expertises, tenta l'antiquaire pour gagner du temps.

— Il vous faut combien de temps ?

— Repassez me voir demain en fin de journée, je vous en dirai un peu plus.

— Je dois vous les laisser sans rien en retour ? Qui me dit que vous allez pas les garder ?

Le jeune homme peinait à garder son calme.

— Écoutez, monsieur, je connais mon métier. Je l'exerce depuis plus de vingt ans. Faites-moi confiance. C'est bien pour ça que vous êtes venu me voir, non ?

— Oui. Faites vite ! termina le jeune homme, brûlant d'impatience. Ce sont des héritages de famille, mais je n'ai pas de place pour les garder. En plus, j'ai besoin d'argent. Si ça peut faire des heureux, ça me convient aussi.

— Je comprends, jeune homme, je vous expliquerai tout ça demain.

Après le départ de ce client si étrange, l'expert en œuvres d'art fut tenté de contacter les autorités. Tout ça ne lui inspirait pas confiance. C'était quasi impossible qu'un jeune de son âge possède des objets aussi précieux. Il n'avait pas l'allure d'une personne de la haute société. Puis il se dit qu'après tout, il ne fallait pas se fier aux apparences. Il était peut-être sérieux, ce monsieur. Il allait attendre le lendemain avant d'appeler la police. Dans un premier temps, il jugea utile de photographier les œuvres d'art. *« Je vais aller de ce pas les expertiser davantage. Je veux m'assurer qu'elles soient authentiques. Si jamais ce sont des contrefaçons, je me rendrai au commissariat. »*

***

Helmut enfila sa plus belle tenue pour aller dîner au restaurant avec Josef. Le *Maximilian Hof* lui avait laissé une très bonne impression, surtout la jeune serveuse, sympathique, souriante. *« Il faudrait toujours être accueilli de cette façon* », pensa-t-il. Il sortit du presbytère et alluma une cigarette. Il devrait arrêter de fumer, il le savait bien, mais ce petit péché restait son seul plaisir. Être un prêtre et un officier infiltré demandait beaucoup de sacrifices. Impossible de se sortir Tanja de la tête. Il songeait à ce qu'il aurait fait de sa vie s'il n'était pas rentré dans les ordres. Était-ce encore une épreuve du Seigneur ? Comment lutter ? Après tout, il ne restait qu'un homme parmi tant d'autres. Son téléphone se mit à sonner. L'évêque, évidemment. Il allait une fois de plus s'impatienter.

— Oui, Monseigneur. J'avance tout doucement.

— As-tu une piste, Helmut ? Le temps presse !

— Je sais. Il y a eu deux cambriolages et j'ai l'impression qu'ils ont un lien avec la disparition du père Rödel.

— Comment en es-tu venu à cette hypothèse ? As-tu remarqué quelque chose d'étrange au presbytère ?

— Oui, tout est en désordre. Mais je me demande si le prêtre n'a pas été kidnappé. Il attendait quelqu'un pour le petit-déjeuner, c'est sûr. Les couverts étaient disposés sur la table. Rien n'a été consommé. Il n'a pas besoin de deux tasses et de deux assiettes pour lui tout seul. Une personne non identifiée devait se trouver avec lui le jour de sa disparition.

— Qu'ont donné les traces de sang ?

— Il s'agit du sien. Les quantités sont infimes. Impossible de déterminer s'il y a eu crime. Du moins, c'est ce que pense Josef.

— Bien, tâche d'en savoir plus.

Helmut rangea son smartphone dans sa poche et s'avança vers son véhicule. Vite, Josef allait l'attendre. Ça serait bête d'arriver en retard au restaurant. De plus, son estomac grondait tel un orage d'été après une longue période de sécheresse. Une bonne boisson houblonnée lui ferait le plus grand bien.

Il pénétra dans le restaurant quelques minutes plus tard. Josef, pianotant sur son téléphone, avait déjà commandé une bière blanche. Les deux frères aimaient partager du temps ensemble. Ils se remémorèrent leur enfance à gambader dans le jardin et à découvrir la splendeur de la nature qui s'offrait à eux. Parfois, ils se disputaient comme tous les enfants. Cependant, ils restaient proches dans toutes les situations difficiles. Un jour, Helmut avait trouvé des escargots et les avait installés dans une boîte en carton. Il avait pris soin d'eux. Il leur avait apporté de la salade et un bol d'eau au cas où ils auraient soif. Le lendemain, les pauvres bêtes avaient succombé à la noyade. Helmut ignorait que les escargots ne savaient pas nager. Que de bons souvenirs ! Ils peinèrent à aborder l'avancement de l'enquête. Rien du tout. Pas d'indices. Des cambriolages non résolus, la disparition d'un prêtre. Que des énigmes à éclaircir.

CHAPITRE 9

Mardi 26 juillet 2016, Augsburg

L'antiquaire ne se laissa pas surprendre par la nouvelle visite de son mystérieux inconnu. Le jeune homme en survêtement gris clair voulait savoir combien valaient ses objets précieux. Il paraissait anxieux et pressé. L'expert en œuvres d'art lui rapporta la *Menorah* et la statuette. L'homme s'étonna du montant aussi important qu'il pouvait en tirer, mais il souhaitait récupérer ses biens. Il indiqua au commerçant qu'il repasserait plus tard. Trouvant cela étrange, l'expert se décida à contacter la police.

Tanja Rotfeld arriva peu de temps après le coup de fil. Son subordonné, Hans Brenner, l'accompagnait.

— Bonjour, monsieur, lieutenant Rotfeld de la Kripo d'Augsburg et voici l'inspecteur Brenner. Pouvez-vous nous raconter ce qu'il s'est passé ?

— Je ne sais pas s'il y a lieu de s'alarmer, mais ce jeune homme me paraissait bizarre. Il voulait absolument connaître la valeur de plusieurs objets qu'il m'a apportés. Je le trouvais bien jeune pour posséder de telles œuvres. J'ai tout de suite pensé à un receleur.

— Pourriez-vous nous décrire le suspect ? poursuivit Hans Brenner.

— Je dirais un jeune homme d'environ vingt ans, de taille moyenne, brun avec de grands yeux clairs. Un regard qu'on n'oublie pas.

— Avez-vous conservé les objets ? enchaîna Tanja.

— Non, malheureusement. Je les lui ai rendus. Il veut repasser plus tard. Attendez, j'ai pris des photos.

— Très bien, pouvons-nous voir ces clichés ?

— Oui bien sûr. Il s'agit d'une *Menorah* en or et d'une statuette égyptienne du chat Bastet. Je les ai expertisées hier et elles sont authentiques. De pures merveilles.

L'antiquaire sortit son appareil numérique et leur montra les photos.

— Voulez-vous que je vous le laisse ? Je n'ai pas de version papier.

— Oui, merci. Nous vous le restituerons une fois l'enquête résolue, répondit Hans Brenner.

***

Vatican, été 2014

Le téléphone sonne dans le bureau de l'évêque. Monseigneur Hausle écarquille les yeux. Il vient d'apprendre une nouvelle scandaleuse.

— Quoi ? Mais c'est impossible ! Oui, je vais trouver une solution.

Il raccroche, se rend sur sa terrasse et contemple le ciel bleu. Il réfléchit, se gratte le sourcil gauche et compose un numéro commençant par 0049. Une sonnerie, deux sonneries. Quelqu'un décroche.

— Monseigneur Hausle. J'ai à vous parler.

À l'autre bout du fil, Helmut se demande pourquoi le pontife semble si agité.

— Je vous écoute, Monseigneur.

— Tu connais mieux que moi les milieux défavorisés, n'est-ce pas ?

Helmut ne voit pas où l'évêque veut en venir.

— Oui…

— J'ai besoin de ton aide. Si tu acceptes, tu travailleras pour moi…

Helmut ne comprend toujours pas de quoi il en retourne.

— Expliquez-moi d'abord…

— Il me faut quelqu'un comme toi. Je sais, tu es prêtre à Augsburg, mais j'ai une mission à te confier. J'ai remarqué que tu as parfois des intuitions fortes et cela pourra m'être utile.

La tension monte, Helmut reste dans le flou. Il ne comprend pas ce qui l'attend.

— Donc vous me chargez de quelle mission ?

— Tu vas mener une enquête pour moi. Tu seras mon agent infiltré.

— Mais je ne suis pas policier…

— Ce n'est pas grave, tu suivras mes instructions. Il y a eu une agression d'une religieuse dans une école catholique près de chez toi.

— Quelle école ?

— Le Gymnasium und Realschule Maria Stern.

— Que dois-je faire ?

— Tu remplaceras sœur Clementine qui est à l'hôpital et tu essaieras de découvrir qui est l'auteur de son agression.

À la fin de sa conversation, Helmut est tout excité. Pourquoi pas ? Enquêter pour la première fois lui semble intéressant. Il apprendra sur le tard, comme de nombreuses personnes le font.

***

Mardi 26 juillet 2016, Augsburg

Helmut attendait Josef devant le *Maximilian Hof.* Il alluma une cigarette et ressentit un plaisir intense lorsqu'il inhala sa première bouffée de nicotine. Enfin ! Bien méritée, celle-là. Son enquête piétinait, il devait l'avouer. Il fallait solliciter l'aide de la police, tant pis, pas d'autre solution. Ses pensées envers Tanja le poursuivaient encore. Ce n'était pas le moment d'échouer. Il fallait lutter, lutter contre des sentiments refoulés, lutter contre ses propres convictions. Que faire ? Une cigarette presque consumée en quelques instants. Il avait besoin d'un petit remontant, une bonne bière Franziskaner et tout irait pour le mieux. Josef fit son apparition avec quelques minutes de retard. Jamais à l'heure. Helmut ne lui en voulait pas. Son frère avait du mal à décrocher. Son travail, c'était sa vie, quitte à en oublier sa famille. D'ailleurs, Josef n'extériorisait pas ses sentiments. On ne pouvait pas dire qu'il était introverti, mais plutôt enfermé dans une carapace, celle du médecin légiste pour qui rien n'était plus important que de boucler des enquêtes. Son rôle s'avérait primordial. Une erreur dans l'autopsie et les pistes pouvaient s'effondrer comme un château de cartes.

— Je suis dans une impasse, Josef. Je ne sais pas si je pourrai élucider ce mystère sans l'aide de la police. Tu n'as rien trouvé qui permettrait de nous mettre sur la voie ?

— Désolé Helmut, je suis débordé. Je n'ai pas eu une minute à moi ces derniers temps. J'ai du fil à retordre avec le mort des cambriolages.

— Je croyais que vous aviez une piste ?

— Je ne sais pas si cela a un sens, mais Tanja a été contactée par un antiquaire. Un homme est venu lui présenter des objets sans doute volés. Ce qui est troublant, c'est qu'une statuette a disparu chez monsieur Lutz. Ce pourrait être l'arme du crime. Un objet contondant qui n'a pas été retrouvé au domicile de la victime.

— Et tu penses que les deux affaires sont liées ?

— C'est probable. Mais ton prêtre n'a pas été cambriolé, il me semble. Le seul point commun, c'est qu'il s'agit du même quartier : Göggingen.

— Plus que troublant ! À quelques pas du presbytère ! Tu m'as parlé d'une certaine madame Silberstein l'autre soir, poursuivit Helmut.

— Oui, effectivement. Figure-toi qu'elle s'est fait dérober un chandelier à sept branches en or.

— Et l'antiquaire a vu une *Menorah* ?

— Exactement ! Sacrée coïncidence. Qui sait si Rödel n'a pas lui-même été victime d'un cambriolage qui aurait mal tourné.

— Comment savoir si quelque chose a disparu dans le presbytère ? J'opterais plutôt pour une mise en scène.

— Ah bon ? Et pourquoi cette idée ? demanda le légiste.

— Tu ne trouves pas ça étonnant, la table prête pour le petit-déjeuner. Et subitement, on découvre des traces de sang dans l'évier. Pourquoi un cambrioleur aurait-il pris la peine de dévaliser un prêtre ? Que chercherait-il ? Quelque chose de bien précis alors ? lança Helmut.

— Je n'en sais rien. Il faut creuser un peu plus. Ne t'en fais pas, nous allons réussir. Tu as bien vu avec l'affaire du couvent de Kirchbach. Ensemble, nous avons travaillé dur et sans relâche et nous y sommes parvenus. Un conseil, enlève-toi Tanja de la tête et concentre-toi sur ta mission.

— Je suis tout à fait lucide, mon cher Josef ! riposta Helmut d'un ton sec.

— Ne le prends pas mal, Helmut. Je te donne juste un conseil… Prenons une mousse.

***

Tanja tournait en rond. Impossible de se concentrer, sa rencontre avec Helmut l'avait troublée. Et si elle l'appelait ? Pourquoi ne pas prendre un verre en tout bien tout honneur ? Elle ne ferait rien de mal. Son mari ne rentrait pas ce soir. L'occasion de sortir et de se changer les idées. Elle vivait une situation difficile et n'avait pas l'habitude de s'intéresser à d'autres hommes que son cher Jonas. Et pourtant, l'inimaginable se produisit. Helmut, un personnage séduisant, d'une beauté incomparable… Il n'avait pas le caractère d'un macho comme elle avait pu souvent en croiser, pas un beau parleur, séducteur de minettes ! Un homme simple, vrai, sensible, elle le sentait. Il incarnait surtout la beauté du cœur, la pureté de l'âme. Bien sûr, il fallait toujours qu'elle tombe sur des mecs inaccessibles. Cependant, elle avait perçu que ses sentiments étaient partagés. Pourquoi ne pas tenter l'aventure ? Après tout, Jonas n'en saurait rien. Il y a bien longtemps qu'il ne lui apportait plus d'attention, mis à part l'anniversaire surprise. Cela excusait-il ses nombreuses soirées passées à l'attendre ? Elle non plus ne rentrait pas de bonne heure, mais sûrement pas aussi tard que lui. Elle composa le numéro de Josef et prétendit une urgence. Elle devait parler à Helmut pour les besoins de l'enquête et elle fut néanmoins surprise que Josef lui communique les coordonnées de son frère. Dring ! Première sonnerie. Dring ! Deuxième sonnerie… Elle fut ravie d'entendre la voix sensuelle d'Helmut : *« Helmut Falk, j'écoute ».*

— Euh… bonjour, Helmut, c'est Tanja Rotfeld, la collègue de Josef. Je voudrais savoir si vous êtes disponible ce soir. J'aimerais vous parler d'un point important concernant mon enquête… Pouvons-nous nous retrouver au *Brinckmann Café* ?

« Tiens, elle aussi fréquente le Brinckmann Café », se dit l'officier du SIV.

— Bonjour Tanja… Euh… oui, je suis disponible. Je vous y rejoins à 20 heures, cela vous convient-il ?

Helmut tremblait, transpirait. Sa gorge s'asséchait, son cœur battait de plus en plus fort. Il avait l'impression de retrouver ses quinze ans, un adolescent stressé par son premier rendez-vous galant, même s'il n'avait jamais connu cette sensation auparavant.

L'heure tant espérée arriva enfin. Tanja était frigorifiée. Il fallait foncer. Puis elle le vit entrer, habillé d'un élégant costume noir. La classe, cet homme avait un charisme impressionnant. Helmut lui sourit et lui serra la main. *« Les mains moites, sans doute un timide »*, pensa-t-elle. Ils commandèrent un verre de vin rouge.

Des regards échangés, de longs instants de silence. Helmut s'efforça de lancer la conversation.

— Alors ? Vous avez des indices concernant votre affaire ? osa-t-il.

— Je piétine un peu. La piste de l'antiquaire me semble un peu légère. Mais je veux quand même la suivre. Peut-être que nos deux affaires sont liées, qui sait.

— Je disais justement à Josef que je ne savais plus où donner de la tête. Si nous tentions de mettre en commun nos indices ? Peut-être qu'on pourrait avancer ?

— Je suis d'accord. Vous devez m'en dire plus sur votre prêtre introuvable. Il me semble étrange qu'il ait disparu dans la nature sans laisser d'adresse, qu'en pensez-vous ?

— Il a sans doute été kidnappé. Enfin, c'est mon hypothèse.

Tanja décida brusquement d'aborder le sujet qui l'intéressait vraiment. Elle prit un malin plaisir à voir Helmut déstabilisé.

— Vous a-t-on déjà dit que vous étiez un homme charmant ? lança Tanja en clignant des yeux.

— Non… répondit Helmut, gêné. Je dois vous retourner le compliment. Vous êtes ravissante. Votre mari vous le dit sûrement sans cesse…

— Quelquefois… mais il est obsédé par son travail et nous ne passons pas beaucoup de temps ensemble. Vous savez, la vie de couple n'est pas si simple. Il est difficile d'entretenir la flamme. En ce moment, j'ai bien peur qu'elle ne s'éteigne…

— Ce sont des choses qui arrivent. Il ne faut pas baisser les bras…

Soudain, Tanja lui prit la main. Helmut ne s'attendait pas à ce geste d'affection et à cet instant, il pria pour résister à la tentation.

CHAPITRE 10

Mercredi 27 juillet 2016, Augsburg

Helmut pensait quelquefois à Tanja durant la journée. Il avait su résister à la belle, mais pour combien de temps ? Il se leva de son lit et attrapa son smartphone. Ce soir, il voulait se libérer l'esprit ; ce soir, il voulait écouter ce morceau qui lui trottait dans la tête depuis plusieurs heures. Il alluma son application musicale et rechercha sa chanson préférée de U2 : *Take my hand... You know I'll be there, If you can, I'll cross the sky for your love...* Dans *Drowning Man*, il appréciait particulièrement la guitare acoustique et la voix exceptionnelle de Bono. Ce morceau le relaxait et lui permettait de s'évader. Il s'étendit sur le lit en écoutant la mélodie et se mit à chanter. Quelques minutes plus tard, il lança l'album *Rattle and Hum*, l'un de ses favoris, il commença par *Silver and Gold.* Dès le début, la voix du chanteur irlandais l'envoûta : *In the shit house a shotgun, praying hands hold me down…*

Helmut se souvint de son séminaire avant de prononcer ses vœux : il avait découvert le groupe qui interprétait *Hallelujah here she comes.* Un ami lui avait parlé de ces jeunes hommes talentueux. Helmut avait été fasciné par ces quatre Irlandais qui jouaient du rock. Il avait trouvé l'idée intéressante et s'était même acheté l'album *Boy*, le tout premier d'une longue série. Le quinquagénaire se comparait souvent à Bono : comme lui, il avait eu une enfance agitée et un passé tumultueux ; comme lui, il s'était assagi et s'était montré d'une grande bonté. Leur point commun, ils avaient quasiment le même âge : la cinquantaine bien entamée.

Helmut Falk interrompit sa pause détente pour se remettre à ses investigations. Pas le temps de flemmarder. L'évêque allait s'impatienter.

Enfin, il se décida à inspecter le presbytère une nouvelle fois. Il allait trouver quelque chose, il le sentait. Son intuition ne lui jouait jamais des tours. Un pressentiment l'habita soudainement. Au fond, il le flairait, il le savait. Un détail essentiel se cachait ici, dissimulé quelque part. Il se leva, enfila une veste légère et se dirigea vers la maison curiale pour fouiller la chambre du père Rödel de fond en comble : tiroirs, lit, matelas, armoire… Il finit par tomber à nouveau sur la Bible, rien qui ne puisse servir. Toutefois, il aperçut un morceau de papier dépasser du Livre saint, ce qu'il n'avait pas remarqué la première fois. Il saisit le Nouveau Testament et l'ouvrit à l'endroit où se trouvait le document. Surprise ! Voilà un détail qu'il n'avait pas relevé lors de ses premières recherches. Que cela pouvait-il bien signifier ? Une feuille quadrillée avec des annotations précisément au chapitre 6 verset 12 de l'Apocalypse. Impossible pour lui de déchiffrer le message codé. Juste des chiffres et des croquis d'objets. Pourquoi l'Apocalypse ? Le prêtre était-il mêlé à un quelconque délit ? Pour le découvrir, Helmut lut le passage biblique concerné :

Et je vis :
Quand il ouvrit le sixième sceau,
Il se fit un violent tremblement de terre.
Le soleil devint noir comme une étoffe de crin,
Et la lune entière comme du sang.

Quel était le rapport entre ce papier et l'Apocalypse ? Qui était ce curé ? Avait-il des choses à cacher ?

Helmut, en colère contre lui-même, se reprocha de ne pas avoir trouvé cet indice plus tôt. Comment avait-il pu passer à côté d'une découverte aussi essentielle ? Sans doute ses sentiments envers Tanja Rotfeld l'envahissaient-ils de trop. Il devait apprendre à garder le contrôle de lui-même. Sa fonction exigeait de lui une attention au détail. Sa vie privée, il devait la mettre entre parenthèses pour le moment.

Dans la foulée, il appela Josef pour lui faire part de son avancement.

— Josef, j'ai trouvé quelque chose d'important pour mon enquête, commença-t-il.

— Vas-y, raconte !

Josef, qui était occupé à décortiquer un nouveau cadavre, retira ses gants en latex pour mieux tenir son smartphone.

— J'ai découvert un morceau de papier dans la Bible du père Rödel. Tu ne devineras jamais de quoi il s'agit…

— Allez, arrête de me faire mariner.

— C'est une représentation d'objets accompagnée d'annotations renvoyant aux versets de l'Apocalypse.

Josef resta pourtant sceptique.

— Oui, et alors ? Qu'est-ce que ça signifie ?

— Pour moi, il s'agit d'un message codé. Il me reste à trouver lequel.

***

Krav-Maga School, Augsburg, 2015

Depuis quelque temps, Tanja Rotfeld participe à des cours de krav-maga. Son mental est au plus beau fixe. En ce mardi soir, Tanja s'échauffe pendant une quinzaine de minutes pour préparer son corps à l'effort. Elle perçoit une augmentation de sa température corporelle et de son rythme cardiaque. Au bout de cinq minutes, ses oreilles se mettent à chauffer. Malgré ses activités sportives régulières, la jeune femme ne peut s'empêcher de rougir, elle est un peu essoufflée. Pourtant, sa condition physique est excellente, faute de quoi elle n'aurait jamais intégré la police. Cinq minutes plus tard, elle peut remarquer une meilleure élasticité de ses muscles et de ses tendons. Quelques abdos, pompes et du gainage lui plombent le moral. Elle a horreur de cette souffrance qu'elle s'inflige volontairement. Elle s'est toujours juré d'entretenir sa silhouette, car elle ne veut surtout pas prendre un gramme. Comme toutes les autres femmes, sans en prendre conscience, elle est victime de la société actuelle qui leur bourre le crâne : tous les magazines évoquent leurs meilleurs conseils pour rester mince, manger plus sainement, faire de l'exercice, avoir un ventre plat…

Après cette phase de calvaire qu'est l'échauffement suit le travail technique. Tout paraît si simple lorsque l'instructeur passe à la démonstration. D'abord, à vitesse réelle, puis au ralenti, il explique et décompose le mouvement précis et décrit l'importance de chaque geste, chaque temps de réaction.

— Bon, maintenant c'est à vous !

Tanja tente de se remémorer chaque mouvement, chaque posture. Accompagnée de son binôme, elle répète, applique, pratique. Les deux femmes semblent progresser.

L'instructeur observe, passe d'élève en élève, corrige les mouvements.

— C'est presque ça, Tanja ! Attention à ton dos.

Pendant sa séance, Tanja reste concentrée, elle ne pense à rien d'autre, elle se donne à fond.

***

Mercredi 27 juillet 2016, Augsburg

Au commissariat, l'antiquaire convoqué par la police aidait le policier chargé de réaliser les portraits robots. L'agent, doté d'un logiciel de pointe, dessinait peu à peu le visage d'un jeune homme d'une vingtaine d'années au regard patibulaire. Au bout de trois heures, il obtint un portrait exploitable. Les autorités lancèrent un avis de recherche dans la foulée. Il leur fallait à présent déterminer l'identité du suspect. L'expert en œuvres d'art ne semblait pas convaincu par les méthodes employées par la police. Comment retrouver cet homme juste avec un dessin ? Il n'avait laissé aucun numéro pour le joindre. Pas la moindre trace de son existence hormis cette image. L'antiquaire sembla satisfait du résultat, mais pas d'empreintes digitales, pas d'empreintes génétiques.

— Tanja, nous avons établi le portrait-robot de l'individu.

— Parfait ! Maintenant, convoque ton équipe et faites des recherches sur des affaires de cambriolages. Essayez de comparer les profils de notre base de données avec ce portrait. Avec un peu de chance, notre gars a peut-être des antécédents.

— Mais c'est un travail de longue haleine…

— Je sais, Brenner ! Mais c'est notre seule piste pour l'instant. Je pense que notre homme n'en est pas à son premier coup. N'oublie pas qu'il possède deux objets volés chez des paroissiens qui ont été agressés. Il y a forcément un lien.

— Bien, chef ! répondit Hans Brenner avec ironie.

CHAPITRE 11

Jeudi 28 juillet 2016, Augsburg

Josef termina son petit-déjeuner et éteignit la télévision. Le petit chat qu'il avait recueilli le suivait dans chaque pièce où il se rendait. Dommage que Lena et Matthias se trouvaient encore chez les parents d'Annika. Pourquoi ce comportement aussi spontané ? Avait-il fait quelque chose de mal qui aurait envenimé les choses ? Josef ne parvint pas à se concentrer. Il prit sa douche rapidement, s'alluma une cigarette et s'installa sur sa terrasse. Pas un seul bruit. Qui serait debout en plein été à six heures du matin ? Le légiste consulta son smartphone tout en inhalant une bouffée de nicotine. Pas de message. Il essaya d'appeler Annika sans succès. Que pouvait-elle bien faire ? Elle allait bien finir par rentrer. Après tout, elle ne respectait pas ses devoirs conjugaux. Il pourrait la poursuivre s'il le voulait. Bien sûr, il ne souhaitait qu'une chose : le retour à la routine familiale. Tout lui manquait : sa femme qui parlait longuement et qui lui reprochait de ne pas l'écouter, emmener Lena et Matthias à l'école, assister à des spectacles gnian-gnian pour enfants, regarder *Tatort* tous les dimanches avec Annika, rencontrer sa pénible belle-famille tous les quinze jours... Toute cette routine qui d'habitude l'ennuyait aujourd'hui lui manquait terriblement. Mais pour quelle raison avait-elle quitté la maison ? Il faisait des efforts depuis quelque temps : il l'écoutait sans l'interrompre, il préparait des pizzas, il s'occupait des tâches ménagères. Josef avait raté quelque chose, mais impossible de savoir de quoi il s'agissait. Il se souvint de leur première rencontre.

Annika effectuait un stage à l'institut médico-légal. Josef lui avait montré quelques techniques pour dater la mort d'une personne : rigidité et lividité cadavérique, température du corps, température ambiante, escouades d'insectes nécrophages… Elle avait grimacé lorsqu'il lui parlait des larves et insectes qui colonisaient un cadavre. Il l'avait ensuite invitée à déjeuner, elle avait accepté et ils étaient vite devenus proches. Quelques années plus tard, ils étaient mariés et quatre ans après, Lena avait vu le jour, puis naquit Matthias. La routine suivit son cours. Annika quitta son poste à la police scientifique et se consacra à l'éducation de ses deux enfants. Pour combler la perte financière, Josef finit par augmenter son rythme de travail. De huit heures par jour, il passa à dix ou douze heures de service.

Le légiste sortit de ses pensées : le déclic ! Il avait compris. Annika devait se sentir prisonnière : elle avait sacrifié sa carrière professionnelle pour lui offrir deux beaux enfants. Il pensait bien faire en travaillant plus pour les combler de cadeaux. Même les enfants boudaient. Comment avait-il pu ignorer leur souffrance ? Comment faire pour réparer les dégâts ? Il devait absolument lui parler. Encore fallait-il qu'elle daignât répondre au téléphone.

***

À Göggingen, au presbytère, Helmut inspectait encore une fois la chambre du père Rödel. S'il avait trouvé un document caché dans la Bible, sans doute découvrirait-il d'autres éléments concrets. Il n'était pas satisfait de ses investigations. L'officier infiltré ne préviendrait surtout pas l'évêque. Plus question de lui rapporter chaque détail de son enquête. Le pontife devrait faire preuve de patience et lui faire confiance. Sinon, pourquoi l'avoir recruté ?

Helmut sortit fumer une cigarette pour se remettre les idées en place, s'assit sur les marches, alluma sa clope et s'égara dans ses pensées envers Tanja. Ce sentiment l'empêcha de se focaliser sur son enquête. Pas le moindre indice à part ce message codé retrouvé dans l'Apocalypse. Pourquoi le verset 6-12 en particulier ? Ou était-ce uniquement le pur hasard ? Non, impossible. Cette énigme ne manquait pas de sens. Il méritait juste de trouver comment la déchiffrer. Encore fallait-il savoir quoi décrypter. Les lettres de l'alphabet ? Les chiffres ? Le sens caché des Écritures Saintes ?

Il retourna le message dans tous les sens. Pas d'indice supplémentaire. Il saisit ensuite le Nouveau Testament et feuilleta quelques pages de l'Apocalypse. Il survola quelques versets, essaya d'en déterminer une signification cachée. Rien qui ne lui vint à l'esprit à cet instant précis.

Puis la sonnerie de son téléphone retentit. Son frère détenait de nouvelles informations :

— Oui, frérot ? Quoi de neuf ?

— Au poste, ils ont trouvé un suspect qui a déjà été arrêté pour des cambriolages.

— Donc ils tiennent l'individu ?

— Non, pas encore. Ils l'ont identifié et figure-toi qu'il ressemble étrangement au portrait-robot établi avec l'aide de l'antiquaire.

— Super. Vous allez l'interpeller ?

— Tanja s'en charge avec ses coéquipiers.

— Vous avez des informations sur le suspect ?

— Apparemment, il y a plusieurs années, il aurait écopé de cinq ans de prison pour trafic d'objets.

— Ah, un beau pedigree à son actif !

— Exactement. Il aurait aussi été accusé d'avoir tué ses parents adoptifs, mais il y a eu un non-lieu faute de preuves.

— Personne ne l'a pris en charge à l'époque ? On sait qui sont ses parents biologiques ?

— Non. La mère a accouché sous x.

— C'est terrible, cette histoire, soupira Helmut. Une vie de gâchée. L'enfant a dû être perturbé s'il a découvert qu'il avait été adopté.

— Je suppose. Bon, la police est partie interroger notre homme de ce pas. On en saura plus ce soir. Et toi, tu as pu trouver quelque chose ?

— Non, rien de pertinent. Ce morceau de papier laissé dans la Bible m'intrigue. Je suis sûr qu'il s'agit d'un message codé. Pas moyen de savoir ce que ça signifie.

— Repose-toi. La nuit porte conseil.

— Oui. Et toi, avec Annika, ça va mieux ?

— Je suis chez moi, elle n'est pas rentrée. Je vais attendre un peu que l'orage passe. J'ai tenté de la joindre, mais je tombe à chaque fois sur le répondeur. Je ne sais pas quoi faire pour qu'elle revienne.

— Elle trouve sûrement que tu n'es pas assez présent. C'est aussi de ma faute. Je te sollicite régulièrement pour mes enquêtes.

— Tu n'y es pour rien, Helmut, ne t'inquiète pas. Je vais gérer la situation. On se voit demain au *Brinckmann Café*.

CHAPITRE 12

Vendredi 29 juillet 2016, Augsburg
Mon cher Josef,
N'essaie pas de me demander plus d'explications. Je dois encore rester seule avec les enfants pour faire le point. Cette situation ne m'enchante guère. Tu sais combien Matthias et Lena sont perturbés. Je ne souhaite pas leur faire vivre des moments difficiles. Je vais réfléchir à une solution qui serait la meilleure pour nous tous. Surtout, ne t'inquiète pas. Je vais bien et les enfants aussi. Je reste encore quelque temps chez mes parents. Cette absence me fait le plus grand bien. Tu sais d'ailleurs toi-même que j'étouffe à la maison. J'ai besoin de vivre, de sortir, de rencontrer du monde. Je ne peux plus continuer ainsi. C'est trop difficile pour moi. J'ai fait beaucoup de sacrifices pour t'offrir ce que tu me demandais. J'estime qu'à mon tour, j'ai le droit au bonheur. Je t'en dirai plus dans quelques jours.
Prends soin de toi.
Ta femme Annika

Après lecture de ce courrier inattendu, Josef ne savait plus comment prendre la déclaration de son épouse. Était-ce annonciateur de rupture ? Ou au contraire, allait-elle lui demander quelques sacrifices ? Était-ce une lettre de reproches ? Pas moyen d'en être sûr. Le légiste posa la missive sur la table du salon et s'installa sur le canapé. Puis il se leva subitement et s'alluma une cigarette. Il le savait, il ne devait pas fumer à l'intérieur. Annika aurait tout de suite haussé la voix. Après tout, il était seul et un peu déprimé. Maintenant, plus rien n'avait d'importance hormis la résolution de l'enquête d'Helmut. Pas question de se lamenter et de ne penser qu'à sa vie privée. Il devait se reprendre et rester actif. Sombrer dans la dépression ne l'aiderait pas à s'en sortir. À quoi bon être cloîtré à la maison quand on est abandonné par ses proches ? Josef éteignit sa cigarette et fonça à l'institut médico-légal.

***

Helmut continua ses recherches à la *Staats und Stadtbibliothek*(24) d'Augsburg. Il parcourut le Nouveau Testament, les manuels de sciences occultes, les interprétations de l'Apocalypse. Tout cela ne lui donna aucune information supplémentaire. Il fallait chercher ailleurs. Certes, les versets lui apporteraient une réponse, mais il devenait urgent de décoder les bons éléments dans un premier temps. Pas le choix, il faudrait solliciter Tanja Rotfeld. Elle seule pourrait lui apporter son aide. Avec l'appui de la police, Helmut pourrait boucler l'enquête dans les plus brefs délais. Pour l'instant, c'était le néant. Pire encore que l'affaire précédente. Il vivait dans l'incertitude perpétuelle de ses compétences, de sa foi. Avait-il fait les bons choix ? Que lui manquait-il pour mener à bien sa mission ? Le doute l'envahit. Il se leva et quitta la bibliothèque. Encore une belle journée en perspective. Pourquoi rester enfermé lorsque le soleil réchauffe les rues animées du centre-ville ? Il marcha quelques longues minutes avant d'atteindre la Philippine-Welser-Straße. Il entra dans le *Café Eber*, son deuxième endroit préféré après le *Brinckmann Café*. Cette fois-ci, il se laissa tenter par une Marillendatschi(25). La meilleure de toute la ville !

Helmut ne tarda pas à contacter Tanja. Il sentit son cœur battre tellement fort qu'il crut un instant qu'il allait sortir de sa poitrine. La

---

(24) Bibliothèque nationale et municipale.

(25) Nom bavarois de la tarte aux abricots.

jeune lieutenant accepta de le rencontrer au *Café Eber*. Il commanda un cappuccino. Au bout d'une demi-heure, Tanja apparut. Elle portait une robe noire en velours qui mettait en valeur ses formes aux proportions idéales. Helmut la scruta plusieurs secondes avant de se lever et de la saluer.

— Alors ? Vous avez du nouveau ? commença-t-elle.

— Pas du tout. J'ai besoin de vous pour m'aider.

— Que puis-je faire pour vous ?

Ses yeux de biche maquillés au crayon noir le fixaient avec insistance.

— Vous m'informez de la progression de votre enquête et moi, de mon côté, je vous transmets tout ce que je découvre, enchaîna Helmut, troublé par le regard de Tanja.

— Mais nous ne travaillons pas ensemble… Expliquez-moi quand même.

— J'ai toujours le même problème avec le message codé. Je ne sais pas comment interpréter ce papier avec des croquis d'objets et des versets de l'Apocalypse.

— Attendez un peu… Il ne s'agirait pas des objets manquants chez les victimes de cambriolage à Göggingen ?

— Vous croyez ?

Il tendit le morceau de papier à l'enquêtrice. La feuille quadrillée avec les croquis d'objets et les versets de l'Apocalypse.

— Regardez, le chandelier à sept branches et la statuette. Ils ressemblent étrangement aux objets disparus et pris en photo par l'antiquaire. Il faut creuser cette piste ! Je savais bien que j'étais sur la bonne voie ! s'exclama Tanja en souriant.

— Qu'allez-vous faire ?

— Mes hommes sont partis interroger un suspect qui a été identifié grâce à l'antiquaire et au portrait-robot.

— Comment s'appelle le malfaiteur ?

— Pour l'instant, nous ne sommes sûrs de rien. Un jeune homme âgé d'une vingtaine d'années. J'attends les conclusions de mes collègues. J'en saurai plus ce soir ou demain.

— Vous voudrez bien m'informer ?

Helmut se montra sous un autre jour : timide, maladroit, distrait.

— Bien sûr, Helmut. C'est un plaisir de collaborer avec vous...

Tanja prit la main d'Helmut et lui caressa la paume. Par réflexe, l'officier du SIV repoussa ses avances. Elle insista. Leurs regards se croisèrent pendant plusieurs minutes sans qu'aucun mot ne fût échangé. Helmut éprouva une sensation étrange qui lui était auparavant encore inconnue. Tanja lui proposa enfin de passer boire un verre chez elle. Elle ne voulait pas rester seule pendant l'absence de son mari. Helmut hésita avant d'accepter de la suivre.

— Mais, si votre mari surgissait ? Ce n'est pas une bonne idée.

— Alors... Allons chez vous ! proposa-t-elle.

Helmut réfléchit. Inviter une femme chez lui, au presbytère. Non, pas possible. Les crucifix accrochés dans chaque pièce lui rappelleraient qu'il était prêtre avant tout.

— D'accord, on va chez vous, acquiesça-t-il d'un signe de la tête.

Une fois chez Tanja, ils burent un verre de vin rouge. La belle enquêtrice proposa à son invité de rester dîner avec elle. Ils préparèrent ensemble des filets de poulet accompagnés de riz et d'une sauce aigre-douce. Entre eux naquit une complicité au-delà de l'union charnelle qui suivit le repas.

CHAPITRE 13

Samedi 30 juillet 2016, Augsburg

Ma chère Annika,

Je suis peiné que tu ne répondes pas à mes appels. Tes explications ne sont pas justifiées. Tout le monde a le choix et le choix de vivre avec moi, tu l'as fait tout en sachant que ma fonction de médecin légiste ne me laisserait que peu de temps libre. Le choix de mettre au monde nos deux magnifiques enfants, je ne te l'ai pas imposé. Je ne cherche pas d'excuses, bien au contraire, je pense que nous avons tous les deux nos torts. C'est pourquoi j'aimerais que tu me rappelles et que tu reviennes à la maison. Cette situation ne peut perdurer pour le bien-être des enfants. Je te laisse le temps d'y réfléchir et de prendre la meilleure décision qui soit pour nous tous. Sache que même si je suis très occupé avec mon travail, vous restez ma priorité et je ne souhaite que votre bonheur. Nous devons en parler de vive voix, une bonne fois pour toutes.

Tu peux me joindre à n'importe quelle heure, je serai à ton écoute.

Porte-toi bien et embrasse les enfants pour moi.

Josef

***

2 avril 1996, Augsburg

Monsieur et madame Grass, les larmes aux yeux, frappent au portail de l'orphelinat. Ils tiennent leur petit-fils dans leurs bras. Trop jeunes pour être grands-parents. Leur fille vient d'avoir seize ans, trop tôt pour devenir maman. Et bien sûr, le père ne reconnaîtra pas l'enfant. Trois vies brisées. Toujours les mêmes angoisses, toujours les mêmes soucis lorsque l'on a une fille. À cet âge, impossible de la consigner dans sa chambre. Elle aurait de toute façon rusé pour s'échapper et fuguer. Monsieur Grass le sait, il a pris la meilleure décision qui soit pour leur bien. Leur progéniture pourra poursuivre ses études et trouver un emploi convenable, le bébé trouvera une famille d'accueil et vivra heureux. Quant au père du nouveau-né, il n'aura pas de souci à se faire. De toute façon, il n'est pas au courant de la grossesse de sa petite amie. À quoi bon lui en parler ? Il se serait quand même débiné, même s'il a vingt-six ans. Elle n'est même pas majeure. Du détournement de mineure, oui. Ce type pouvait s'estimer chanceux. Les Grass ne porteraient pas plainte contre lui. Il risquerait la prison. Parfois, l'amour peut faire perdre la raison. Celui-là, il ne réalisait pas l'ampleur de la situation. Normal puisque les garçons sont matures beaucoup plus tardivement. Pourtant, ils sont bien plus précoces pour fréquenter les filles et les posséder dans leur lit.

Madame Grass frappe à nouveau au portail qui s'ouvre après quelques instants.

— Bonjour… Je viens vous apporter ce bébé… Un joli garçon qui vient de naître… Malheureusement, sa mère est beaucoup trop jeune pour s'en occuper et n'a pas de situation financière…

— Bien, suivez-moi ! répondit la directrice de l'orphelinat d'un ton sec. Encore une jeune effrontée qui fréquente et n'a pas conscience des conséquences !

— Notre fille est une jeune adolescente sérieuse, ce n'est pas le problème.

— Et en plus, elle avait votre permission ? C'est du propre ! À seize ans, la place d'une jeune fille est à l'école et à la cuisine pour aider sa mère. Pas étonnant après qu'elle se retrouve enceinte dès qu'elle commence à devenir fécondable.

Ces remarques désobligeantes, voire irrespectueuses, agacent le couple. Les deux époux décident de récupérer l'enfant et de quitter ce lieu maudit. Ce bébé ne sera pas heureux ici.

Après quelques heures à errer dans la ville, monsieur et madame Grass pénètrent dans une église à Göggingen. À la sortie de la messe, ils profitent de l'inattention des paroissiens et du curé pour déposer le couffin et le trousseau dans le confessionnal. Honteux de leur geste, ils s'esquivent par la porte du fond et courent vers leur véhicule.

Quelqu'un prendra soin du petit et lui apportera amour et protection. Il trouvera une famille adoptive. Tellement de couples infertiles seront enchantés de s'occuper de ce petit être qui débute difficilement dans l'aventure de la vie. Quelques pleurs, quelques regrets puis les Grass regagnent leur domicile. Ils entrent dans la chambre de leur fille qui semble dormir. Toutefois, la jeune demoiselle se retourne vers eux et se met à hurler.

— Vous n'avez pas le droit de m'enlever mon bébé. Vous êtes des monstres ! braille leur fille.

— Écoute, ma chérie, tu es trop jeune pour t'occuper de ce bébé. Tu n'es encore qu'une adolescente. Tu auras le temps et la vie devant toi pour faire des enfants. Pense à tes études et à ton avenir, commence le père.

— Et si c'était mon avenir d'avoir un fils aussi magnifique ? Et si jamais je ne peux plus en avoir ? Où l'avez-vous emmené ? s'énerve la jeune fille.

— Nous ne pouvons rien te dire. Quand tu seras rétablie, nous te le dirons peut-être. C'est pour ton bien et celui du petit.

— Comment avez-vous pu abandonner votre petit-fils ? Vous n'avez pas de cœur. Je vous déteste !

La jeune maman éphémère se met à crier, entre dans une folie profonde avant de s'effondrer sur son lit. Ses parents quittent la pièce, tout penauds.

***

Samedi 30 juillet 2016, Augsburg-Göggingen, 16 heures

Un orage éclata dans toute la Bavière. Pas surprenant lorsque les températures des jours précédents atteignaient les 35°C. Pas de pluie depuis plusieurs semaines. Helmut pesta. Il n'avait pas pensé à prendre son parapluie. Il courut toute la Maximilianstraβe puis tenta un sprint jusqu'au *Café Eber*. Il observa le ciel chargé puis frissonna. Il s'assit au fond de la salle et sortit son calepin. Après son aventure avec Tanja Rotfeld, il culpabilisa, le cœur rongé de remords, il ne tenait plus en place. Comment évacuer sa mauvaise conscience? C'est évident, le Seigneur ne serait pas fier de ses actes. Il devait se repentir. Une nécessité. Sinon, il vivrait avec ce péché pour le restant de ses jours. Helmut n'avait pas su déjouer l'épreuve que Dieu lui avait infligée. Incapable de résister à la tentation, tel Adam, il avait croqué le fruit défendu.

Pour l'instant, l'urgence persistait. Il fallait comprendre ce qui était arrivé au père Rödel, disparu depuis quelques jours. Selon la police, une victime non retrouvée dans les quarante-huit heures avait peu de chance d'être encore en vie. Helmut envisageait déjà le pire. Et si on retrouvait un cadavre quelque part dans les bois? Qui pouvait en vouloir au prêtre au point de le tuer? Il y avait sans aucun doute une explication. Helmut sortit de sa sacoche une feuille de papier pliée en quatre. Il l'avait trouvée par hasard le matin même dans la salle de bains en inspectant les lieux avec acharnement. Il avait cherché dans le meuble sous le lavabo. Il avait remarqué une boîte étrange qui ressemblait à un emballage de dentifrice. Seule l'étiquette sur l'étui lui avait mis la puce à l'oreille. Un seul mot : HÔPITAL. Pareil à un parchemin enroulé, il avait découvert un document médical. Il s'agissait d'une intervention chirurgicale. Aucune précision. Le père Rödel avait aussi subi un prélèvement sanguin. L'analyse du laboratoire indiquait que l'ecclésiastique ne souffrait d'aucun trouble des hématies ou de cholestérol. Le prêtre en pleine santé, les biologistes avaient pu déterminer son groupe sanguin : B+.

Helmut commanda un café et un Datschi. Il se gratta le menton, son cerveau entra en ébullition. Tout se mélangeait à présent. Un détail lui échappait, mais pas moyen de savoir lequel. Ses pensées amoureuses envers Tanja l'empêchaient de se concentrer. Il n'avait rien vu venir. Comme si son corps s'était détaché de son esprit et qu'il ne pouvait plus en garder le contrôle.

***

Même jour, Augsburg, 17 h 30

Josef s'affala sur son canapé, soulagé d'avoir terminé une journée de travail intense. Il entendit des bruits de pas à l'étage, monta sans faire de bruit et se rendit compte que son épouse était rentrée, installée dans la chambre.

— Alors, tu es enfin revenue ? Où sont les enfants ?

— Ils sont chez mes parents. Ils reviennent demain soir. Je dois te parler, Josef.

— Que se passe-t-il ? Tu as un problème ?

— On peut dire ça comme ça… Je suis enceinte !

Josef, surpris, tomba sur le lit.

— Ah bon ? Et tu le sais depuis quand ?

— Depuis une semaine…

— De quand date ta grossesse ?

— J'en suis à huit semaines d'aménorrhée…

— Tu en es sûre ? Comment est-ce possible ?

— Que veux-tu dire ? Tu penses que tu n'es pas le père ? s'énerva Annika.

— Ce n'est pas ce que j'ai voulu dire. Parce que je suis juste étonné que ça arrive maintenant, vu notre « break » !

— Je vois où tu veux en venir… Je sais, malgré nos rares moments d'intimité, je suis tombée enceinte. C'est comme ça et je ne peux rien y faire.

— Que fait-on ? Tu restes et on recommence à zéro toi et moi ?

— Je ne sais pas encore. Je dois y réfléchir. Je suis juste passée pour t'informer de ma grossesse.

— Je te rappelle que nous sommes mariés ! Tu as oublié que nous avons des enfants ensemble et qu'ils ont aussi besoin de leur père ?

— Oh que oui, ils ont besoin de leur père ! Mais malheureusement, ce dernier est souvent absent ! À lui d'assumer maintenant !

Annika se leva brusquement et quitta la maison en colère. Josef, abattu, se servit un verre de whisky irlandais.

***

Même jour, commissariat d'Augsburg, fin de journée

Hans Brenner et Tanja Rotfeld avaient enfin trouvé une piste. L'identité du jeune homme qu'avait rencontré l'antiquaire avait été établie. Un certain Peter Hering.

— Bravo Brenner ! On avance. On va pouvoir coincer ce zigoto !

Tanja se montrait plutôt joyeuse. Hans Brenner préférait la voir de bonne humeur. Mais souvent, elle se comportait en parfaite connasse et pouvait lui aboyer dessus sans hésiter. La plupart du temps, elle s'excusait.

— On fait une bonne équipe, non ?

— Affirmatif. Je sais que tu dois supporter mon sale caractère, mais tu sais bien que ce n'est pas contre toi.

— Heureusement ! Je suis un dur à cuire !

— Bon, maintenant tu peux me faire un rapport sur ce type, ses antécédents, sa vie privée, tout. Ensuite, on ira le cueillir là où il crèche. Pendant ce temps, je vais auditionner les témoins qui nous ont appelés. Peut-être qu'ils en savent plus sur lui.

CHAPITRE 14

Dimanche 31 juillet 2016, Augsburg

Helmut appréciait son petit-déjeuner en lisant l'*Augsburger Allgemeine*(26). Il n'eut pas le temps de terminer de feuilleter le journal. Déjà un appel de l'évêque !

— Helmut, j'ai du nouveau. Tu n'as plus besoin de chercher le père Rödel.

— Ah bon ? Et pourquoi ?

— Un couvent en Alsace m'a informé que le prêtre s'y trouvait.

Pendant un instant, Helmut resta silencieux, tant la nouvelle le surprit. Il ressentit un certain soulagement : le prêtre était fugitif, mais bel et bien vivant.

— Très bien. Et comment les religieuses sont-elles au courant qu'il est porté disparu ?

— Tout à fait par hasard.

Helmut sentait que le pontife ne lui révélait pas tout. Rien de tel pour l'agacer.

— Et est-ce qu'il a expliqué la raison de son départ précipité ? On l'a retrouvé comme ça, par hasard ! s'étonna Helmut.

— Non. Il aurait juste dit qu'il serait de retour prochainement, mais cela me semble mystérieux.

— Donc ma mission est terminée ?

Ouf ! De toute façon, il pataugeait un peu dans la boue.

---

(26) Journal local d'Augsburg.

— Non, au contraire. Elle va se poursuivre. Tu vas te rendre à Strasbourg, en Alsace. Il s'y cache. Tu le questionneras et il rentrera avec toi.

Un soulagement de courte durée pour Helmut.

— Et quand dois-je partir ?

— Le plus rapidement possible.

Helmut, assommé par cette nouvelle, se versa une tasse de café. Qu'allait-il faire à Strasbourg ? Bien sûr, il excellait en français, mais ce n'était pas une raison pour l'envoyer en Alsace. Un petit voyage en France ne le dérangeait pas. Il se demandait juste comment il allait trouver un remplaçant au presbytère pour assurer ses offices. Pas de temps à perdre : préparer sa valise et contacter le diocèse d'Augsburg pour qu'il lui envoie un vicaire le temps de sa mission.

***

3 avril 1996, Augsburg, orphelinat catholique.

— Bonjour sœur Brünhild. Je viens de trouver cet enfant dans le confessionnal de ma paroisse. Je l'ai gardé avec moi pour la nuit. Pourriez-vous vous en occuper ?

— Encore un bébé abandonné ! Savez-vous qui sont ses parents ?

— Pas la moindre idée. Après la messe hier, j'ai entendu du bruit et un bébé pleurer. J'ai cherché partout et je l'ai trouvé dans le confessionnal. Aucune lettre.

— Je ne sais pas si cela peut être utile, mais une femme est venue me voir hier puis elle est repartie. J'ignore si c'est du même enfant dont il s'agit. Je vais m'en charger. Merci, monsieur le curé, d'avoir pris soin de lui la nuit dernière.

— Qu'on me tienne informé si l'on retrouve ses parents. Je souhaiterais leur parler.

— Je n'hésiterai pas à vous prévenir si j'apprends quelque chose, mon père.

***

Dimanche 31 juillet 2016, Augsburg

Helmut sonna chez son frère qui s'attendait à sa visite. Il l'invita à entrer et à prendre place dans le salon. Le légiste semblait tourmenté. Helmut s'inquiéta pour lui.

— Qu'est-ce qu'il se passe, frérot? osa-t-il.

— C'est Annika! Elle m'a annoncé qu'elle était enceinte…

— Oh, mais c'est une bonne nouvelle! Toutes mes félicitations, Josef! Je vais être tonton pour la troisième fois!

Helmut serra son frère dans ses bras.

— Attends avant de te réjouir! Je pense que je ne suis pas le père…

— Comment ça? Et pourquoi?

— Eh bien tout simplement parce qu'il y a trois mois, je n'étais pas souvent à la maison et que nous faisions chambre à part.

— Non? Et pour quelle raison?

— Parce qu'avec mes horaires tardifs, je ne devais pas la réveiller, donc je dormais sur le canapé. Et puis cette habitude est devenue une routine… Nous ne communiquions plus vraiment… Donc, comment aurais-je pu l'engrosser?

— Quel vocabulaire, Josef!

— Ça me met hors de moi ces mensonges! se crispa le légiste en serrant les poings.

— Je vois… Et vous en avez parlé plus en détail?

— Elle refuse d'admettre que je ne puisse pas être le géniteur.

— Oui c'est compliqué… Vous allez trouver une solution… Elle va revenir. Je commence à connaître ma belle-sœur! Elle fait la tête puis revient toujours.

— C'est vrai. Mais cette fois, j'ai l'impression qu'elle ne plaisante pas… Bon, et toi? Tu as du nouveau concernant ton enquête?

— Oui. Une bonne et mauvaise nouvelle à la fois. L'évêque m'a appelé pour m'annoncer que le père Rödel serait en Alsace. Je dois me rendre à Strasbourg pour le retrouver et le ramener à Augsburg.

— Ouh! Tant mieux pour toi! Tu vas dénicher sa cachette et t'expliquer avec lui. En ce qui concerne les cambriolages, je poursuis mes recherches avec Tanja. Elle va reprendre l'affaire. Moi, je ne peux que m'occuper des macchabées qu'on m'apporte ! Pendant ce temps, interroge le prêtre. Il doit être mêlé à cette histoire.

— Oui, je comprends. Merci encore pour ton soutien… J'ai quelque chose à t'avouer. Mais je ne sais pas comment te l'annoncer…

Un moment de silence, une hésitation, puis Helmut balbutia :

— Qu'est-ce qui se passe ? Un problème ? demanda Josef, impatient d'en savoir plus.

— Eh bien… Tanja et moi… il s'est passé quelque chose d'incroyable… Je ne sais pas comment te l'annoncer…

— Ne me dis pas que tu as couché avec elle ?

— Euh… si… enfin pas seulement…

— Tu n'as pas pu résister ! Helmut, mais enfin… Tu as succombé à la tentation ! N'oublie pas ta foi, ta mission ! Allez, il faut se concentrer sur la résolution de l'enquête. Nous devons un peu mettre nos états d'âme de côté.

— Oui, tu as raison. Je suis trop sensible. Je travaille pour le Vatican maintenant. Bon, on va se remettre au boulot !

— Helmut, répondit Josef d'une voix rassurée. Je suis content que tu réagisses comme ça !

— Bon, je vais aussi me sortir Tanja de la tête. Elle est mariée et je ne suis pas un briseur de couples.

— Exactement. Et moi, je vais clarifier la situation avec Annika, qu'on en finisse. Cette grossesse soudaine m'intrigue tout de même. Enfin, ça sera peut-être une raison pour souder notre couple.

— Bien sûr, je regrette d'avoir péché. Mais cette aventure me fait douter de mon réel but sur terre. Regarde, je suis seul, je n'ai pas fondé de famille. Toi, tu as une femme et des enfants magnifiques et tu vas être de nouveau papa. Et tu te plains !

— Je ne me plains pas. Je dis juste que tu es fait pour le Seigneur et que tu ne dois pas en douter. Sinon, pourquoi aurais-tu suivi cette voix qui t'a guidé jusqu'à l'évêque ?

— Je ne sais plus où j'en suis… Je vais partir demain en Alsace pour retrouver le père Rödel. Cela me changera les idées. Je vais uniquement me consacrer à mon enquête. Je verrai ensuite ce que je dois faire, termina Helmut en se redressant, les poings fermés, pour montrer sa détermination.

CHAPITRE 15

Lundi 1er août 2016, Augsburg, commissariat de police

Tanja Rotfeld n'avait pas fermé l'œil de la nuit. Troublée par son comportement, elle ne savait comment aborder le sujet avec son mari. Il lui faudrait plusieurs jours avant d'avouer son écart de conduite. Pour l'instant, elle se consacrait à son enquête. Son but ultime : parvenir à interpeller le cambrioleur. Elle le savait, il n'était pas très loin. Il n'avait pas pu quitter le pays puisqu'elle avait lancé un avis de recherche. Il n'était pas chez lui lors de la visite des officiers. Il se cachait sans doute chez un ami. Il fallait attendre la commission rogatoire pour perquisitionner son domicile. Ce type devait cacher quelque chose. Elle en était persuadée. Il aurait par la même occasion assassiné le pauvre monsieur Lutz. Peut-être pas un homicide volontaire. Il fallait tout vérifier. Pas question de commettre une erreur qui perturberait l'enquête. Tanja, d'habitude si fraîche et joviale, paraissait épuisée, les yeux cernés et les cheveux ébouriffés, pas eu le temps de se coiffer ce matin. Ce maudit réveil lui avait rappelé que son service allait commencer. Pas question d'être à la bourre. Une longue journée l'attendait. Un seul objectif : auditionner le malfaiteur. Peter Hering, un nom pas très commun. Tanja espérait qu'il ne serait pas aussi menaçant que sur le portrait-robot.

— Quoi de neuf, Brenner ? T'as pu obtenir la commission rogatoire ?

— Oui, Tanja. Nous allons fouiller chez le gusse ce soir. Et toi ? Tu as une petite mine aujourd'hui ! se moqua-t-il.

— Je suis crevée, mais là n'est pas le problème. On se met au boulot et vite ! insista-t-elle, tapant des mains sur le bureau.

— OK, pas la peine de lever le ton. Je plaisantais…

— Je file à l'institut médico-légal. Je voudrais en savoir plus sur la victime du cambriolage de Göggingen.

— Le toubib ne t'a pas donné les résultats ?

— Non, et je dois le voir pour une autre affaire.

***

Même jour, Augsburg-Göggingen

Helmut prépara sa valise. Il ne savait pas pour combien de temps il en aurait en Alsace. Quelques vêtements suffiraient. Son carnet de notes et son ordinateur portable n'avaient pas bougé de la sacoche. Il la garderait avec lui en bagage à main. Vite ! Il fallait se dépêcher. Le train en direction de Strasbourg partirait dans deux heures. Heureusement qu'il avait son smartphone et son lecteur MP3 pour écouter ses albums préférés de U2. Une fois sa valise prête, il sortit fumer une cigarette, contempla un oiseau qui venait d'attraper un ver pour le rapporter jusqu'au nid. *« Que la nature est fascinante »*, pensa-t-il. La famille, rien de plus important que la famille. Une famille unie, des amis proches, une vie épanouie. Mais la sienne l'était-elle vraiment ? Que lui manquait-il pour se sentir accompli ? Il se remémora sa soirée magique avec Tanja, une femme exceptionnelle. Quel dommage qu'elle soit mariée ! Mais avait-il le droit de trahir le Seigneur ? Son cœur balançait. Les deux modes de vie lui conviendraient. Mais seuls les pasteurs pouvaient se marier et fonder une famille. Il écrasa son mégot de cigarette dans le cendrier et rentra. L'odeur de nicotine avait réussi à pénétrer dans la pièce. Il glissa dans sa valise les documents qu'il avait trouvés. Le père Rödel cachait quelque chose et il allait devoir s'expliquer. Pourquoi fuir aussi vite ? Que s'était-il passé ? Avait-il subi une pression de la part d'une personne de son entourage ? Tant d'interrogations auxquelles Helmut n'avait pas trouvé de réponse.

***

Assis à la terrasse du *Brinckmann Café* d'Augsburg, Josef savourait une bière blanche en compagnie de Tanja Rotfeld. Les deux amis n'abordèrent que des sujets d'ordre professionnel. Il fallait avancer et boucler l'affaire au plus vite.

— Bon, commença Tanja. Mon collègue Hans Brenner a découvert quelque chose d'intéressant. Je ne sais pas si ça peut nous aider, mais le jeu en vaut la chandelle.

— Vous avez du nouveau ?

— On a enquêté à fond sur le suspect Peter Hering. Il aurait subi une greffe de rein il y a cinq ans.

— Donc on sait qui est le donneur ?

— Non, pas encore. C'est forcément un proche. Nous allons l'identifier.

— Mais cela ne nous apporte rien pour l'enquête, il me semble.

— Tu as tort, Jo. Tout indice est bon à prendre. L'individu était orphelin depuis sa naissance. Il a tué ses parents adoptifs. Je dois découvrir pourquoi et établir son portrait psychologique. S'il commet des cambriolages, il a sûrement un ou des complices. Il faut tout éplucher : ses relevés téléphoniques, sa vie privée, questionner son entourage.

— Tu as pu l'interroger ?

— Non pas encore, il a disparu. Il n'était pas chez lui et personne ne l'a vu depuis plusieurs jours.

— Tu comptes lancer un avis de recherche ?

— Déjà fait. On attend. Pendant ce temps, je vais me rendre à l'hôpital qui l'a pris en charge pour en savoir plus.

— D'accord. Au fait, je suis au courant pour toi et mon frère !

— Ah bon ? grommela-t-elle, embarrassée.

— Il est prêtre, tu es mariée, tu vois ce que je veux dire ?

— Mais… comment ça il est prêtre ? Je n'étais pas au courant.

— Il est infiltré pour l'enquête au presbytère de Göggingen. Il est prêtre et officier infiltré. Top secret.

— OK, je comprends mieux. Donc, je laisse tomber, promis. C'est bien dommage. Ton frère a un charme fou. Je ne sais pas comment te l'expliquer…

— Et Jonas ? Tu penses un peu à lui ?

— Nous sommes dans une mauvaise période… J'ai dérapé, je sais. Mais si c'est le souhait d'Helmut de ne plus me voir, aucun problème… Pour autant, ma vie privée ne regarde que moi ! Je ne me mêle pas de ta vie sentimentale, il me semble ? lança-t-elle d'un ton accrocheur.

— Oui, tu as raison… Je suis tendu en ce moment et j'ai du mal à me concentrer.

Josef se rendit compte qu'il déprimait sans doute. Jouer les durs, c'est indispensable, surtout lorsque l'on fait ce métier. Il songea enfin à poser quelques jours de congés une fois cette affaire bouclée.

***

26 juin 1999, Augsburg

Monsieur et madame Hering attendent leur tour dans une grande salle d'attente. Enfin ! Cela fait plusieurs années qu'ils espèrent ce moment. Ils vont adopter un enfant, une chance inouïe pour eux qui, depuis six ans, ont tout tenté pour devenir parents. Mais rien n'y fait, l'adoption reste leur dernier recours. Une jeune dame vient les chercher et les dirige jusqu'au bureau de la directrice de l'orphelinat.

— Bien, j'ai consulté votre dossier et j'ai donc le plaisir de vous annoncer que vous pourrez, si vous le souhaitez, adopter un enfant de trois ans qui a été abandonné par ses parents.

— Super ! Quelle honte ces gens qui abandonnent leurs enfants alors que certaines personnes n'ont pas la chance d'en avoir.

— Oui, je suis de votre avis. Hélas, beaucoup de jeunes parents sont inconscients et incapables d'assurer un avenir à leur bébé alors ils décident de nous les confier anonymement. Nous les recueillons et nous essayons de leur trouver une famille. Nous ne pouvons pas en faire plus.

— Comment s'appelle ce garçon dont vous nous avez parlé au téléphone ? demande madame Hering.

— Nous l'avons nommé Peter. Il a trois ans, est très réservé et reste toujours dans son coin. Mais je suis certaine que vous allez l'apprivoiser.

— Oh, il est vraiment mignon ! s'écrie madame Hering en voyant la photo du petit que lui tend son interlocutrice.

— Nous allons remplir les formalités, ensuite vous pourrez l'emmener.

CHAPITRE 16

Mardi 2 août 2016, train ICE

Helmut s'endormit dans le train qui l'emmenait en direction de Strasbourg. Dans deux heures, il arriverait à destination.

Depuis plusieurs jours, il n'avait pas pu récupérer ses heures de sommeil perdu. Le paysage défilait si vite qu'on ne pouvait admirer la splendeur du Baden-Württemberg.

10 h 35 : arrivée à Strasbourg. Helmut sortit de la gare et s'alluma une cigarette. Son esprit entra en éveil et ses pensées envers Tanja le perturbèrent, mais il se ressaisit et rentra dans le hall après avoir écrasé son mégot dans le cendrier. Il consulta les panneaux d'affichage et repéra l'escalator qui le mènerait à la station de tram. Quelques minutes à patienter et il retrouverait l'Alsace qu'il a connue auparavant lorsqu'il était enfant. Ses souvenirs le guidèrent vers la petite France, où il avait passé des vacances avec ses parents et Josef. Il se remémora leur balade en bateau sur le Rhin. Il avait été fasciné par les maisons à colombages et les fleurs de toutes les couleurs qui ornaient les fenêtres. Les touristes allaient et venaient sur le pont, contemplaient les oiseaux qui se posaient sur l'eau. Helmut n'avait pas oublié sa visite de la Cour des Droits de l'Homme. La langue française l'avait toujours fasciné. Il lui avait suffi de quelques mois pour en maîtriser les bases nécessaires. Il pouvait se faire comprendre sans trop de difficultés. Cependant, Helmut n'avait pas pratiqué le français depuis une dizaine d'années et se demandait déjà comment il allait s'en sortir pour retrouver le père Rödel.

***

Même jour, Augsburg

Josef termina son rapport d'autopsie et rentra chez lui. Son épouse Annika l'attendait dans le salon avec Lena et Matthias. Les petits lui sautèrent dans les bras et il les embrassa. Quel bonheur de retrouver ses enfants !

— Ah, tu t'es enfin décidée à rentrer ? lança Josef d'un ton glacial.

— Oui… Les enfants, allez jouer dehors. Je vous rejoins plus tard… dit Annika d'une voix tremblante.

Une fois seuls, Josef et Annika s'empressèrent de régler leurs comptes.

— Tu reviens pour de bon ou tu vas encore t'éclipser ? demanda le légiste en jetant un regard froid à sa femme.

— Je… je reste, Josef. J'ai bien réfléchi et je suis sûre que nous allons trouver une solution à notre problème. Avec cet enfant qui va arriver, nous devons retrouver la sérénité.

— Ah bon ? Et voilà seulement que tu y penses ? N'oublie pas que tu es partie sur un coup de tête et que tu m'as laissé sans nouvelles. Comment dois-je le prendre ? Et cet enfant ? Est-il vraiment de moi ?

Annika, ébahie, ne comprit pas où son mari voulait en venir.

— Comment oses-tu dire une chose pareille ? Qu'est-ce que tu insinues ? Que je t'ai trompé ?

— Il faut admettre que cette nouvelle est assommante ! Je ne vois pas comment nous aurions pu concevoir un bébé, sachant que j'étais presque tout le temps pris par le travail pendant mon affaire précédente avec Helmut.

— Eh bien, tu te souviens de la nuit que nous avions passée pendant que Lena et Matthias dormaient chez tes parents ?

— Comme par hasard ! s'énerva-t-il. Je vais demander un test de paternité. Et si tu dis vrai, je m'en excuse d'avance. Mais ton comportement est si étrange…

— Si tu veux. Je n'ai rien à cacher. Tu me déçois, Josef.

Annika quitta la maison en claquant la porte. Le bruit des talons de ses chaussures sur le carrelage agaça Josef. Comment avaient-ils pu en arriver là ? Tant d'années de bonheur, de moments difficiles surmontés ensemble. Allaient-ils cette fois-ci préserver leur mariage ?

CHAPITRE 17

2005, Augsburg

Madame Hering apporte le plateau de viande et sert son fils Peter, âgé de neuf ans. Le petit semble livide. Il regarde le poulet avec dédain et repousse son assiette.

— Que se passe-t-il, Peterlé ?

— Je n'ai pas faim, maman.

— Allez, mon chéri, tu dois manger et reprendre des forces. Tu as école demain.

— J'ai pas envie de manger.

Le petit se lève brusquement et renverse le contenu de son assiette. Sa mère soupire et lui ordonne de monter dans sa chambre.

— Tu es privé de dessert ! On ne gaspille pas la nourriture. Il y a tant d'enfants malheureux qui n'ont pas la chance de manger à leur faim tous les jours.

— Moi, j'ai pas faim ! crie l'enfant avec insolence.

— Allez, file ! Tu vas m'obéir ou j'appelle ton père. Avec lui, ça sera une autre histoire.

Peter Hering marmonne des propos incompréhensibles et court dans sa chambre. Il se jette sur le lit et se met à sangloter. *« Pourquoi ils sont méchants avec moi ? J'ai rien fait de mal. J'ai pas faim, c'est tout. Je vais pas me forcer. »*

Le garçonnet se sent incompris, différent. D'ailleurs, à l'école, il est solitaire. Il ne veut pas se lier d'amitié avec ses camarades. Pour Peter, les autres n'arriveront jamais à s'entendre avec lui. Qui sont-ils pour lui donner des leçons ? À ce jour, il décide de se rebeller, de ne plus se soumettre à l'autorité des grandes personnes. Pourquoi tout le monde l'empêche d'agir comme bon lui semble ?

Une idée lui vient à l'esprit : agacer ses parents. Il n'a jamais éprouvé la moindre affection pour eux. Il ne parvient pas à l'expliquer. Sa mère le choie pourtant comme un roi, mais rien n'y fait. Aucune réaction, aucune émotion. Le petit perçoit la détresse dans le regard de son père. L'homme n'arrive plus à gérer le comportement de Peter.

Le gamin sait déjà manipuler son entourage pour obtenir ce qu'il souhaite. Cette fois-ci, il s'échappe par la fenêtre. Pas de risque, car sa chambre se situe au rez-de-chaussée. Malicieux, il regarde son père bricoler, ce qui lui a permis de se fabriquer une corde avec son drap. Il a attaché le tout au pied de son bureau. Aucun danger pour lui que ça lâche. En quelques instants, il se trouve dehors, dans le jardin. Il court tant qu'il peut et traverse le bois derrière la maison.

***

Mardi 2 août 2016, Strasbourg

19 heures : le centre-ville de Strasbourg s'emplissait chaque jour de touristes émerveillés par les jolies bâtisses alsaciennes. Helmut mourait de faim. Durant son voyage, il n'avait pas pris le temps de se restaurer et il rêvait déjà de manger une flàmmeküeche(27). Il se souvint d'en avoir dégusté en Allemagne à Offenburg. Rien à voir avec l'authentique tarte flambée alsacienne. Une crème onctueuse, des lardons pas comme en Allemagne, du vrai Bibeleskäs(28). L'officier du SIV arpenta les rues piétonnes de la petite France à la recherche d'un restaurant traditionnel. Il repéra un lieu charmant : *Au Petit Bois Vert*, un restaurant avec une terrasse, idéal pour les journées estivales. Il aborda un serveur qui l'installa à l'extérieur. Helmut

(27) Tarte flambée.

(28) Spécialité alsacienne à base de fromage blanc non battu.

commanda une tarte flambée au munster et un verre de Gewurztraminer. Il se rappela qu'il avait complètement oublié d'appeler Josef pour le rassurer. Il s'alluma une cigarette avant d'entamer la conversation avec son frère.

— Oui frérot, je suis bien arrivé. Tu ne vas pas me croire, mais je suis installé en terrasse à Strasbourg. Je vais déguster une bonne tarte flambée.

— Vas-y, dégoûte-moi ! Là, je suis chez moi en train de rédiger un rapport d'autopsie. Bien sûr, cela t'intéresse !

— Désolé, Josef. Je vais me mettre au travail après ce dîner. Je n'ai rien mangé depuis mon départ d'Augsburg. Je ne peux pas réfléchir si j'ai le ventre vide. Promis, je te rapporterai une bouteille de Riesling.

— Oh, tu es bien aimable mon cher frère. J'espère que tu vas retrouver le père Rödel au moins.

— Je suis près du but. Normalement, il est chez les frères franciscains de Strasbourg. Je m'y rendrai demain matin.

— Il nous a fait piétiner. J'espère qu'il a de bonnes explications.

Le serveur s'approcha d'Helmut et déposa son verre de vin blanc sur la table.

L'odeur agréable de la flàmmeküeche au munster activa les papilles d'Helmut. Il se dit qu'il était vraiment chanceux. Quoi de plus plaisant que de savourer les succulentes spécialités alsaciennes ? Ici, il se sentait chez lui. Quelque peu différent de la Bavière, il restait à Strasbourg une petite touche germanique. Helmut termina son verre de vin alsacien et se perdit dans des rêvasseries. Il n'oubliait pas ses sentiments envers Tanja, mais sa culpabilité l'avait abandonné. Après tout, il se dit qu'il y avait des péchés bien plus graves que le fait de tomber amoureux. Les protestants pouvaient se marier, eux. Cela faciliterait la vie des religieux et éviterait bien des scandales. Il se sentait mal à l'idée que de telles pensées envahissent son âme. Helmut essayait de se concentrer sur son enquête. Le lendemain, il en aurait le cœur net. Il retrouverait le père Rödel pour lui soutirer des explications. Avant de poursuivre sa mission, il souhaitait renouer contact avec les personnes qu'il avait côtoyées durant son enfance.

Qu'étaient devenus ses petits camarades de vacances ? Il se rappelait leur nom. La famille Oberlé, originaire de Mundolsheim. Peut-être résidaient-ils toujours dans la région. Grâce à sa fonction et à ses connaissances dans le domaine judiciaire, il serait facile de les retrouver. Un petit coup de fil à la SR(29) de Strasbourg et le tour serait joué. Helmut termina son repas et commanda un café, puis il quitta la terrasse du restaurant et se dirigea vers son hôtel.

***

2005, Augsburg

— Qu'est-ce que tu as fait pour qu'il fugue ? se fâche monsieur Hering.

— Mais rien, chéri. Je lui ai juste demandé de monter dans sa chambre, car il ne voulait pas terminer son repas. Il faut qu'il mange, il est si maigre pour son âge.

— Tu lui as dit quoi exactement ?

— Je lui ai parlé des enfants malheureux qui n'avaient pas la chance de pouvoir profiter d'un tel festin.

— Et tu lui as demandé pourquoi il ne voulait pas finir son assiette ?

— Euh… Il n'avait pas faim. Il me fait le coup tous les soirs. Je me donne du mal pour élaborer des menus variés spécialement pour lui. Je culpabilise déjà suffisamment de lui cacher la vérité.

— Tu sais très bien qu'on n'a pas le choix, répondit monsieur Hering. Il est encore trop jeune pour comprendre et il m'a déjà l'air assez perturbé.

— Écoute, je ne sais plus comment faire avec lui. Je suis dépassée, épuisée, lassée. Je te laisse t'occuper de lui.

— Heureusement qu'on l'a retrouvé et que le bois est fermé de l'autre côté de la maison. Il ne pouvait pas aller bien loin, mais tout de même !

— Eh bien, vas-y, toi ! Prends en charge son éducation ! Tu ne tiendras pas une semaine ! maugrée madame Hering.

---

(29) Section de recherches.

***

Mardi 2 août 2016, Augsburg

Après une longue journée à la Kripo, Tanja Rotfeld se rendit dans la salle de bains et se changea. Elle prépara une surprise pour son mari. Elle n'avait pas totalement oublié Helmut, mais savait au fond d'elle que cette relation serait vouée à l'échec. Il était temps de reprendre les choses en main. Heureusement que son époux n'avait pas découvert leur liaison. La belle blonde comptait bien regagner le cœur de son cher et tendre. Elle avait prévu d'organiser un petit dîner aux chandelles. D'habitude, elle n'aimait pas le romantisme, qu'elle estimait dépassé, mais il fallait tenter le tout pour le tout. Cependant, elle ne regrettait pas sa liaison éphémère avec le mirifique quinquagénaire. Comment maintenir une vie normale en côtoyant son amant d'un soir? Leur amour serait impossible, elle le savait bien. Elle comptait préserver son mariage malgré le comportement parfois agaçant de Jonas.

Tanja entendit la porte d'entrée s'ouvrir. Voilà Jonas. Qu'allait-il penser de ce romantisme soudain? Soupçonnerait-il quelque chose d'anormal? Penserait-il qu'elle aurait quelque chose à se faire pardonner? Elle devait être convaincante, lui prouver qu'elle désirait sortir de la routine quotidienne et pimenter un peu leur vie de couple. Jonas lui avait à plusieurs reprises fait part de son mécontentement. Elle se rendait bien compte que ses horaires tardifs allaient finir par détruire leur relation. Son métier oblige, elle ne pourrait guère changer la situation. À lui aussi de faire des concessions! Elle se dit qu'elle ferait des efforts pour être plus présente. Si elle avait su l'admettre plus tôt, cela lui aurait évité ce petit dérapage avec Helmut.

Jonas Rotfeld entra dans le salon et appela sa femme. Il remarqua que la table était décorée de bougies, de belles assiettes en porcelaine et de flûtes à champagne. Il se demanda si Tanja attendait de la visite. Puis il monta à l'étage et entra dans la salle de bains. Tanja ne portait que des sous-vêtements rouges à dentelle et elle se maquillait avec soin.

— Ah chéri, tu es rentré ? Je ne t'ai pas entendu arriver.

— Pourtant, je t'ai appelée deux fois, dit-il en l'enlaçant. Que me vaut cette surprise ?

— Justement, je n'avais pas encore terminé. Je pensais qu'un petit dîner inattendu serait l'idéal pour casser cette routine. Qu'en penses-tu ?

— Je trouve que c'est une excellente idée, ma chérie, répondit Jonas en lui ôtant son soutien-gorge. Je crois que le dîner peut attendre, n'est-ce pas ?

— Je suis tout à fait d'accord, chéri.

CHAPITRE 18

Mercredi 3 août 2016, Strasbourg

Helmut traversa l'avenue d'Alsace puis bifurqua à sa droite, rue Gustave Kolz. Encore quelques minutes de marche et il atteindrait la rue de Dotzinger dans le quartier Contades. Au bout de la rue, il aperçut une bâtisse blanche. Devant l'entrée, quelques arbustes ornaient le chemin. Il pénétra dans le parc et sonna au portail. Un frère franciscain vint l'accueillir.

— Bonjour, je suis Helmut Falk, prêtre à la paroisse d'Augsburg, commença-t-il dans un français approximatif. Je suis envoyé par Monseigneur Hausle du Vatican.

— Bonjour mon père. Je suis frère Mathieu. Ah oui, j'ai été informé que vous êtes à la recherche du père Rödel, c'est bien ça ?

— Oui, apparemment, il serait chez vous.

— Je vais le chercher. Merci de bien vouloir patienter quelques instants.

Pendant ce temps, Helmut consulta son smartphone et lut le mail qu'il venait de recevoir de Josef :

Helmut,

Je viens d'avoir des nouvelles concernant l'individu qui s'est rendu chez l'antiquaire. Essaie de me rappeler dès que tu peux. J'ai du nouveau. Il semblerait qu'il soit le meurtrier du paroissien, monsieur Lutz. Il aurait aussi volé la Menorah de madame Silberstein dans le quartier Göggingen. Où en es-tu dans ton enquête ? As-tu retrouvé le père Rödel ? Tiens-moi au courant.

À bientôt.

Josef

Tant pis, il le rappellerait un peu plus tard. Il fallait absolument obtenir des explications du père Rödel.

Frère Mathieu arriva peu après, seul.

— Je suis désolé, mon père. Père Rödel est introuvable. Il était pourtant présent ce matin à l'office de 7 heures 30.

— Vous a-t-il donné une adresse où le joindre ?

— Non, rien du tout. Volatilisé. Nous n'avons même pas de numéro à vous communiquer. Il est très discret, vous savez. Il restait souvent dans son coin et mangeait seul. Vous l'avez déjà rencontré ?

— Non, je suis chargé de le retrouver et de le ramener en Allemagne.

— Je suis désolé, je n'ai aucune information le concernant. Vous avez un numéro de téléphone à me donner ? Je vous appelle si j'apprends quelque chose.

— Voici mes coordonnées, répondit Helmut en lui tendant sa carte de visite.

Il remercia le religieux, quitta le couvent, sortit son téléphone de sa poche et appela Josef.

— Frérot, je viens de lire ton mail. Tu as du nouveau, alors ?

— Oui, mais rien de sûr. Nous avons maintenant la certitude que le cambrioleur et l'assassin de monsieur Lutz sont la même personne. Je dois continuer mes recherches avec Tanja. Et toi ?

— Après tout ce périple pour rien, je suis au regret de t'informer que le père Rödel s'est évaporé dans la nature. Il n'est plus au couvent des franciscains de Strasbourg. Je n'ai pas de chance. Il était encore présent ce matin même à la messe. Un des frères franciscains me tiendra informé s'il en apprend davantage.

— Mince. Qu'est-ce que tu vas faire alors ?

— Je vais attendre. Je ne peux pas quitter Strasbourg tant que je n'ai aucune piste. L'évêque va encore me harceler, je n'ai pas envie de l'appeler.

— Attends de retrouver le prêtre avant de le contacter. Sinon, tu vas bien ?

— Oui, je passe de bons moments en Alsace. C'est magnifique ! Je me remémore les vacances qu'on a passées avec les parents, tu te souviens ?

— Non, j'étais trop jeune.

— Et avec Annika, ça s'est arrangé ?

— Pas pour l'instant. C'est une longue histoire… Je te raconterai tout quand tu rentreras.

***

2006, Augsburg

Peter Hering, dix ans, ne comprend pas la décision de ses parents. Pourquoi vouloir l'inscrire dans un internat l'année suivante ? Oui, il n'a pas été un fils modèle, mais de là à vouloir se débarrasser de lui. Ils vont le payer. *« Des parents indignes »*, se dit-il. Il les déteste de plus en plus. Et puis quoi encore ? Dans un internat à Freiburg en plus. Il ne connaît personne dans le Baden-Württemberg. Pas question ! Pourquoi faut-il que les adultes décident de ce qui est bon pour leurs enfants ou pas ? Incompréhensible. Pourquoi faire des enfants pour ensuite les abandonner dans des écoles privées où les professeurs agissent comme bon leur semble ? Il doit leur parler. Ils devront changer d'avis avant qu'il se mette en colère.

Peter Hering descend les marches en courant et manque de chuter.

— Peter, pourquoi tu cours encore dans les escaliers ? Combien de fois t'ai-je déjà dit que c'était dangereux ? grommèle madame Hering.

— Maman, je dois te parler. Il revient quand, papa ?

— Il est en déplacement, il ne rentrera que ce soir.

— Oh, d'accord. J'ai quelque chose à vous dire…

— Vas-y, je t'écoute mon chéri.

— Non, je veux attendre papa. Ça vous concerne tous les deux.

— Tu en fais une tête ! Tu as des soucis, Peterlé ? demande-t-elle avec douceur.

— On peut dire ça comme ça.

— Je t'écoute, tu peux me parler, tu sais.

— Oui, mais je préfère attendre ce soir.

Le soir venu, Peter Hering attend son père dans le salon. Sa mère, angoissée, se ronge les ongles. Que se passe-t-il dans la tête de son fils ? Elle craint qu'il n'ait découvert la vérité.

Monsieur Hering dépose sa sacoche sur le canapé et jette un regard vers son enfant.

— Peter, que fais-tu encore debout à cette heure ? Il est 20 heures et tu devrais déjà être au lit.

— Papa, justement, je t'attendais. Je dois vous parler.

— Assieds-toi, Peter. Que se passe-t-il ?

Le petit s'avance vers son père. Madame Hering les rejoint et se laisse tomber dans un fauteuil.

— Voilà, commence le jeune garçon. Vous voulez m'envoyer dans une école privée à Freiburg. Je n'ai pas envie d'y aller, je veux rester ici avec vous.

— Mais tu sais bien que ce n'est pas possible. Nous devons nous assurer que tu progresses. Ton dernier bulletin de notes n'a pas été satisfaisant. Tu dois rattraper ton retard si tu veux un jour poursuivre tes études à l'université.

— Et si je ne veux pas faire d'études ? Je suis libre de choisir, non ?

— C'est pour ton bien. Un jour, tu nous remercieras.

— C'est pas sûr. Papa, moi j'aime bricoler avec toi. Je ne veux pas étudier quelque chose qui ne me plaît pas. Je suis encore jeune. J'ai le temps d'y réfléchir.

— Ce n'est pas discutable, Peterlé, répond sa mère. Nous sommes tes parents et nous savons mieux que toi que cette école est une opportunité pour que tu te développes et que tu mènes une vie sociale plus épanouie. Tu nous as bien fait savoir que tu ne te plaisais pas à Augsburg.

— Oui, mais j'ai dit ça comme ça. Je pouvais pas savoir que vous vouliez vous débarrasser de moi.

— Nous ne voulons pas t'éloigner de nous, tu sais, poursuivit son père. Cela nous brise le cœur de devoir t'envoyer à Freiburg. Mais tu dois y aller. Fais-le pour moi, mon petit. Si tu réussis ton année scolaire, nous pourrons envisager de changer d'avis.

— C'est vrai, papa ? Ce n'est pas définitif ?

— Bien sûr que non, ment monsieur Hering. Maintenant, va te coucher.

***

Mercredi 3 août 2016, Augsburg

Depuis qu'il avait recueilli le chat du père Rödel, Josef oubliait un peu ses tracas quotidiens. *« Un chat apporte tellement de joie et de sérénité »*, pensa-t-il. Jamais il n'aurait imaginé s'attacher autant à un animal de compagnie. S'il fallait le rendre au religieux, il en serait fortement peiné. Il ne comprenait pas comment on pouvait abandonner une aussi jolie créature. Le félin disposait d'un sixième sens. Il restait toujours au bord de la fenêtre de la chambre du couple. Dès qu'il entendait la clef dans la serrure, il se précipitait devant la porte d'entrée et se roulait par terre. Puis il miaulait, ronronnait, attendait de recevoir des câlins de son nouveau maître. Josef eut des frissons lorsqu'il se remémora certaines scènes de crimes où l'animal domestique des victimes avait été sauvagement assassiné. Quelle cruauté !

Annika Falk rentra à son tour. Le chat ne lui fit pas le même accueil que pour Josef. Ce qui agaçait surtout le légiste, c'est que son épouse ne se montrait pas favorable à l'adoption de la pauvre bête. Elle n'aimait pas les chats, elle ne les avait jamais aimés. Josef n'appréciait pas cette facette de la personnalité de sa femme. Leur crise conjugale lui avait ouvert les yeux. Le charme était rompu, la femme si attentionnée et si merveilleuse qu'il avait connue s'était envolée : disparue, méconnaissable. Était-ce la même Annika qu'il y a quinze ans ? Josef gardait espoir. Mais ce qu'allait lui annoncer sa chère compagne le laisserait de marbre.

— Josef, nous devons parler.

— Nous n'avons rien à nous dire tant que le test de paternité ne sera pas réalisé, répondit sèchement le légiste.

— Justement, c'est à propos de ma grossesse…

— Vas-y, je t'écoute. Tu veux m'avouer que cet enfant n'est pas de moi, c'est ça ?

— Non, ce n'est pas ça. En fait… euh… peina Annika à poursuivre.

— Allez, crache le morceau ! se fâcha Josef.

— Je… je ne suis pas enceinte. Je ne l'ai jamais été. Je voulais juste te tester…

— QUOI ? Me tester ? Tu as failli briser notre couple pour un simple test ? Je ne te reconnais plus, Annika.

— Je sais, j'ai commis une erreur. Mais je voulais que tu réagisses, que tu redeviennes l'homme que j'ai aimé autrefois.

— Ah bon ? Et toi alors ? Tu n'as pas changé, peut-être ? Je me posais la question tout à l'heure. La femme que j'ai épousée a disparu, envolée, *raus* ! Regarde-toi ! Tu n'as même pas d'affection pour ce pauvre petit chat que j'ai recueilli. Tu le rejettes !

— Mais, je n'aime pas les chats !

— Mais qui aimes-tu donc alors ? poursuivit Josef avec véhémence.

— Tu n'es plus l'homme que j'ai rencontré il y a quinze ans. Tu as changé, Josef. Tu ne m'as jamais parlé sur ce ton avant ce soir. Notre couple est donc voué à l'échec ?

— Je pense que oui. Ce mensonge me reste en travers de la gorge. Nous devons réfléchir à notre avenir ensemble. J'ai besoin de temps. Je reste ici ce soir, mais uniquement pour les enfants. Je te garantis que si nous n'avions pas d'enfants, je te quitterais sur-le-champ.

CHAPITRE 19

Jeudi 4 août 2016, Strasbourg

« Le train TER numéro 30544 à destination de Mundolsheim va entrer en gare voie 3. Éloignez-vous de la bordure du quai s'il vous plaît. » Helmut aimait entendre cette voix féminine de la gare de Strasbourg. Il allait se rendre à Mundolsheim, il avait retrouvé la trace de la famille Oberlé qu'il avait rencontrée dans sa jeunesse. Quelle chance que ses amis n'aient pas déménagé ! Allaient-ils se souvenir de lui ? Pas de trace du père Rödel, alors il pouvait bien se permettre cette petite escapade. De toute façon, il faudrait un miracle pour que cette enquête aboutisse. Cette fois, il était dans l'impasse. À moins de retrouver l'ecclésiastique au plus vite.

Helmut porta ses écouteurs à ses oreilles et appuya sur la touche « play » de son application musicale. Ses poils se hérissèrent lorsqu'il entendit le refrain de *Pride (in the name of love)* de U2. Qu'il aurait aimé assister au concert à Paris ! Il n'avait cependant pas regretté d'avoir manqué le spectacle lorsqu'il avait appris la triste nouvelle des attentats du 13 novembre 2015. Pas de chance, le jour de son anniversaire en plus. Hélas, une date maudite. Tout comme le 11 septembre, date anniversaire de sa mère. Il pensa à Josef et espéra qu'un 18 janvier, date d'anniversaire du légiste, ne deviendrait pas le jour d'une mise en scène sordide par les extrémistes. Et dire que la chanson Pride de U2 faisait référence à Martin Luther King : *« Early morning, April 4, a shout rings out in the Memphis sky... Free at last, they took your life, they could not take your pride... »* chantait l'exceptionnel Bono. Des frissons parcoururent le corps d'Helmut. La puissance des paroles, la voix inimitable du chanteur, les sons uniques de la guitare de The Edge. Helmut se souvint qu'il avait appris à jouer de la guitare acoustique pendant quelques années. Il avait tout abandonné pour se consacrer au Seigneur. Avait-il fait le bon choix ? Il le saurait bien plus tard. Avant tout, il fallait boucler l'enquête. Après quelques minutes de voyage en TER Alsace, l'agent infiltré descendit du train et consulta son smartphone et son application GPS. Il repéra enfin l'adresse qui l'intéressait. Les Oberlé ! Que de bons souvenirs en leur compagnie. Il sonna et attendit quelques secondes avant de sonner une deuxième fois. Une jeune dame vint lui ouvrir.

— Bonjour, qui êtes-vous ?

— Bonjour, je suis Helmut Falk et je viens d'Allemagne, tenta-t-il dans un français presque sans fautes grammaticales.

— Comment puis-je vous aider, monsieur Falk ?

— Je ne sais pas si vous vous souvenez de moi et de mon frère Josef. Nous nous étions rencontrés à Strasbourg il y a bien des années. Nous étions en vacances dans la région avec mes parents. Nous avions sympathisé et vous nous avez fait visiter la ville.

— Ah, je ne vois pas. Peut-être que vous aviez rencontré mon père, Dominique. Je suis sa fille.

— Ah oui, Dominique, c'est ça. Est-il disponible ?

— Vous avez de la chance, il allait partir. Il ne vit plus ici maintenant, il a déménagé à Schiltigheim.

— Schiltigheim ?

— Oui, une ville près de Strasbourg.

Dominique Oberlé se montra et salua Helmut. Habillé d'un marcel blanc, il ne pouvait cacher sa bedaine grandissante. Sa chevelure était devenue quasi inexistante. Dominique se souvint de lui, de leurs excursions dans les Vosges, de leur balade en bateau sur le Rhin. Les deux hommes ressassèrent de vieux souvenirs. Des moments inoubliables. À l'époque, Helmut baragouinait quelques mots de français. Dominique Oberlé fut surpris des progrès qu'avait faits son ami germanique. Il l'invita à entrer, sans objection de sa fille.

— Et toi Helmut ? Que deviens-tu ?

— Je suis… prêtre… Mais je suis aussi un officier du Vatican.
— Ah, qui l'eût cru ? Toi, prêtre ? C'est une blague ?
— Non, pas du tout. Oui, je sais, je n'étais pas un enfant modèle.
— Et tu crois que j'en étais un ? Qu'est-ce qu'on a pu se marrer ensemble ! Tu te souviens quand on a bouché les toilettes avec du papier w.c. quand on était au mont Sainte Odile ?
— Oh, oui ! C'était très drôle. Nos parents ont moins apprécié.
— Tu m'étonnes ! La soufflante que je me suis prise quand ils l'ont découvert !
— Mes parents m'ont bien remonté les bretelles !
— *D'brave litt sin net numme en de kerich, awer auj em feld*(30) !
— *Genau* ! répondit Helmut après avoir compris le sens de cette expression alsacienne.
— Dis donc, mais tu comprends l'alsacien, mon cher Helmut.
— Un peu, je dois dire qu'il y a des similitudes avec le souabe.
— Bon et alors ? Qu'est-ce qui t'amène en Alsace ?
— Une enquête ! Je suis à la recherche d'un prêtre qui a disparu et il semblerait qu'il se soit réfugié à Strasbourg. Mais il s'est déjà enfui. Je ne sais pas où le chercher.
— S'il ne parle pas français, il n'ira pas bien loin.
— À mon avis, il est encore en Alsace, il a dû trouver un refuge.
— *Séscher*(31) ! Allez ! Allons boire un schnaps pour fêter nos retrouvailles !

***

2007, Augsburg

Les lumières de l'ambulance éclairent les rues sombres du quartier Göggingen. Madame Hering ne parvient pas à comprendre ce qui a bien pu se passer dans la tête de son fils. Il a avalé une boîte de barbituriques qui traînait dans la salle de bains. La jeune mère culpa-

(30) Les braves gens ne sont pas qu'à l'église, mais aussi aux champs.

(31) Sûrement.

bilise. Pourquoi son fils lui en veut à ce point? Pourquoi n'a-t-elle jamais su le maîtriser? Elle manque d'autorité, elle l'admet. Pourtant, impossible qu'il ait découvert la vérité, tout a été prévu. Un maximum de discrétion. Pas de traces.

— Madame Hering, nous devons le transporter d'urgence à l'hôpital. Il est aussi recommandé que votre mari vous accompagne.

— Mais, que se passe-t-il? s'affole madame Hering.

— Nous en saurons plus quand il sera sur place. Nous ne pouvons pas intervenir. Suivez-nous.

Elle monte à bord de l'ambulance tandis que monsieur Hering les suit en voiture. Après quelques heures d'attente, le médecin annonce que l'enfant devra être opéré d'urgence. Il faut lui greffer un rein le plus rapidement possible. L'un a été endommagé suite à l'ingurgitation de médicaments en trop forte dose.

— Votre mari peut-il donner un de ses reins? Quel est son groupe sanguin?

— Euh… je ne sais pas, répond madame Hering, encore sous le choc.

— Il faut un donneur compatible. Seuls le père ou la mère peuvent l'être.

— Vous voulez dire que seuls les parents biologiques sont en mesure de donner un organe?

— Oui, l'enfant hérite du groupe sanguin de ses parents, sans pour autant que ceux-ci ne soient compatibles. À moins qu'une personne proche ait aussi le même groupe sanguin, un greffon a moins de chance d'être rejeté s'il vient d'un des parents biologiques.

— Nous… nous ne connaissons pas notre groupe sanguin… tente madame Hering pour éviter de se justifier.

— Ce n'est pas grave, nous allons le déterminer avec une prise de sang. Faites aussi venir votre époux. Nous verrons lequel de vous deux est compatible.

— Je… je dois vous dire que ce n'est pas la peine. Nous ne sommes pas les parents biologiques de Peter. Nous l'avons adopté, continue la jeune femme en sanglotant.

— Dans ce cas, cela risque de poser un problème. Nous allons déjà vérifier si vous pourriez être compatibles.

Le verdict ne tarde pas à tomber. Aucun des époux Hering n'est en mesure de donner un rein. Il faut retrouver les parents biologiques.

— Peter a été abandonné à la naissance. Nous n'avons aucune information sur ses parents biologiques. Comment allons-nous faire ?

— Vous n'avez pas la possibilité d'obtenir des informations ? Qui s'est occupé de l'enfant avant l'adoption ?

— Il était à l'orphelinat d'Augsburg. Nous allons nous renseigner auprès de la religieuse qui nous a accueillis. Nous lui dirons que c'est une question de vie… ou de mort.

***

Jeudi 4 août 2016, Augsburg

Tanja Rotfeld engloutit rapidement un café et fonça au commissariat. Son collègue Hans Brenner l'attendait avec impatience. Il avait trouvé des indices et n'attendait plus que sa supérieure hiérarchique pour discuter du déroulement des événements. Merde ! Où avait-elle bien pu laisser ses clefs ? C'est toujours pareil, tout au dernier moment. De bonnes résolutions s'imposaient dans sa vie mouvementée. Elle avait déjà manqué à plusieurs reprises ses cours de krav-maga. Pas étonnant que sa vie s'écroulait comme un château de cartes. Elle avait failli perdre son mari, maintenant ses clefs. *« Ah, les voilà »*. Évidemment, quand elle les changeait de place pour soi-disant les retrouver plus facilement, elle ne se rappelait plus de l'endroit où elle les avait rangées. Elle se précipita vers sa voiture et fonça jusqu'au commissariat. Heureusement qu'elle avait son gyrophare. Et hop, arrivée en moins de dix minutes.

— Bon, Brenner, tu en es où ?

— Et bien comme je te l'ai dit, j'ai fait une découverte pendant la perquisition de l'appartement de Peter Hering. Pas d'empreintes exploitables, mais regarde ça !

Il sortit un dossier médical de sa pochette grise.

— Qu'est-ce que c'est ? s'impatienta Tanja.

— Peter Hering a été hospitalisé en 2007. Il avait avalé des barbituriques et son rein gauche était atteint. Une greffe a eu lieu le 9 septembre 2007.

— OK, mais ça nous avance en quoi ?

— Figure-toi que ses parents n'ont pas pu sauver leur fils.

— Il est décédé ?

— Non, j'y viens… Ils ont dû faire appel aux parents biologiques de l'enfant. Ils ont difficilement retrouvé son père. La mère avait accouché sous x et le père biologique n'était pas au courant de la grossesse de sa petite amie. Ce dernier a accepté d'être le donneur. Bien sûr, tout a dû se faire dans la plus totale discrétion pour ne pas que l'enfant découvre qu'il avait été adopté.

— Donc tu sais qui est le père biologique ?

— Je n'ai pas pu avoir accès à tout le dossier. J'ai juste la feuille qui atteste qu'il a reçu un rein de façon anonyme. Ils n'ont pas voulu m'en dire plus.

— Bon travail, Hans ! Maintenant, nous devons trouver l'identité de ce donneur inconnu ! Je vais demander au juge de nous rédiger une commission rogatoire. Si l'hôpital refuse de nous laisser accéder au dossier médical de Peter Hering, nous présenterons le document. Je reviens, ensuite, on s'y colle !

CHAPITRE 20

Vendredi 5 août 2016, Strasbourg, échanges de SMS entre Helmut et Tanja

— Bonjour Helmut. J'ai un document qui pourrait vous intéresser. Tanja.

— Bonjour Tanja. Vous pouvez me l'envoyer par mail ?

— OK je vous l'envoie tout de suite. A bientôt.

— Merci. Bonne soirée.

Helmut consulta ses mails et prit connaissance du document que lui avait envoyé Tanja. Il n'osa pas continuer leur conversation par SMS. Il ne parvenait pourtant pas à se la sortir de la tête. Son cœur ne fit qu'un bond lorsqu'il avait reçu le message.

« Tiens, un document qui ne m'est pas inconnu, pensa-t-il. *Ce doit être le document du receveur d'organe. Peter Hering a donc reçu un rein du père Rödel. Il y a quelque chose que je n'arrive pas à comprendre. Pourquoi lui ? S'est-il porté donneur ? A-t-il un lien de parenté avec le receveur ? Je dois fouiller un peu plus. Qui est vraiment le père Rödel ? Il s'agit d'un don anonyme. Normalement, seuls les dons post mortem sont anonymes. Étrange... »*

***

2007, Freiburg

Des cris, que des cris. Les enfants profitent de leur récréation pour jouer au football dans la cour. Peter Hering, seul dans son coin, les regarde tristement. Il sait bien que ses parents lui ont menti. Jamais ils ne comptent le faire revenir à Augsburg. Pourquoi l'avoir envoyé aussi loin ? Il y a certainement d'autres écoles semblables à Augsburg, voire à Ingolstadt. Toujours plus près que ce coin désagréable. Peter Hering ne supporte pas l'accent de ses camarades. Pour lui, ils restent des campagnards. Pas comme à Augsburg, pas de Maximilianstraße. Certes, une jolie ville, mais rien à voir avec sa Bavière natale. De plus, les autres le considèrent comme un pestiféré. La différence effraie, l'étranger questionne. À l'internat, tout manque de sobriété. Des crucifix partout. École privée catholique, pas étonnant. Que vont lui apprendre les écoliers du Baden-Württemberg ? Le badisch ? Combien de fois ces petits garnements le lui ont répété ! Tout le monde doit parler le badisch, même toi ! Peter Hering se demande ce que feraient ces voyous en Bavière. Il les imagine tenter de parler le schwäbisch. Que ce serait amusant !

Le petit sort un carnet de son cartable et commence à écrire quelques phrases. Il est doué sans le savoir, il a de l'imagination. Seul son niveau en allemand n'est pas folichon. Il a progressé en mathématiques et en sciences, mais son niveau stagne dans les autres matières.

— Alors, le *Dummkopf*, tu viens pas avec nous ?

— Je préfère rester ici, répond Peter d'une voix timide.

— Qu'est-ce que tu fais donc là ? demande l'un de ses camarades adipeux.

— J'écris.

— Montre-nous ! ordonne le garçon en surpoids.

— Non ! gémit le pauvre petit Peter.

Le petit gros s'approche de lui et lui envoie une gifle. Ses camarades l'imitent jusqu'à ce que l'enseignante arrive. Peter Hering sanglote, du sang coule de son nez.

— Ils sont méchants ici, madame. Je veux retourner à Augsburg.

— Mais tu sais que ce n'est pas possible, Peter. Tu dois rester jusqu'à vendredi prochain. Ta maman viendra te chercher pour les vacances.

— Non ! Je veux partir ! Je vous déteste ! braille Peter, encore traumatisé.

— Allez, viens, je t'emmène à l'infirmerie. Tes camarades seront punis, ne t'en fais pas. Cela ne se reproduira pas. Tu peux me faire confiance.

***

Vendredi 5 août 2016, Augsburg-Göggingen

Des crimes, toujours des crimes. Tanja Rotfeld n'en finissait pas de jongler entre les enquêtes. Un cadavre calciné par-ci, un corps décapité par-là. Tous ces homicides révélaient au grand jour la noirceur de la nature humaine. Quatre-vingt-dix pour cent des assassins restaient des hommes. Pour les femmes, quelques crimes passionnels, rien d'aussi violent que la gent masculine. Et dire que la femme était considérée comme le sexe faible. Tanja n'en crut pas un mot. Les hommes n'étaient pour elle que lâcheté et faiblesse, fruit d'une âme tourmentée de violence et hantée par la luxure, l'avarice et l'orgueil. Que de péchés ! Elle le savait, seul Helmut échappait à la règle. Un homme bon, intelligent, doux et chaste. Bien sûr, hormis leur soirée pimentée. La belle enquêtrice comprenait désormais pourquoi elle avait choisi ce métier. Son goût pour la justice, son dégoût de la société actuelle. Tout le monde était jugé : les femmes en surpoids, les célibataires, les mères isolées, les homosexuels, les étrangers, les couples sans enfant… Tout cela, elle avait dû l'endurer depuis l'enfance. Les critiques sur ses choix, sa façon de vivre, son mariage, sa carrière, ses amis : ses parents trop présents l'avaient étouffée.

Son téléphone qui sonna la ramena à la réalité.

— Tanja, dépêche-toi ! On a un nouveau meurtre sur le dos ! cria Hans Brenner.

— Oui, je viens de voir ton message. J'arrive.

Tanja rangea son téléphone dans son sac à main et fila au commissariat. Jamais tranquille ! Pourquoi un vendredi soir ? *« Quand vais-je enfin pouvoir fêter Shabbat avec Jonas ?* pensa-t-elle. *Il va encore être furieux. Ça valait bien la peine de se convertir au judaïsme !*

Quand on exerce ce métier, c'est mission impossible pour respecter les offices. Quelle plaie ce boulot, mais le devoir m'appelle. Je n'ai pas le choix. Ai-je d'ailleurs eu vraiment le choix ? Fini de laisser courir les tarés dans les rues, il faut maintenant les choper avant qu'ils ne continuent leur carnage. »

Une fois dans son bureau, elle se dirigea vers la machine à café.

— Bon, je t'écoute !

Elle se brûla la langue en ingurgitant le breuvage trop chaud.

— Et merde ! La journée commence bien ! Bon, qui est le macchabée que vous avez découvert ?

— Euh... C'est une dame. Une résidente du quartier de Göggingen. Une certaine Rika Silberstein. Elle avait déjà été cambriolée, son chandelier à sept branches avait disparu.

— Il ne manquait plus que ça ! Ça s'appelle une *Menorah*, d'abord, renchérit Tanja d'un ton pugnace.

— Excuse-moi si je n'y connais rien en trucs de Juifs. Suis un bon vieux catho, moi.

— Trucs de Juifs ! Tout de suite les grands mots ! Les catholiques s'en servent aussi pour célébrer certaines fêtes.

— Pas la peine de te montrer si agressive, renchérit Hans Brenner en haussant le ton.

— Excuse-moi, je ne sais pas pourquoi je réagis toujours aussi mal...

— Fais gaffe, la prochaine fois...

Puis Hans Brenner rentra directement dans le vif du sujet.

— Tu crois que c'est un acte antisémite ?

— Non, je ne pense pas. Je ne crois pas aux coïncidences alors je suis persuadée que le crime a un lien avec l'affaire des cambriolages de Göggingen. Elle s'était déjà fait dérober sa *Menorah*, alors tout est lié. Putain, les malfaiteurs ne se reposent jamais. Évidemment, ce gars ne pouvait pas attendre lundi pour commettre un meurtre ! En plein *Shabbat* ! Jonas va encore piquer une crise !

— Si tu veux, je continue les recherches seul. Rentre chez toi et va fêter *Shabbat*.

— Non, maintenant que je suis là, je viens avec toi. Je dois résoudre cette affaire au plus vite. Ensuite, je prendrai quelques jours de vacances. J'en ai ma claque de ce boulot quelquefois.

— Moi aussi, ma chère ! Je te dis pas comment ma femme est énervée à chaque fois que je la réveille en plein milieu de la nuit !

Hans et Tanja arrivèrent à l'institut médico-légal. Le médecin légiste, Josef Falk, avait d'abord pensé à une mort naturelle, arrêt cardiaque. Vu l'âge de la dame, rien d'anormal au premier abord. Après l'autopsie, Josef conclut aussitôt à un homicide. Certainement un empoisonnement avec une substance non identifiée. La police d'Augsburg n'avait pas assez de moyens pour ordonner des analyses plus poussées. Il allait bien falloir se débrouiller seul.

— On lui avait pas dit de loger chez des amis en attendant la résolution de son agression et du cambriolage ? s'étonna Hans Brenner.

— Si, mais la pauvre n'a dû en faire qu'à sa tête. On aurait dû la placer sous protection judiciaire… poursuivit Tanja.

— Bon, on ne peut plus revenir en arrière… Alors toubib ? Du nouveau ?

— J'y travaille, répondit le légiste en montrant ses mains gantées de latex.

— Jo, il faut que tu poursuives tes analyses. Je veux savoir quel poison a utilisé le tueur. Cela nous en dira un peu plus sur ses motivations. Je n'arrive toujours pas à comprendre pourquoi ce mec s'en prend à des habitants de Göggingen. Que cherche-t-il ?

— Je n'en ai aucune idée, Tanja. J'ai l'impression que ce type est mêlé de près ou de loin à l'enquête d'Helmut.

Helmut ! *« Quel prénom magnifique,* se dit Tanja. *Un homme merveilleux, hélas inaccessible. Quel gâchis ! Pourquoi ne pas autoriser les prêtres à se marier ? Ça éviterait bien des cœurs brisés. »* Tanja sortit de ses pensées et se concentra sur les dernières paroles de Josef. Un cambrioleur assassin, un prêtre disparu, un mobile. Mais lequel ? *« Ce Peter Hering cache bien des choses. Il serait intéressant de fouiller dans le fichier INPOL. »*

CHAPITRE 21

Samedi 6 août 2016, Strasbourg, chambre d'hôte

Tranquille, rien de plus calme qu'un matin d'été. Helmut se retournait sans cesse dans son lit. Il faisait une chaleur étouffante comme dans les tropiques. Le lit n'était pas confortable, mais pourquoi se plaindre ? Pas un centime à débourser. Heureusement que son ami Dominique Oberlé l'avait accompagné. Une bonne gueule de bois après l'apéro interminable de la veille. Après tout, pourquoi se priver ? L'évêque n'en saurait rien. Helmut se rendit compte qu'il n'éprouvait plus la moindre culpabilité dans aucun de ses actes. Le bien, le mal ! Tout cela n'était qu'un prétexte pour contrôler le peuple. Non, il n'avait pas encore perdu la foi, loin de là ! Juste une modernisation du catholicisme mériterait d'être mise en place. Helmut se dit que finalement, le nouveau Pape François Ier paraissait *olé olé* pour les religieux actuels. Sans doute les églises se rempliraient bien plus si tout n'était pas aussi strict. Helmut s'agita encore et encore avant d'enfin décider de se lever. Il marcha jusqu'à la salle de bains et avala quelques gorgées d'eau du robinet. Purée, qu'elle était mauvaise ! Il avait l'impression de boire une piscine tellement le chlore envahissait sa bouche. L'officier se doucha et sortit prendre son petit-déjeuner. Pas de Semmel ici ! Pas de charcuterie ! Il ne pouvait s'empêcher de se demander comment les Français pouvaient bien faire pour manger aussi peu le matin. Bon, des œufs à la coque suffiraient. Il mangerait mieux le midi. Une bonne tarte flambée avant de rentrer au presbytère.

— Vous n'avez pas de petits pains ? osa-t-il lorsque la serveuse s'approcha de lui.

— Non, désolée, mais nous avons des baguettes. Cela vous irait-il ?

— Parfait pour la baguette !

Helmut se versa une tasse de café. Quelle odeur agréable ! *« Dommage que ce ne soit pas du Dallmayr »*, pensa-t-il. Finalement, il comprit que la vie en Allemagne lui manquerait s'il devait finir ses jours en France.

Dominique Oberlé fit son apparition dans le café et salua son ami. L'Alsacien allait épauler Helmut dans son enquête. Un prêtre allemand aurait été aperçu non loin de Strasbourg. À Illkirch, pour être précis.

— Ah bon, et comment tu le sais ? s'étonna Helmut.

— Ma fille travaille pour la paroisse d'Illkirch. Elle a vu un curé allemand qui lui semblait perdu.

— D'accord. Quelle coïncidence ! Et tu crois que je pourrais loger à Illkirch ? Il y a des hôtels dans ce village ?

— Hé Helmut ! Tu rigoles, c'est pas un village, c'est une ville !

— Excuse-moi, Dominique ! Tout me paraît si petit comparé à Augsburg. Même Strasbourg me semble plus petit.

— Hé, fais pas ton *Parigot*, mon cher ami !

— C'est quoi un *Parigot* ?

— C'est un petit surnom sympathique qu'on donne aux Parisiens. Pour eux, tout semble minuscule comparé à Paris. Ils ne connaissent rien d'autre que leur bulle.

— Oh, j'aimerais visiter Paris !

— Oui, c'est très beau, mais très cher ! C'est mieux ici, mon cher Helmut.

— Je n'en doute pas Dominique. Je ne me lasse pas d'entendre l'alsacien. Tu peux m'emmener à Illkirch ?

— *Ja, ä ammel*(32) ! Ma voiture est garée place d'Austerlitz. On y va quand tu auras fini de déjeuner. Tu espères retrouver ce curé disparu ?

---

(32) Oui, bien sûr.

— Oui, au début j'ai cru qu'il était à Strasbourg chez les Franciscains, mais il s'est enfui. J'espère qu'il ne sait pas que je le recherche. Qui aurait pu l'avertir ?

— Les autres religieux, *gwess* ! Allez, suis-moi ! Je connais une dame sympa qui pourra t'héberger pour quelques jours. C'est une amie de la famille.

— Super ! *Gott segne dich*[33] !

— Oh non pitié, pas de ça avec moi ! Tu m'excuseras mon pote, mais moi je crois pas à tout ça. Ne m'en veux pas.

— *Kein Problem* !

Dominique Oberlé sentit qu'il avait vexé Helmut.

— Allez, pour me faire pardonner, je viens à la messe avec toi demain matin !

— Non, tu dis ça pour rire ? Il y a une église à Illkirch ?

— *s'legt klàr en d'r Hànd*[34] !

— J'ai hâte de visiter cette ville. On peut y aller !

***

Même jour, Augsburg

Le technicien scientifique plaça les volatils d'un échantillon prélevé sur le corps de Rika Silberstein dans l'injecteur du chromatographe gazeux. Il coupla l'analyse toxicologique avec le spectromètre de masse.

— Voilà, Josef, j'ai presque terminé. Par contre, ça va être long pour les résultats.

— Tu en es sûr ? J'ai besoin de ces analyses en urgence ! Je ne peux pas attendre une semaine !

— J'y peux rien si on a du matos encore ancien. Ça coûte cher, tu sais. Si je les réalise en urgence, vous allez casquer !

— Je m'en doute. Mais tu ferais bien ça pour Tanja, non ?

---

(33) Que Dieu te bénisse.

(34) Évidemment.

— Ah, la belle blonde de la Kripo ?

— Oui, c'est ça !

— Je ne peux pas m'en servir sans que personne ne le remarque. Sinon, tu penses bien que je l'aurais fait pour la belle gazelle, dit-il en souriant.

— Allez, Günther, fais un effort ! Nous sommes des amis de longue date…

— Bon d'accord ! Mais bien parce que c'est toi ! Je vais encore passer ma nuit au labo ! ronchonna le scientifique.

— Je te réserve une récompense, Günther ! Merci encore !

— Passe demain soir, tu auras les résultats.

Josef quitta le laboratoire et retourna à l'institut médico-légal. Le cadavre de madame Silberstein gisait encore sur la table d'autopsie. Des cadavres, que des cadavres ! Sans doute les meilleurs amis du légiste. Josef se dit que de toute façon, il n'en apprendrait pas plus ce jour. Il éteignit la lampe et ferma la porte de la morgue. Il n'avait pas vraiment envie de rentrer chez lui, surtout qu'il ne s'était toujours pas expliqué avec Annika. En tout cas, pas question de discuter ce soir, il mourait d'envie de se reposer, car il sentait que son corps ne saurait supporter une nuit blanche supplémentaire. Pourtant, il ne pouvait s'empêcher d'attendre les résultats. Qu'allait-il bien finir par découvrir ?

***

Au même moment à Illkirch-Graffenstaden

— Helmut, je te présente Patricia Barsch, c'est une amie et elle te logera durant ton séjour en Alsace, dit Dominique Oberlé.

— Bonjour, madame Barsch, sourit Helmut en tendant sa main à la maîtresse de maison. Je suis Helmut Falk, prêtre à Augsburg.

— Enchanté monsieur Falk, suivez-moi !

La dame d'une carrure imposante lui montra sa chambre. Une belle petite pièce dans une superbe maison à colombages, rue du Denier. Helmut se réjouissait de la vue sur l'Ill. Un endroit paisible et agréable.

— Vous avez toutes les commodités dans les environs. Comme dit, n'hésitez pas à me poser des questions. Je connais bien la ville et je peux vous guider assez facilement.

— Je vous en remercie, madame. Pour aller à l'église catholique, c'est loin ?

— Ah non, *gànz un gàrnet*(35) ! Si vous marchez vite, c'est à dix minutes. Je vous y emmènerai demain matin.

Un téléphone se mit à vibrer. Helmut sortit son smartphone et s'éloigna tout en s'excusant.

— Oui Josef, ça va ? Tu as pu avancer sur l'affaire ?

— J'attends les résultats des analyses toxicologiques de Rika Silberstein. Je t'en dirai plus demain. Je t'appelais pour savoir si tu as pu progresser de ton côté.

— Pas plus que toi. Le père Rödel a été aperçu à l'église catholique d'Illkirch. Je m'y rends demain matin. C'est une jolie petite ville, très sympathique. Je ne sais pas si je vais rentrer en Allemagne, plaisanta-t-il.

— Veinard ! Pendant que je me décarcasse ici, tu profites de vacances ensoleillées.

— Oh, mais je travaille tout de même. Je suis allé à la pêche aux indices. Je vais le retrouver, crois-moi ! Il ne va pas m'échapper.

— Comment sont les Alsaciens ?

— Très sympathiques. Par contre, ils ont des expressions étranges. Un mélange de dialecte et de français, mais c'est vraiment adorable. Et je mange très bien !

— Tu m'étonnes ! J'aimerais être à ta place. J'en ai plus que marre de mes cadavres à dépiauter. Mais bon, c'est juste une mauvaise passe, j'adore mon métier.

— Oui, ça ira mieux quand l'enquête sera bouclée. Et tu as revu Annika depuis notre dernière conversation ?

— Oui. Mais pour l'instant, je ne sais pas quoi faire. Je préfère me concentrer sur mon travail. J'ai besoin de temps pour m'en remettre.

— Viens me rejoindre ici, ça te ferait le plus grand bien.

---

(35) Pas du tout.

— Fais attention, je risque de te prendre au mot. Bon, je te laisse. Je vais rentrer à la maison. Je t'envoie un mail demain avec les résultats.

— C'est parfait, Josef.

CHAPITRE 22

Mai 2011, Augsburg

Le soleil illumine la jolie maison de la famille Hering. Madame Hering prépare le dîner dans la cuisine tandis que son mari visionne un match de football avec son fils Peter, un adolescent de quinze ans. Qu'il a grandi le garçon si frêle et si timoré. Il a enduré tant de souffrances à l'école de Freiburg. Après deux années semblables à une âme déserte en enfer, le jeune a su convaincre ses parents de rentrer en Bavière. Chose promise, chose due. Peter Hering a changé, il ne montre toujours aucune affection envers ses parents. Bien qu'il ne les ait jamais aimés, il leur voue un grand respect. Il n'apprécie guère le sport, mais ne souhaite pas décevoir son père : il a accepté de regarder le match de Bundesliga avec lui. Monsieur Hering supporte autant le FC Augsburg que le FC Bayern München. À chaque occasion, le père pousse un cri d'impatience.

— Bon, arrêtez de gueuler comme ça, je n'arrive pas à me concentrer pour préparer les Knödel, soupire madame Hering.

— Chérie, on va marquer, je le sens ! Apporte-moi une bière s'il te plaît !

— Pour moi aussi, maman, ordonne Peter.

— Tu es bien jeune pour une mousse, mon fils, rétorque la mère d'un ton ironique.

— C'est pour accompagner papa ! Il est tellement heureux qu'Augsburg cartonne !

— Tu parles, il y a encore du boulot, gamin ! On va pas faire décaniller Dortmund aussi facilement !

Madame Hering apporte les Franziskaner pour ses deux hommes et retourne dans la cuisine. L'odeur du rôti envahit déjà la pièce. Plus que quelques minutes et le repas sera servi.

— Vous restez pas scotchés devant l'écran, on va bientôt passer à table !

— OK chérie. C'est bientôt la mi-temps. Oh merde ! On se prend un penalty ! Fait chier !

— Tout ça pour du foot ! Incroyable ! Calme-toi sinon tu vas encore faire de l'hypertension. Tu sais bien ce que t'a dit le médecin. Pour voir des pauvres clampins courir après un ballon et le mettre dans une cage à filets ! Et vous vous croyez supérieurs aux femmes ! rétorque madame Hering d'un ton railleur.

— Vous, les nanas, vous n'y connaissez rien ! C'est toujours mieux que de parler d'ongles cassés ou de fringues. Vas-y, qu'est-ce que t'as comme loisir ?

— Eh oui, je me tape tout le boulot de bonniche ! Quand aurais-je le temps d'avoir des loisirs ? Ma famille, c'est ma seule préoccupation. Pas comme toi, apparemment.

— Oh arrête ces sarcasmes ! T'as qu'à t'intéresser un peu au sport, à l'actualité !

— Et toi ? Tu t'intéresses à autre chose qu'à tes conneries de mecs ? hurle-t-elle, énervée.

— Les trucs de gonzesses, c'est pas pour moi ! Je vais pas faire le repassage non plus ! C'est pas de ma faute si vos activités sont chiantes.

— Papa, tu es méchant, répond Peter. Maman fait des efforts, elle nous cuisine des bons plats et tu la traites comme ça…

— Oh toi, insolent, je t'ai rien demandé ! File dans ta chambre ! beugle monsieur Hering, son index pointé vers les escaliers de l'étage.

Peter se lève du canapé et court dans sa chambre. *« Quel con,* pense-t-il. *Toujours là pour faire chier son monde. J'attends mes dix-huit ans avec impatience pour me casser d'ici. Et dire que je faisais semblant de passer une bonne soirée avec lui, encore pour faire plaisir à monsieur ! Le bonheur des autres, il n'en a rien à foutre. Pas étonnant que maman se mette en colère. Je suis sûr qu'il cache son jeu. Je vais aller fouiner dans ses affaires : je parie qu'il a une maîtresse. »*

Peter se glisse dans le couloir et marche sur la pointe des pieds. Le parquet à l'étage grince un peu, mais pas suffisamment pour que son père entende les bruits. Il se faufile dans la chambre de ses parents et commence à ouvrir les tiroirs du bureau. Rien, même pas une boîte de préservatifs. Sans doute le père les a-t-il dissimulés dans l'armoire sous les pantalons. Impossible que sa femme ne découvre la cachette. Rien. Pas un indice. Clean, le vieux. Il ouvre la sacoche de l'ordinateur portable qui se trouve sous le bureau. Un trésor enfoui sous ces tas de paperasses ? Sans doute. Peter remarque une pochette étrange, la dégage et tombe sur les fesses. Jamais il n'aurait imaginé une chose pareille. Comment est-ce possible ? Sa vie ne repose que sur des mensonges. Quinze années de tromperie. Il a été le dindon de la farce, le nigaud qui n'a rien deviné. Tout le monde doit s'en douter. Sauf lui. Pas étonnant qu'ils soient si gentils, ils essaient de se racheter, rongés par la culpabilité. Peter Hering replace les documents dans la sacoche et quitte la pièce. Il se jette sur son lit et se met à sangloter, trembler, se plier en deux, il a été blessé jusqu'aux entrailles. Un poignard dans le dos bien profond… Un coup dans le bide, voilà ce qu'ils mériteraient ces deux hypocrites de soi-disant parents. Des parents adoptifs ! Peter n'est qu'un enfant adopté, un enfant sans identité, sans racines. Son arbre généalogique bidon réalisé à l'école primaire n'est qu'une supercherie. Ils vont le payer cher, ces imposteurs, ces parents sur le papier.

Peter Hering devient une furie, le visage rouge de rage, les yeux livides, sans vie. Il saisit son téléphone et appelle son meilleur ami, son seul ami d'ailleurs.

— Maik, c'est Peter. Tu peux me rejoindre devant l'entrée du zoo dans une heure ? J'ai besoin d'un service… C'est une question de vie ou de mort... Plutôt de mort...

***

Dimanche 7 août 2016, Illkirch-Graffenstaden

Les cloches de l'église Saint-Symphorien sonnèrent 9 heures 30. La messe dominicale allait commencer. Helmut et son ami Dominique s'installèrent au fond de l'édifice. L'enquêteur se demandait s'il comprendrait la messe en français. La célébration des offices en France éveillait sa curiosité. Et dire que lorsqu'il était enfant, il s'ennuyait comme un rat mort pendant la lecture des passages de la Bible. À quinze ans, on a une vision différente de la religion. Le quinquagénaire avait évolué depuis son adolescence difficile. Helmut avait flirté avec la drogue à l'âge de seize ans. Lors d'une sortie avec des amis, il s'était retrouvé dans une soirée glauque, la bière coulait à flots, les joints tournaient de jeune en jeune, l'ecstasy se propageait de bouche en bouche. Influençable, Helmut n'avait pas compris qu'il s'agissait de substances dangereuses qui menaient vers une dépendance incontrôlable. Quelques verres d'alcool, quelques pilules magiques et le jeune Helmut s'envolait vers de nouveaux horizons. En trois ans, il avait rompu tout contact avec ses proches, sauf avec son frère Josef qui l'avait soutenu jusqu'au bout. Son comportement versatile et sa fatigue physique l'avaient rendu de plus en plus agressif. Josef avait fait ce qu'il pouvait pour l'envoyer en cure de désintoxication, mais son frère replongeait au bout de quelques semaines. Pourtant, un jour, le jeune Helmut avait eu comme une révélation. Il avait reçu un appel du Seigneur lui demandant de mettre fin à cette vie de débauche et avait ressenti un besoin de se confesser. Là, il avait compris qu'il désirait retrouver le droit chemin. Ses parents, non croyants, ne l'avaient pas fait baptiser. Selon eux, l'enfant devait avoir le libre arbitre. La foi, c'est un choix mûrement réfléchi et un bébé n'est pas apte à adopter une religion qu'il n'a pas choisie et qui lui est imposée d'office.

Helmut sortit enfin de ses pensées nostalgiques. Aucune trace du père Rödel. Où pouvait-il bien se cacher ? Il n'avait plus le choix. Il fallait appeler l'évêque.

— Bonjour Monseigneur, ici Helmut. Je vous appelle de Strasbourg.

— Bonjour Helmut, alors ? Tu ne m'as pas beaucoup informé de l'avancement de tes recherches. Es-tu sur une piste ?

— Comme vous m'aviez informé que le père Rödel était en Alsace, j'ai suivi ses traces jusqu'à Strasbourg. Apparemment, il se serait encore enfui. Je n'ai aucune information à vous transmettre. Les frères franciscains ignorent ses projets. Je vais tenter de contacter le prêtre des paroisses voisines pour obtenir plus d'informations. Mais je reste sceptique.

— Helmut, fais au mieux, mais n'oublie pas, le temps presse ! Je t'ai fait confiance une première fois avec l'affaire précédente. Ne me déçois pas !

— Je ferai tout mon possible, Monseigneur. J'ai un peu fouillé dans son passé et j'ai découvert qu'il a fait don de son rein gauche à un jeune garçon qui est devenu un délinquant. Je vais creuser un peu plus la question.

Entretemps, Helmut venait de recevoir un e-mail de Josef. Les résultats de l'analyse toxicologique de Rika Silberstein étaient formels : un empoisonnement au thallium, un métal lourd très toxique, inodore et incolore. La victime avait souffert de troubles digestifs et de céphalées, selon le légiste. Le poison avait sans doute été incorporé à sa nourriture ou introduit et mélangé dans un verre de jus de fruits. Quant au mobile, il restait encore inconnu.

CHAPITRE 23

Mai 2011, Augsburg

— Comment vous avez pu me mentir pendant autant d'années ? braille Peter Hering, les larmes aux yeux. Vous n'êtes pas mes parents !

— Mais si Peter, nous sommes tes parents, peu importe. Tu sais, un parent biologique n'est pas forcément le « vrai » parent. Le vrai parent, c'est celui qui élève son enfant, le voit grandir, lui apporte affection, amour et éducation. Le vrai parent, ce n'est pas celui qui abandonne son enfant et accouche sous x pour ne pas le reconnaître. Un parent adoptif n'est peut-être pas un lien consanguin, mais est-ce le plus important ?

— N'essaie pas de te justifier, maman ! J'avais au moins le droit de connaître la vérité. Je ne sais pas d'où je viens, c'est flippant !

— Je comprends ta colère Peterlé, mais tu es tout pour nous. Tout ce que nous avons fait, c'est pour ton bien.

— Pour mon bien ? C'est ça, ouais ! Dis plutôt que tu as peur que je retrouve mes parents biologiques. Tu as peur que je vous laisse tomber !

— Un peu, c'est vrai. Mais ils n'ont pas voulu de toi. Tu as été confié à un orphelinat. Personne ne connaît l'identité de tes parents biologiques.

— Oh arrête maman ! Bien sûr que si ! Quelqu'un est forcément au courant. La maternité où je suis né !

— Mais voyons ! Nous n'avons jamais eu ces informations ! Il est très difficile d'adopter ! Alors tu penses bien qu'on nous en dit le moins possible. Nous ne les connaissons pas. Je te le promets, cette fois, c'est la vérité, supplie madame Hering.

— Comment puis-je vous croire après toutes ces cachotteries ? Maintenant, je comprends pourquoi je n'ai jamais eu de véritable affection envers vous. Tout a un sens !

Monsieur Hering, choqué par la nouvelle de son fils, se sert un verre de whisky irlandais. Il s'approche de Peter pour le serrer dans ses bras, mais l'adolescent le repousse violemment.

— Peter, écoute-moi ! Nous ne pensions pas te faire de mal en t'adoptant. Tu aurais pu rester dans un orphelinat ! Imagine un peu ce que ces pauvres enfants sans parents doivent subir. Tu n'as manqué de rien avec nous. Nous avons toujours cédé à tes caprices. Parfois, tu es vraiment ingrat ! soupire l'homme, exaspéré.

— N'importe quoi ! Vous avez fait tout ça parce que vous culpabilisiez depuis le début ! Vous m'avez envoyé à Freiburg ! Vous n'avez aucune idée du supplice que c'était ! Les autres me harcelaient, me maltraitaient, des vrais enfoirés, là-bas. Mais non ! Il fallait absolument que j'aille étudier dans ce coin paumé pour rattraper mon niveau lamentable ! Moi, c'est pas mon truc l'école. Je préfère le bricolage, les choses concrètes ! Avec toi, papa, ça aurait pu marcher si tu m'avais laissé apprendre des choses. On aurait pu construire une vraie relation père-fils.

— Mais nous pouvons toujours la construire, fiston. Il n'est jamais trop tard. Je ne me suis jamais rendu compte de tes ressentis. Je n'ai pas toujours su être le père qu'il fallait, mais je compte bien changer tout ça si tu es d'accord…

— C'est trop tard ! hurle Peter Hering. C'est foutu ! Vous avez tout gâché ! J'ai l'impression que je ne suis rien, j'ai été abandonné comme un vieux sac-poubelle.

Le jeune homme attrape son sac à dos, quitte la maison et claque la porte.

Madame Hering se lève brusquement, se dirige vers la cuisine, se sert un verre de Gewürztraminer et retourne rejoindre son mari dans le salon. Elle se met à trembler tout en jetant un regard rempli de reproches envers son époux.

— C'est de ta faute ! Pourquoi tu as laissé traîner les papiers d'adoption ?

— Comment aurais-je pu imaginer un seul instant que Peter puisse fouiller dans ma sacoche ? C'est mon bureau, n'oublie pas ! Je savais qu'on aurait dû lui dire la vérité depuis longtemps.

— C'est trop tard ! Je ne sais pas où il est parti. Je vais appeler son ami Maik, il pourra m'aider.

— J'espère qu'il va se calmer. Il nous en veut tellement ! Je ne l'ai jamais vu dans cet état. Tu crois qu'il va essayer de retrouver ses parents biologiques ?

— C'est évident, non ? Pour lui, nous ne sommes pas ses vrais parents ! Je n'ai pas envie qu'il découvre l'identité de son père… Ça serait une catastrophe ! Nous lui avions promis de ne rien dévoiler.

***

Lundi 8 août 2016, Augsburg, Polizeirevier(36)

7 h 30 : Hans Brenner entra dans le commissariat et déposa son sac sur son bureau. Personne, étonnant. Il se dirigea vers le distributeur de boissons, introduisit une pièce de vingt cents et choisit un café noir avec double dose de sucre. Il savait bien qu'il devait réduire les quantités, se mettre au régime. Mais le policier aimait trop les bonnes choses de la vie. Quelle vie monotone serait la sienne s'il était dans l'obligation de se priver de tout : ne pas manger trop salé, trop sucré, trop gras… « *Bientôt, il ne faudrait se nourrir que d'insectes,* pensa-t-il. *Jamais de la vie !* » Hans ne pourrait jamais se passer de la cuisine bavaroise, impossible. De même pour son café sucré matinal. Sa supérieure Tanja Rotfeld allait bientôt arriver et elle attendait des résultats concrets. Ce jeune délinquant avait disparu. Aucune trace de lui à Augsburg.

(36) Commissariat de police.

Hans alluma son ordinateur et se mit au travail. Il avait réussi à pister le téléphone du suspect. Ce dernier avait passé un dernier appel le 6 août vers un numéro de fixe en dehors de la Bavière.

Tanja Rotfeld, tout juste vêtue d'un jean et d'un débardeur, accourut jusqu'au bureau de son subordonné.

— Salut Brenner ! Alors ? Du nouveau ? demanda la jolie blonde en balayant sa chevelure vers l'arrière.

— Tanja ! Oui, nous avons un problème… Le suspect s'est volatilisé. Son téléphone semble éteint. Sa dernière communication téléphonique remonte à samedi.

— Et ensuite ? Tu as pu établir un relevé de ses opérations bancaires ?

— Non, je n'y ai pas pensé, dit Hans en baissant la tête.

— Et bien il faut creuser un peu plus. Il n'a pas pu disparaître sans laisser de traces. Et que dit son relevé téléphonique ?

— Il aurait appelé quelqu'un dans le Baden-Württemberg. Je n'ai pas encore l'identité de la personne qu'il a contactée.

— Bon, on va tenter d'en savoir plus. Il faut arrêter ce type au plus vite. Il a déjà fait l'objet de cambriolages et maintenant d'un meurtre. Je veux choper ce gugusse et l'interroger.

— Je fais quoi alors ?

Tanja posa son sac sur son bureau et rejoignit Hans. Elle tira une chaise jusqu'au bureau de son collègue et lui demanda de joindre l'opérateur téléphonique de Peter Hering.

— Tu les appelles et tu demandes à qui appartient la ligne. Je veux savoir exactement où. Le Baden-Württemberg est immense. Essaie d'identifier la commune.

Après quelques minutes, le verdict tomba : le suspect avait appelé un certain Maik Weyer, résidant à Stuttgart.

— Tiens, étonnant ! Qui est ce gars ? Trouve-moi tout sur cet individu. Pendant ce temps, je vais contacter la banque pour obtenir les dernières transactions de son compte. J'ai déjà une commission rogatoire. Il ne faut pas perdre de temps. Il va peut-être récidiver. Si ça se trouve, Maik Weyer est en danger.

Peter Hering avait utilisé sa carte bancaire à Munich puis à Freiburg. Depuis, plus rien. Pour Tanja, il était évident que le fugitif se trouvait bien loin d'Augsburg.

***

Pendant ce temps, à Illkirch-Graffenstaden

Assis sur son lit, Helmut relisait ses notes. *« L'indice se cache parmi ces annotations, mais où ? »* Il se gratta le haut du crâne et se perdit dans diverses réflexions. Pourquoi ce document caché dans la Bible ? Pourquoi les versets de l'Apocalypse ? Il y avait certainement un message codé qu'il suffisait de déchiffrer. L'enquêteur se leva jusqu'à la petite table qui lui servait de bureau, sortit une feuille de papier de format A4 puis saisit le Nouveau Testament et le feuilleta attentivement. Il consulta à nouveau le papier quadrillé du père Rödel qu'il avait emporté avec lui.

Helmut examina les annotations : Apocalypse 6-12[37] :

Et je vis :
Quand il ouvrit le sixième sceau,
Il se fit un violent tremblement de terre.
Le soleil devint noir comme une étoffe de crin,
Et la lune entière comme du sang.

Il s'éternisa devant ce verset : « sixième sceau » et « comme du sang ». Du sang ? Un meurtre à commettre ? Le sixième sceau ? Cela n'avait aucun sens. Pourtant, Helmut restait persuadé que la réponse se trouvait dans ces versets. Il poursuivit sa lecture : verset 8-1 !

Quand il ouvrit le septième sceau,
Il se fit dans le ciel un silence d'environ une demi-heure...

Le « septième sceau ». « Une demi-heure ». Tout était dit. Helmut leva les yeux au ciel et pria le Seigneur de le guider.

Les sceaux seraient-ils la clef de l'énigme ? *« Poursuivons l'examen des passages bibliques »*, se dit-il.

---

(37) Extrait du *Nouveau Testament*, Le livre de poche, Éd. 2001.

Verset 8-6 :

Les sept anges qui tenaient les sept trompettes se préparèrent à en sonner.

Les « sept » anges… Les « sept » trompettes… Apparemment, tout était lié aux nombres.

Il attrapa son smartphone et appela son frère.

— Josef ! Ça va mon frère ?

— Helmut ! Quoi de neuf ? Oui, moi ça peut aller. Tu avances un peu ?

— Je crois que j'ai saisi l'énigme des versets bibliques ! répondit le quinquagénaire, tout excité.

— Attends, pas si vite ! J'ai loupé quelque chose ?

— Tu sais, le carnet que j'ai trouvé dans la Bible du père Rödel ?

— Ah oui, bien sûr ! Tu as découvert quelque chose d'intéressant ?

— Je crois avoir décrypté le message. Le prêtre semble avoir utilisé les versets de l'Apocalypse comme un code. Je ne sais pas encore dans quel but, mais je compte bien le découvrir. Il a entouré les versets 6-12, 8-1 et 8-6.

— Et pourquoi ?

— J'ai analysé ces trois passages et ils ont tous un point commun !

— Ah bon ? Et lequel ?

— Ils parlent de nombres. Dans l'Apocalypse 6-12, il y a une référence au sixième sceau, donc chiffre six. Dans le verset 8-1, le septième sceau est mentionné, donc chiffre sept. Enfin, dans le passage 8-6, il est question de sept anges et de sept trompettes. Encore le chiffre sept.

— Intéressant ! Mais pourquoi ces chiffres ? À quoi correspondent-ils pour le prêtre ?

— Pour l'instant, je n'en sais rien. Mais je compte retrouver le père Rödel pour qu'il m'en dise plus. Je vais encore y réfléchir. Si jamais tu as cinq minutes, je t'envoie les versets par mail. Si tu as des idées, n'hésite pas à m'appeler.

— OK, ça marche. Sinon, on avance aussi. Tanja a retrouvé la trace de notre suspect, Peter Hering.

— Ah ? Et où se cache-t-il ?

— Apparemment, il logerait à Freiburg. Il aurait appelé un certain Maik Weyer. L'équipe de Tanja se charge de faire des recherches sur ce monsieur.

— Parfait ! On avance progressivement. J'ai parlé à l'évêque et il est toujours en forme pour me questionner sur l'enquête, mais j'ai décidé de prendre mon temps et de ne pas bâcler ma mission. Et toi ? Où en es-tu avec Annika ?

— Rien de neuf pour l'instant. J'ai du mal à digérer toute cette histoire. Elle m'a menti. Elle est partie et maintenant elle veut revenir. Elle m'a laissé un certain temps sans nouvelles tout ça sur un coup de tête et Madame a enfin mesuré les conséquences de ses actes et veut se faire pardonner. Je compte bien la faire patienter encore un peu.

— Josef, ne sois pas aussi rancunier. Pardonne-lui. Personne n'est parfait et tout le monde commet des erreurs. Il faut savoir les réparer et il faut savoir oublier sa rancune. Chacun a le droit à une deuxième chance.

— Je sais, mais je voudrais bien t'y voir. Tu ne peux pas comprendre, tu n'as ni femme ni enfant !

Helmut encaissa le coup sans broncher. Voilà ce qui méritait d'être clair. Il ne manquait pas de tact, le frangin.

Il prit congé et sortit se changer les idées. Il quitta la maison et se promena le long du quai de l'Ill(38). Il s'émerveillait devant la splendeur de la nature. Des cygnes avaient fait leur nid, des canards se reposaient dans l'herbe à l'ombre d'un soleil brûlant, quelques pêcheurs avaient pris place au bord de l'eau, une glacière remplie de boissons houblonnées.

L'officier infiltré sortit son paquet de cigarettes et en retira une clope. Le vent l'empêcha de l'allumer du premier coup. Il inspira une première bouffée qui lui apporta un bien-être absolu. Cette substance, c'était le cocktail Molotov pour sa santé. Le tout accompagné d'alcool. Il fallait profiter de la vie. De toute façon, il fallait bien mourir un jour. Ce n'était pas la cigarette qui allait lui faire peur. Il

---

(38) Cours d'eau qui longe Illkirch-Graffenstaden.

arrêterait, mais pas aujourd'hui, pas tant que l'enquête ne serait pas bouclée.

Helmut s'approchait du centre-ville. Il repéra le commissariat rue des Sœurs et décida d'y faire une escale. La police française pourrait sans doute l'aider à retrouver la trace du père Rödel. Et peut-être bien de Peter Hering.

CHAPITRE 24

Mardi 9 août 2016, couvent de Kirchbach

En cette matinée estivale, sœur Mathilda ne manquait pas de soigner son jardin et son potager. Elle avait commencé par arroser ses plants de tomates et put déjà cueillir quelques fruits bien rouges. Sœur Judith tenait un cabas en osier et profitait de quelques rayons lumineux pour aider son amie. Judith resplendissait, le sourire aux lèvres. La jeune religieuse déposa les tomates dans son panier et leva les yeux vers le ciel. Enfin libérée de cet hiver rigoureux. Elle ne pouvait s'empêcher de penser aux tragédies survenues dans le couvent l'année précédente. Des meurtres en série, sa séance d'exorcisme, ses liens étroits avec Helmut Falk. Sœur Judith ne restait jamais les bras croisés à ne rien faire. Elle se vouait à des activités diverses. Dernièrement, elle avait confectionné un album photo pour y garder ses meilleurs souvenirs. Tous ses voyages, elle les narrait dans un journal de bord accompagné de quelques photographies. Cinq ans auparavant, elle avait pris l'avion pour la première fois, destination Israël. Avec sœur Mathilda, elle avait exploré les lieux saints et fondamentaux décrits dans la Bible. Les deux amies avaient rendu visite à des religieuses à Jérusalem. Puis un court séjour en Jordanie et un bain relaxant dans la mer Morte au lac de Tibériade. Leur séjour resta mémorable.

— Mathilda, il est temps de nous reposer. J'ai bien envie de manger une glace.

— Judith, tu ne changeras jamais ! C'est pour ça que tu es mon amie. Bien sûr, j'ai presque terminé. Nous allons déposer le panier de tomates à la cave puis nous irons savourer une bonne crème glacée.

— Tu sais, je pense souvent à l'année dernière. Nous avons vécu des instants effroyables.

— Moi aussi, dit Mathilda en levant les manches de sa robe. Mais tout cela est derrière nous. Nous devons nous réjouir de ce temps magnifique, tu ne trouves pas ? Cessons de nous lamenter ! Il faut aller de l'avant !

— Oui, poursuivit Judith en accélérant le pas jusqu'à la cave. Tu as raison. J'ai juste un peu de mal à oublier tout ça.

— Certainement, ma chère Judith. Je peux le comprendre. Mais tout ça, c'est du passé. Il faut penser à l'avenir. Viens, on va chercher les glaces.

Elles rentrèrent ensemble au couvent, pour chercher un peu d'argent avant de se rendre chez le glacier.

Le haut-parleur du couloir se mit à sonner et une voix masculine lança un appel : « Sœur Judith est demandée au téléphone, sœur Judith est demandée au téléphone… »

Judith se précipita vers l'accueil où le concierge attendait patiemment son arrivée, le téléphone collé à l'oreille.

— Sœur Judith, j'écoute.

— Sœur Judith, c'est Helmut Falk. J'ai besoin de votre aide pour une mission…

— Helmut ! s'exclama la religieuse, d'un ton joyeux. Où êtes-vous en ce moment ?

— Je suis en Alsace pour une mission. Je dois enquêter sur la disparition du père Rödel de la paroisse de Göggingen. J'ai quelques pistes, mais j'aimerais faire appel à vous pour m'éclairer sur certains points. Vos intuitions pourraient m'être d'un grand secours.

— Oh, mais je ne suis pas détective, poursuivit Judith, modeste, mais tout de même flattée par la proposition d'Helmut.

Elle finit par accepter. Une mission qui la sortirait pour quelque temps de sa routine quotidienne.

***

Juin 2011, Augsburg

Dans le salon, Peter Hering boit une bière avec son camarade Maik Weyer. Il regarde sa montre : 23 heures 45. Ses parents doivent déjà être plongés dans un long sommeil. Le moment tant attendu approche. Cette nuit, il sera enfin libéré de ses angoisses. Le plan fonctionnera à merveille. Aucune raison de s'inquiéter, car Maik a tout prévu. À minuit et demi, la mise en scène débutera. Toutefois, il n'est pas totalement serein.

— Tu es sûr de ton plan ? On ne va pas se faire choper ? s'inquiète Peter Hering.

— Impossible, crois-moi. Ce sera vite fait.

— Et comment tu comptes t'y prendre ?

— Ils dorment. Si tu n'as pas peur du sang, on va les poignarder.

— Il n'y a pas une façon plus propre ? tremble Peter Hering en observant les deux objets tranchants rapportés par son ami.

— Il faut savoir ce que tu veux. Tu veux les tuer ou pas ?

— Oui, répondit Peter avec assurance.

— Alors, fais ce que je te dis. Ils ne sentiront rien, ils dorment.

— Tu peux pas les endormir avec un produit avant ? Si jamais ils se réveillent et se débattent ?

— Écoute, si tu as peur, on laisse tomber. Il y a peut-être une autre solution envisageable que de les zigouiller, non ?

— Non, c'est bon. Si tu es sûr de ton plan, on y va.

Maik Weyer tend une paire de gants en latex à son ami. Les deux adolescents les enfilent puis se couvrent la tête d'une cagoule. Pas question de laisser le moindre détail au hasard. Au cas où le couple survivrait, il ne devrait pas les identifier.

— Attention, tu vas les réveiller ! chuchota Maik Weyer.

— Non, ils dorment avec des Ohropax(39).

Peter Hering se prépare pour la première étape : maquiller la scène de crime. Il ouvre tous les placards et les vide complètement puis

(39) Bouchons d'oreilles.

éparpille les objets dans la pièce. Il prend soin de casser quelques bibelots en verre et de forcer une fenêtre par l'extérieur.

Maik Weyer se charge de la cuisine. Il sort quelques couverts et quelques verres et les remplit de vin. Il faut faire croire à un invité surprise.

— Peter, on y va. J'ai fini.

— Moi aussi. Alors, on monte ?

— Le moment crucial, mon pote. Courage ! Tu vas y arriver, lance Maik en tapant sur l'épaule de Peter.

L'escalier en vieux bois grince à chaque pas brusque. Quinze marches à monter, une entrée à franchir. Maik ouvre avec délicatesse la porte de la chambre du couple Hering tandis que Peter tremble, le couteau levé au niveau de son visage. Son front ne tarde pas à suer. Il s'avance sur la pointe des pieds pour atteindre le lit. Ses parents dorment en toute sérénité, la tête de madame Hering sur l'épaule de son mari, tous deux portant des protections auditives dans leurs oreilles comme l'avait prévu Peter Hering.

Peter hésite quelques instants avant d'atteindre la gorge de sa mère, mais il recule. Non, il ne se sent pas capable d'assumer ses actes. Il n'est qu'un lâche. Plus de gueule que d'action. Maik lui chuchote de s'y prendre d'un coup sec. Ainsi, Peter parvient à porter le coup fatal à sa mère. Pas dans la gorge, mais en pleine tête. Comme dans *The Walking Dead* lorsqu'ils défoncent les cervelles putréfiées des zombies, le même carnage.

Monsieur Hering se réveille en sursaut et aperçoit la silhouette au-dessus de sa femme. Il se met à hurler et tente de se débattre lorsque Peter lui enfonce la lame en plein cœur. Quelques spasmes, du sang projeté partout, un homme agonisant. Peter Hering transpire de plus en plus. L'acte qu'il vient de commettre ne lui apporte pourtant aucun soulagement. Ses parents adoptifs sont morts, emportant avec eux un terrible secret.

— C'est dégueu ! se plaint Maik en observant la scène.

— Maintenant, on fait quoi ? angoisse Peter.

— On se casse. On va chez moi. Avant, on va se débarrasser des couteaux et de nos gants.

— Et les cagoules ?
— On les balance aussi.

Maik a pris la précaution de garer son véhicule à l'entrée de la rue. Nul ne peut relever son immatriculation, personne ne pourra témoigner avoir vu sa voiture devant la maison des Hering.

Les deux garçons prennent soin de se séparer de tout ce qui pourrait les incriminer. Les canettes de bière vides rangées dans un sac plastique avec les gants, les cagoules et les couteaux, ils quittent la maison et marchent d'un pas pressé jusqu'à la vieille Opel Corsa de Maik. Ils longent la Lechhauserstraβe et s'arrêtent sur le pont pour jeter le sac rempli de pierres lourdes dans le Lech(40).

***

Mardi 9 août 2016, Illkirch-Graffenstaden

À 9 heures du matin, les oiseaux chantaient, les abeilles butinaient, les cloches de l'église sonnaient. Éveillé depuis plusieurs heures, Helmut relisait ses notes, ses impressions. Il avait déjà pris son petit-déjeuner et souhaitait se poser toute la matinée pour réfléchir à cette énigme qui le tracassait sans cesse. Des chiffres s'envolaient dans sa tête, les versets de la Bible menaient la danse au fond de son cerveau. Les sceaux revenaient habiter ses pensées, l'Apocalypse s'apprêtait à lui révéler ses plus grands secrets.

Helmut alluma son ordinateur portable et saisit son mot de passe. Il cliqua sur l'icône de son logiciel de messagerie et attendit que ses courriels non lus s'affichent. Trois mails depuis hier, dont l'un de Josef. Il ouvrit le premier message et le parcourut brièvement.

Helmut,

J'espère que tu avances un peu ce matin. Moi, j'ai la tête ailleurs. Bref, à part ça, nous n'avons toujours pas retrouvé Peter Hering. Nous savons juste qu'il se cache à Stuttgart chez un ami. Pourquoi

(40) Fleuve longeant la ville d'Augsburg.

Stuttgart ? Aucune idée. Nous allons creuser un peu plus dans son passé. Tanja n'a toujours pas trouvé les informations qu'elle recherche.

Appelle-moi quand tu as cinq minutes.

Servus(41)*,*

Josef

Les derniers mots de son frère le plongèrent encore dans des rêvasseries dont Tanja jouait le premier rôle. Il se posait de nombreuses questions sur elle : pourquoi était-elle devenue lieutenant de police ? Avait-elle des projets à long terme ? Quelle enfance avait-elle eue ?

Il reprit ses esprits, consulta le mail suivant et sourit lorsqu'il constata qu'il s'agissait de l'adresse mail du couvent de Kirchbach.

Grüß Gott(42) *Helmut,*

Je n'ai pas pu vous joindre plus tôt, mais je souhaite vous rejoindre en Alsace. La mission que vous me proposez m'intéresse. Comme vous m'aviez dit que vous aviez quelques difficultés à retrouver le père Rödel qui a disparu depuis plusieurs semaines, le mieux est que je sois sur place avec vous. Avec mes relations et mes contacts un peu partout en France, je pense pouvoir vous être d'une certaine utilité.

N'hésitez pas à me contacter lorsque vous aurez quelques instants à m'accorder. Vous connaissez mon numéro direct.

À très bientôt,

Sœur Judith

Quelle affaire au couvent de Kirchbach ! Il ne risquait pas de l'oublier. Et quelle héroïne, sœur Judith ! Auparavant, Helmut n'avait jamais rencontré une personne aussi courageuse. Le quinquagénaire se souvint de tous ces agréables moments passés en la compagnie des professes de Kirchbach.

---

(41) Terme bavarois signifiant « salut ».

(42) Salutation employée en Bavière signifiant « que Dieu vous/te bénisse ».

CHAPITRE 25

Mercredi 10 août 2016, Illkirch-Graffenstaden

Pas moyen de mettre la main dessus. Où pouvait bien être son paquet de cigarettes ? Helmut fouilla sa chambre de fond en comble, mais ne retrouva que son briquet. Sans doute le paquet avait-il glissé de sa poche sans qu'il n'ait pu le remarquer. Impossible de commencer la journée sans une bouffée de nicotine. Helmut se dit que la journée commençait mal. Il quitta la maison, traversa la rue du Denier et bifurqua à droite, route de Lyon. Au bout de huit minutes de marche, il atteindrait l'hôtel de ville puis sur sa droite, le bureau de tabac habituel.

Pas un chat à cette heure de la journée. À peine 8 heures, juste la circulation ordinaire, les habitants qui partaient travailler en dehors d'Illkirch. Helmut sortit quelques minutes plus tard avec son paquet tant attendu. Il déchira le film plastique et ôta le papier gris qui recouvrait les cigarettes. Il parvint à en extraire une et s'empressa de l'allumer. Il apprécia sa première exhalaison de nicotine, celle qui le soulagea, celle qui lui permit de se concentrer sur sa mission. Lorsque son téléphone se mit à vibrer dans sa poche, il comprit qu'il allait apprendre une nouvelle importante pour ses prochaines investigations.

— Helmut Falk, j'écoute.

— Helmut, c'est sœur Judith. Avez-vous reçu mon message électronique ?

— *Grüß Gott*, sœur Judith. Oui, j'allais justement vous contacter. Comment se passe la vie à Kirchbach ?

— La vie continue. Nous sommes comme toujours très occupées. Je pars en Argentine dans deux mois avec sœur Mathilda, c'est mon cadeau d'anniversaire offert par ma famille. Je me réjouis déjà de visiter de nombreuses églises !

— Oh, mais c'est formidable, Judith. Je suis heureux pour vous. J'aimerais aussi avoir l'occasion de visiter Buenos Aires, mais mon emploi du temps est très chargé.

— Ne vous inquiétez pas. Un jour, vous aurez la chance d'y aller. Je pourrai vous faire part de mes impressions. Je vous appelais au sujet de votre enquête. Mes relations m'ont informée que le père Rödel a quitté Strasbourg. Il se serait réfugié dans le Haut-Rhin, près de Colmar.

— Oh, d'accord, poursuivit Helmut, d'une mine dépitée. Donc je dois partir à Colmar ?

— Je ne sais pas si l'évêque est au courant, mais je pense que la meilleure solution est de vous rendre à Ribeauvillé. C'est l'endroit où il se trouve, d'après mes sources. Je vais voir si je peux au moins obtenir une adresse. Attendez plutôt mon prochain mail avant de partir.

— C'est bon à savoir. Je vais rester le temps de réfléchir un peu à toute cette histoire. Et dire que je pensais toucher au but. Je ne suis pas prêt de boucler l'affaire.

— Ne vous découragez pas, je vais vous aider. Je vais bientôt venir vous rejoindre, je dois juste régler quelques détails avec sœur Mathilda qui supervisera le couvent pendant mon absence.

— Merci, je vous attends. Je vais suivre vos conseils. De mon côté, je vous appellerai si j'en apprends plus.

Le prêtre avait encore filé, pas de chance. Helmut avait du mal à s'orienter avec tous ces déplacements imprévus.

***

Même jour à Augsburg

11 h 35. Allongé sur la terrasse, Josef profitait de sa journée de repos pour bouquiner. Bien qu'il eût peu de temps libre, le légiste aimait passer quelques heures à lire un bon polar. Ce qu'il appréciait dans ce genre littéraire, c'était la manière dont les enquêtes se déroulaient et comment le protagoniste parvenait à la résolution de l'affaire. La fiction restait bien différente de la triste réalité qu'il côtoyait chaque jour. Il trouvait les romans policiers amusants, parfois trop farfelus. Mais à quoi bon lire un livre si l'on recherche du réalisme ? Josef pouvait passer des heures à méditer sur une œuvre, se mettre à la place du protagoniste, tenter de résoudre l'enquête lui-même. Parfois, il y arrivait sans problème. La plupart du temps, il ne décelait aucun indice pourtant bien présent dans le récit. Le quadragénaire venait de se procurer le dernier-né de son auteur favori, Peter Garski(43). Il se passionnait d'histoires mettant en scène sa ville natale.

Josef termina son chapitre en cours et se leva pour fumer une cigarette. Qu'il se sentait bien, seul ! Libre, libre de faire ce dont il avait envie. Bien des années qu'il n'avait plus le temps pour ce genre de choses. Tout lui manquait : les sorties entre amis, les moments de détente lecture, regarder un match de football avec son frère. Ses enfants aussi lui manquaient terriblement, mais d'une façon différente. *« Enfin un retour vers la liberté »*, pensa-t-il alors que sa femme fit irruption dans le salon.

— Tu es toujours décidé à me faire la tête ? demanda-t-elle avec hésitation.

— Pour l'instant, oui. J'ai du mal à digérer tout ce qu'il s'est passé. J'ai besoin de temps. J'ai surtout besoin de me retrouver seul avec moi-même. Il y a longtemps que je n'ai pas eu de temps rien que pour moi. Je compte bien en profiter encore un peu, rétorqua le légiste en toute honnêteté.

Annika haussa les épaules. Elle ne comprenait pas que son époux puisse préférer la solitude à sa famille, famille pour laquelle elle

(43) Auteur du célèbre roman policier régional *Rot Grün Weiß macht heiß.*

s'était elle-même sacrifiée. Elle avait tout perdu pour fonder cette famille parfaite dont elle rêvait depuis toujours. Elle avait l'impression d'avoir tout raté. Son mariage se consumait telle une cigarette laissée sur le bord d'un cendrier.

— Si c'est ton souhait. Je vais quitter la maison. Tu veux toujours voir les enfants ?

— Bien sûr que oui, Annika ! Quelle question ! Ce n'est pas parce que je savoure le fait d'avoir un peu de temps pour moi que je ne veux plus voir mes enfants.

Vexée, elle tourna les talons et se précipita dans sa chambre. Elle vida son armoire et jeta le contenu dans une grande valise.

***

Juillet 2015, Augsburg

On entend le bruit d'une clef dans une serrure. Peter Hering se réveille et tend l'oreille : non, il ne rêve pas, les pas se rapprochent de sa cellule. Presque quatre ans qu'il moisit dans cet endroit sombre et infect, quatre ans qu'il attend le verdict. Le maton, aussi imposant qu'un vigile, lui ordonne de sortir. Le moment venu de se rendre au tribunal. Son avocat commis d'office lui a donné espoir : plaider non coupable. Comment aurait-il pu commettre un acte aussi odieux ? Lui, le pauvre orphelin accueilli par des parents adoptifs aussi aimants, jamais il n'aurait pu agir aussi violemment. Plaider non coupable. Comment aurait-il pu les assassiner ? Il n'était pas chez lui le soir du crime, il se trouvait chez son meilleur ami, son seul ami. Au parloir, l'avocat l'attend avec impatience.

— Alors, monsieur Hering ? Prêt pour le grand jour ?

— Je ne sais pas si je suis prêt. Je suis stressé, oui. Je ne sais pas si le juge prendra la bonne décision.

— Ne vous inquiétez pas. Je suis très confiant. Votre ami a témoigné en votre faveur. Il n'y avait aucune empreinte sur les lieux du crime. Les vôtres bien sûr puisqu'il s'agit de votre domicile. C'est tout à fait normal d'y retrouver vos empreintes. Sinon, ce serait même plutôt étrange. Le principal, c'est qu'il n'y avait aucune trace de votre ADN sur les corps.

— Mais la défense est persuadée que je suis le tueur et que j'avais un complice.

— Cela reste à prouver. Jusqu'à présent, aucune preuve tangible n'a été rajoutée au dossier.

— Un cambriolage qui aurait mal tourné ? Vous pensez que cela est plausible ?

— Oui, bien sûr.

L'homme de robe s'avance vers son client et lui murmure quelques paroles rassurantes :

— Monsieur Hering, entre vous et moi, nous sommes les seuls à connaître la vérité. Je ne vous cache pas que vous êtes le seul suspect potentiel. Essayez d'être crédible, attendrissant. Vous avez souffert durant votre enfance, vos parents adoptifs étaient tout pour vous. Montrez-vous sous votre meilleur jour. La moindre erreur de comportement pourrait se retourner contre vous.

— Merci, Maître.

— Allons-y ! Le gardien nous regarde d'un mauvais œil.

CHAPITRE 26

Jeudi 11 août 2016, Ribeauvillé

« Encore une belle journée estivale », se dit Helmut en arrivant à Rappschwihr[(44)]. Il n'avait jamais eu l'occasion de parcourir la route des vins. Après le Bas-Rhin, le Haut-Rhin allait lui révéler ses plus merveilleux sites. Parfois, il avait tendance à en oublier la raison de sa présence en Alsace. Ces magnifiques paysages lui donnaient l'impression de passer des vacances inoubliables. Le taxi l'avait déposé dans la Grand-Rue, rue piétonne du centre-ville. Son regard se détourna vers la cave de vins d'Alsace Louis Sipp. Le quinquagénaire donnerait tout pour une simple dégustation de Gewurztraminer ou de Pinot gris. Il hésita quelques instants avant de passer son chemin. *« Non, pas question. Sois raisonnable,* se répéta-t-il. *Une petite cigarette, d'accord, mais pas de vin pendant le service. »* Peut-être reviendrait-il le soir même pour acheter une bouteille et l'offrir à Josef.

Au milieu de la Grand-Rue, l'officier s'arrêta devant un monument qui aiguisa sa curiosité : le Ménétrier. Il aperçut non loin de lui un commerçant qui sortait fumer une cigarette. Le vieil homme maigre au visage pâle s'approcha de lui.

— Je peux vous aider ?

— Oui. Quelle est l'origine de cette statue ? osa Helmut avec assurance.

---

(44) Ribeauvillé en alsacien.

— Ah, ça ! C'est le Ménétrier ! D'après la tradition, un ménétrier aurait cassé sa flûte et un seigneur lui aurait donné une pièce. Et donc, en tant que remerciement, les ménétriers auraient choisi la famille du seigneur comme suzerain.
— Oh, c'est merveilleux ! Et cela date de quand ?
— Je ne sais pas exactement, mais je dirais au moins six cents ans.
— Merci ! J'ai appris quelque chose en venant ici. Votre région est magnifique ! Je me réjouis de découvrir d'autres endroits aussi charmants.
— Ça ne manque pas, ici. Allez faire un tour à Riquewihr. C'est vraiment joli, surtout pendant la période de Noël, dit l'homme tout excité.
— Par hasard, sauriez-vous où se trouve le presbytère ?
— Oui, c'est Grand-Rue de l'Église, c'est pas très loin, conclut le commerçant, pressé. Je suis désolé, je dois vous laisser. Des clients attendent.

Helmut poursuivit sa promenade et trouva enfin le presbytère. Selon sœur Judith, le père Rödel s'y serait réfugié. L'enquêteur gardait l'espoir de résoudre l'affaire après tant de semaines passées. *« Un petit coup de pouce du destin ne serait pas de refus »*, songea-t-il.
Il s'approcha d'un pas lent vers l'entrée de la maison curiale et sonna. Personne ne répondit. Il attendit quelques instants avant d'essayer à nouveau, entendit des pas se rapprocher et la porte s'ouvrit. L'homme ne semblait pas surpris par sa visite.
— Vous êtes envoyé par le Vatican, c'est ça ?
Étonné, Helmut resta silencieux. Il s'agissait sans aucun doute du père Rödel. Exactement comme on le lui avait décrit : un visage creusé par la fatigue, une taille imposante, un regard clair. Il paraissait avoir dépassé la quarantaine. Ses cheveux châtains se mélangeaient à quelques mèches blanches. Autour du cou, il portait une énorme croix en bois qu'il triturait sans cesse. Cet homme ne pouvait cacher son anxiété.

— Oui, j'ai eu bien du mal à vous retrouver. J'aimerais savoir ce qu'il se passe. Monseigneur Hausle m'a demandé de partir à votre recherche et de vous ramener à Augsburg.

— Je sais… J'ai pris la fuite. Mais je ne supportais pas de rester une minute de plus à Göggingen. Je veux m'installer en Alsace.

L'ecclésiastique pria Helmut d'entrer au lieu de rester devant la porte. Il piétina jusqu'à la pièce à vivre et proposa un siège à son invité surprise.

— Voulez-vous m'expliquer? demanda Helmut, s'affalant sur un fauteuil en cuir marron.

Le père Rödel s'assit près de lui. Son visage pâlit. Il ne savait par où commencer.

— J'ai simulé ma propre agression… se lança-t-il, tout tremblant.

— Pour quelle raison?

— Je voulais me faire passer pour mort. Retourner à Augsburg ne ferait que compliquer la situation.

— Racontez-moi, je peux tout comprendre. J'ai besoin de savoir!

— Il y a longtemps, avant de prononcer mes vœux, j'avais une petite amie. Puis la vie nous a séparés… Sans doute ses parents ont-ils participé à cette rupture…

Le prêtre marqua un silence de plusieurs secondes.

— Poursuivez…

— Puis j'ai appris beaucoup plus tard que cette jeune fille était enceinte. J'ai entendu dire que ce bébé lui avait été cruellement arraché des mains à la naissance. L'enfant aurait été confié à un orphelinat.

— Mais c'est épouvantable!

— Oui, ce n'est pas tout. Depuis peu, cet enfant, un jeune garçon d'une vingtaine d'années, m'a retrouvé.

— Comment a-t-il pu vous retrouver?

— Je n'en sais rien. Apparemment, il aurait mal tourné puisqu'il m'a menacé de me dénoncer si je ne faisais pas ce qu'il me demandait.

— Et que voulait-il?

— Il voulait que je l'aiguille, lui et ses petits copains cambrioleurs, pour dérober des objets précieux dans le quartier.

— Et vous l'avez fait ?

— Je n'ai pas eu le choix. Il savait que je me rendais chez les paroissiens pour des bénédictions ou des extrêmes-onctions.

— Vous n'avez pas refusé ?

— Non, je ne pouvais pas. Si par malheur le clergé apprenait que j'ai un enfant caché, ce serait la fin pour moi. Je ne voulais pas risquer de tout perdre.

— Donc, vous lui avez obéi. Qu'avez-vous fait ensuite ?

— Je suppose que vous avez trouvé quelques indices chez moi, je me trompe ?

— J'ai quelques pistes, mais l'énigme reste indéchiffrable pour moi. J'ai retourné l'affaire dans tous les sens, mais je ne comprends pas votre stratagème…

— Qu'avez-vous essayé de découvrir ?

— Je suis tombé sur la Bible avec un morceau de papier à l'intérieur ainsi que quelques annotations sur certains passages de l'Apocalypse.

— Vous êtes fort, vous y êtes presque !

Le prêtre se leva brusquement et se dirigea dans la cuisine. Une odeur agréable de café se propageait dans la pièce.

— Vous voulez du café ? demanda le curé.

— Avec plaisir.

Le père Rödel réapparut quelques minutes plus tard avec deux tasses bien remplies. Ses mains tremblaient et quelques gouttes de café s'échappèrent pour tomber sur la table.

— Bon… Tout est sur cette feuille. Dommage, vous auriez pu trouver la solution tout seul. Je ne veux pas vous faire perdre de temps.

Helmut s'impatienta et haussa le ton pour obtenir les pièces manquantes du puzzle.

— Tout est dans l'Apocalypse. J'apprécie surtout le verset 6-12…

— Cessez de jouer avec mes nerfs, Rödel ! rétorqua Helmut, un peu agacé par l'apathie de son hôte.

— J'ai nommé l'opération Code Apocalypse. Pour mon soi-disant fils, c'était plus simple. Je lui indiquais une liste d'objets et un message codé pour savoir où les trouver.

— C'est-à-dire ?

— Les chiffres mentionnés dans les versets bibliques sont la clef de l'énigme. Tout partait du presbytère, le chiffre 0.

— Oui, je me disais bien que ces chiffres avaient une importance…

— Chaque chiffre se rapportait à des rues. Chaque rue se rapportait à une maison et donc un objet de valeur.

— Je comprends mieux ! Donc les victimes n'étaient pas choisies au hasard ?

— Non, pas du tout. Mais après plusieurs cambriolages dans les alentours, j'ai fini par me lasser de cette situation. Moi, prêtre sans histoire, je voulais retrouver ma dignité. Je commençais à devenir un homme mauvais. Il fallait que je mette fin à ce chantage.

— C'est là que vous avez organisé votre propre disparition ! Tout s'éclaire maintenant ! Mais pourquoi ne pas avoir raconté votre histoire à l'évêque ? Il aurait pu comprendre que vous aviez une autre vie avant les ordres et que votre erreur de jeunesse vous porte préjudice. Mais de là à mettre en place tout un plan et collaborer avec des malfaiteurs ! Vous vous rendez compte ? s'emporta Helmut.

— Je sais, j'ai mal agi. Mais je ne veux pas être banni de la communauté. Je ne sais pas comment faire pour réparer les dégâts…

— Vous n'ignorez pas que votre fils a tué deux personnes ?

— Ah ça non, je n'étais pas au courant. Comment est-ce possible ? Il n'est pas un assassin tout de même ?

— Eh bien si. Même sans votre aide, il a réussi à poursuivre ces actes malveillants.

— Je vous assure, je ne suis pas complice de ses crimes ! sanglota le prêtre.

— Je vous crois, père Rödel. Mais toute cette histoire m'intrigue. Pourquoi votre fils vous menace-t-il ?

— Je pense qu'il m'en veut de ne pas avoir été présent. J'ignorais son existence ! Sa mère et moi avions coupé les ponts depuis bien longtemps. Elle ne m'a jamais fait part de sa grossesse. Elle était bien trop jeune pour élever seule un enfant. Je suppose que ses parents ont pris la décision à sa place…

— Quelle triste affaire ! Vous pouvez alors me dire qui est sa mère ? Il va certainement tenter de la retrouver et il se pourrait qu'elle soit en danger. On ne sait pas de quoi est capable ce jeune homme.

— Dois-je vraiment vous révéler qui elle est ? Je ne veux pas qu'elle ait d'ennuis. Il est possible qu'elle ne vive plus à Augsburg.

— Allez-y, n'ayez crainte ! Nous la retrouverons avant lui, je vous le promets. Je ferai tout mon possible pour la protéger. Comment s'appelle-t-elle ?

— Je ne veux pas lui causer d'ennuis, je vous dis.

Le père Rödel essuya ses mains moites sur son pantalon. Helmut le fixa dans les yeux. Il ne lâcherait pas le morceau.

***

Décembre 2015, Augsburg

On approche de Noël et Maik Weyer n'arrête pas de penser à ce que son ami lui a suggéré. Un travail peinard, sans embrouilles. Le vieux leur fournirait toutes les informations nécessaires. Des messages codés.

Peter Hering sait le convaincre rapidement :

— Imagine-toi tout le blé qu'on va se faire quand on aura revendu les objets d'art des gens. On sera riches ! On pourra se barrer où on veut !

— Je connais quelqu'un qui pourrait nous aider. On partage le magot ? demande Maik.

— OK, mais suivez mes instructions. Je sais comment soutirer du lourd !

— Et comment ? s'interroge son comparse.

— Comme j'ai retrouvé mon père biologique et qu'il ne sait pas encore qui je suis, je vais en profiter. Je vais un peu l'amadouer et ensuite, il va collaborer. Il n'aura pas le choix !

Peter Hering jubile. Son ami le regarde d'un air admiratif. Il voue une amitié hors du commun envers ce jeune homme meurtri par une enfance douloureuse. Maik sait lire dans les yeux de son confident. Il sait que ce plan fonctionnera à merveille, car Peter déborde d'intelligence.

— Ouais, c'est cool ! Et ton vieux va te filer des infos ?

— Sinon, j'ai un autre moyen pour qu'il se plie à mes volontés. Il n'aura pas le choix, crois-moi !

— Je n'en doute pas. C'est quand même chelou ton plan !

— Écoute, tu me connais ? On est amis depuis assez longtemps. On a souffert dans la vie, maintenant à nous de nous venger. Tout le monde a droit au bonheur et j'ai décidé que le moment est venu d'en profiter.

CHAPITRE 27

Vendredi 12 août 2016, Augsburg

8 heures du matin. La Maximilianstraße, calme, resplendissait sous le soleil qui déployait déjà ses plus beaux rayons. Tanja Rotfeld, d'un pas énergique, entra dans la boulangerie et commanda six Semmel. Rien de tel qu'un bon petit-déjeuner pour démarrer la rude journée qui l'attendait. L'odeur du pain chaud réveilla ses papilles. Elle ne put s'empêcher d'en croquer un morceau. *« Quel bon pain croustillant comme je l'aime*, se dit la jeune lieutenant. *Il ne manque plus qu'un café bien corsé pour partir du bon pied. »* Une longue période de réflexion l'avait menée vers sa décision définitive : elle allait quitter Jonas. Fini de supporter ses humeurs massacrantes, fini sa violence verbale et physique, fini les longues soirées à l'attendre. Elle aspirait à la liberté. Indépendante, elle ne supportait pas l'autorité masculine, sans doute reflétée par son paternel, sans doute voulait-elle dissimuler les souvenirs de son enfance douloureuse. Un père peu présent, mais sévère, une mère pas maternelle pour un sou, une vie de fille modèle sans intérêt. Depuis longtemps, elle avait savouré les délices du célibat, de la liberté. Elle ne changerait tout cela pour rien au monde. Faire ce qu'elle veut, quand elle veut, sans rendre de comptes à personne. Elle ne supportait plus cette société destructrice, cette société pourrie par le pouvoir, l'argent et la luxure. Tout l'écœurait dans ce monde de brutes. Quel avenir pour les futures générations ?

Elle revint à la réalité et retourna jusqu'à son véhicule. L'heure tournait à une vitesse de TGV et Tanja ne manquerait pas cette journée précieuse. Elle était sur le point de découvrir qui était le père biologique de Peter Hering. Elle se sentit cependant mal à l'aise pendant quelques minutes. Elle pensa percevoir une ombre dans son rétroviseur. Une silhouette masculine, cagoulée, pointant un revolver sur sa nuque. Non, elle ne rêvait pas ! Un individu avait réussi à s'introduire dans sa voiture pendant son absence, si courte fût-elle.

— Ne vous retournez pas et roulez ! lança l'homme d'une voix rauque.

Le cœur de Tanja commença à battre aussi vite qu'un moteur de Formule 1. Elle n'avait jamais perdu son sang-froid, ce qui l'aida à garder son calme et à suivre les ordres de son agresseur.

— Où dois-je aller ? osa la belle blonde.

— Dirigez-vous vers l'autoroute en direction de Stuttgart.

— Mais vous m'emmenez où ?

— Arrêtez de poser des questions et obéissez ! vociféra l'individu en appuyant le pistolet plus fort sur la nuque de Tanja.

— Je vous pose juste la question parce que si vous comptez me kidnapper assez longtemps, je dois chercher quelques vêtements chez moi ! Je ne peux pas porter la même culotte pendant une éternité, tenta-t-elle ironiquement.

— Taisez-vous et roulez si vous voulez rester en vie !

— Dites-moi si c'est une blague parce qu'elle est de mauvais goût ! C'est Jonas qui vous envoie, c'est ça ?

— Je ne connais pas de Jonas. Arrêtez de m'énerver pour gagner du temps ! Je ne vous le répèterai pas une fois de plus.

— D'accord, du calme ! On va donc à Stuttgart.

— Avant toute chose, donnez-moi votre téléphone !

Il fouilla dans son sac à main qui se trouvait sur le siège côté passager et s'empara du portable de Tanja. Merde ! Elle pensait qu'on la retrouverait grâce à la géolocalisation. *« C'est foutu. »* Il allait falloir ruser un peu plus pour se sortir de ce pétrin. *« Espérons que cet idiot ne pense pas à l'éteindre. Quelle cruche ! Il faut que je récupère mon chargeur. Bon, il devrait rester en veille assez longtemps si ce connard n'y touche pas. »*

Toutefois, Tanja ne renonça pas à inciter le malfaiteur à la ramener chez elle pour récupérer quelques vêtements. Ce serait le seul moyen pour elle de laisser quelques indices pour que ses collègues la retrouvent. Elle tenta le tout pour le tout :

— S'il vous plaît, laissez-moi chercher quelques fringues. Je n'aime pas rester deux jours avec les mêmes vêtements. Je ne vous demande pas grand-chose, insista la lieutenant d'un ton suppliant.

— Oh, vous m'emmerdez ! Allons-y, mais attention, pas de faux pas ou je vous bute.

— OK, merci. Me laisserez-vous prévenir mon mari que je ne rentrerai pas de sitôt ?

— Non, vous n'allez prévenir personne. Vous laisserez un mot et c'est tout !

Tanja usa de son audace bien qu'elle sût qu'elle avait dû aller trop loin. Entrer dans la tête du gars lui semblait une priorité. En déterminant son profil psychologique, elle réussirait sans doute à mieux cerner le lascar et ainsi essayer de l'amadouer.

***

Pas un bruit dans les rues désertes de Ribeauvillé. L'horloge de l'église catholique indiquait 22 heures 30. Helmut et le père Rödel buvaient un verre de vin blanc alsacien dans une brasserie de la Grand-Rue. Leur conversation de la veille n'avait pas convaincu Helmut. Il ne pouvait croire de telles inepties. Ses sentiments envers Tanja l'empêchaient certainement de se rendre à l'évidence. Depuis sa rencontre avec la collègue de Josef, il n'avait pu cerner sa personnalité. Une femme si mystérieuse, si exceptionnelle. Rien à voir avec les personnes qu'il avait côtoyées auparavant.

— Vous me semblez pensif, monsieur Falk…

Le père Rödel regarda attentivement l'officier du Vatican, le cerveau rempli de questions.

— Je n'arrive pas à croire ce que vous m'avez raconté. Comment aurais-je pu imaginer que vous soyez mêlé à une telle histoire ? Et vous ne voulez pas me donner plus d'informations… Enfin, quelle galère ! Vous n'avez pas cherché à revoir cette fille ?

— Si, mais impossible avec les parents qu'elle avait. De vrais tyrans. Je n'aurais pas pu imaginer qu'elle soit enceinte. D'ailleurs, je n'aurais pas pensé devenir prêtre… Le destin en a décidé ainsi.

— Oui, un peu comme moi et mon passé tumultueux… Mais vous n'aviez jamais entendu parler de Peter Hering auparavant ?

— Pas du tout ! Je ne savais pas que Peter Hering était mon fils avant sa maladie. J'ai découvert ma paternité avec grande surprise.

— Vous lui avez sauvé la vie en donnant un de vos reins et il vous remercie en vous faisant chanter ! Je ne comprends pas la réaction de cet individu.

— Je pense qu'il a beaucoup souffert pendant l'enfance. Imaginez un peu, se retrouver à l'orphelinat après sa naissance, être adopté sans le savoir, découvrir que sa vie n'est qu'une fiction, ce ne doit pas être facile.

— Je ne suis pas de votre avis. Si tous les enfants qui ont eu une enfance malheureuse devenaient comme lui, il y aurait énormément de criminels, vous ne croyez pas ?

— Je suppose que vous avez raison… Mais tout de même ! C'est un pauvre type qui n'a pas eu de chance dans la vie.

— Il avait pourtant trouvé des parents adoptifs aimants qui se pliaient en quatre pour lui ! C'est ce qu'indique son dossier.

— Comment avez-vous eu accès à ces informations ?

— Mon frère travaille avec la Kripo d'Augsburg. Il collabore avec nous pour le meurtre de Heinz Lutz, un fidèle de votre paroisse.

— Heinz Lutz, oui, je me souviens très bien de lui. Un homme très sympathique malgré sa solitude. Et dire que tout ça est quasiment de ma faute… Les cambriolages, le meurtre…

Le père Rödel essuya ses yeux rouges débordant de larmes.

— Je ne voulais pas raviver de douloureux souvenirs, je vous prie de m'excuser.

— Vous n'y êtes pour rien, monsieur Falk. Je songeais juste au mal que les parents peuvent faire à leurs enfants. Sans eux, nous serions peut-être heureux ensemble et les crimes n'auraient pas eu lieu, car notre fils ne serait pas devenu un assassin.

— Ne vous torturez pas trop avec ces idées, père Rödel. Selon moi, il faut assumer ses choix et ne rien regretter. La vie n'est pas toujours rose, mais il faut savoir profiter des moments uniques que l'on vit.

Les deux hommes commandèrent un dernier Picon bière avant de rentrer au presbytère.

Helmut rentra dans sa chambre et consulta son téléphone. Cinq appels manqués de Josef, deux mails de son frère, un mail de sœur Judith. *« Un peu tard pour leur répondre »*, se dit-il.

CHAPITRE 28

Samedi 13 août 2016, Stuttgart

Les yeux de Tanja commençaient à souffrir de fatigue. La jeune femme peina à se concentrer sur sa conduite. Les autoroutes, rien de plus chiant. Pas étonnant qu'il y ait autant d'accidents. Les routes sont tellement monotones. Toujours pareil ! Du bitume et des marquages au sol, des panneaux de limitation de vitesse, des chauffards qui ne manquent pas de faire des queues de poisson, des *Sonntagfahrer* qui n'avancent pas… Bref, un enfer ! Si seulement il n'y avait que ça pour la déranger. Mais lorsqu'en plus un gros malade vous ordonne de foncer en vous plaçant un flingue sur la nuque, rien de tel pour se prendre le premier terre-plein venu. Tanja Rotfeld avait horreur des jeunes gugusses voulant jouer les caïds. Elle l'aurait à l'usure ! Heureusement qu'elle avait pu repasser à la maison pour emporter quelques effets personnels et que le type n'avait pas réussi à décoder son message pour Jonas. Une belle occasion pour que la police lance des recherches. Elle ne doutait pas un instant des capacités de ses collègues pour la retrouver avant qu'il ne soit trop tard. Au pire des cas, elle pratiquerait le krav-maga. À quoi bon apprendre à se défendre si l'occasion ne se présente que trop rarement ? Bien sûr, elle avait acquis tout cela à l'école de police, mais le krav-maga était avant tout un plaisir pour elle, un moyen de se défouler après de longues journées ardues au travail.

L'individu ordonna à Tanja de se garer sur la prochaine aire de repos.

— Nous allons faire une pause ici. Il nous reste un peu de route avant d'arriver à destination.

— Mais, nous sommes quasiment arrivés à Stuttgart ! Ce n'est pas là que vous m'emmenez ?

— Taisez-vous et faites ce que je vous dis.

L'homme paraissait angoissé, comme s'il avait les flics à ses trousses. Qu'avait-il à se reprocher ? Qui était-il ? Que lui voulait-il ? Tant de questions sans réponse que Tanja ressassait en boucle dans sa tête.

— Dites-moi, monsieur euh… Je ne connais même pas votre prénom ! Ça serait plus pratique pour discuter, lui sourit-elle pour tenter de le manipuler.

— Je suis Peter, répondit-il sèchement.

— Bien, Peter. Nous connaissons-nous ? En fait, je n'arrive pas à comprendre ce que vous me voulez… À mon avis, nous avons des connaissances communes.

— Bien vu, madame la pipelette ! Maintenant, arrêtez-vous ici et ne tentez pas de vous enfuir ou d'alerter quelqu'un. Je vous ai à l'œil ! Un faux pas et je vous bute !

— Bien compris ! Je peux aller aux toilettes ?

— Faites vite ! Je vous suis jusqu'à la porte des WC. Donnez-moi vos clefs ! Dépêchez-vous ! Et pas d'entourloupe !

L'homme lui arracha les clefs des mains et se précipita vers les sanitaires.

Tanja se rendit compte qu'elle n'avait pas de monnaie pour l'agent d'entretien. Elle passa discrètement en dessous du tourniquet en acier inoxydable et courut vers les toilettes des dames. Ouf, la dame pipi n'avait rien remarqué ! Après la vidange, elle essaya de gratter sur la porte des WC avec ses ongles. Rien d'autre sous la main. Heureusement qu'elle les limait régulièrement et qu'ils étaient assez longs pour lui permettre de laisser un message codé au cas où elle serait en danger. Elle gratta comme elle put, mais rien ne fonctionna. De peur d'abîmer sa manucure, elle abandonna cette idée. Avant de quitter les sanitaires, elle tenta d'écrire un mot avec le talon de sa chaussure droite. Elle parvint à laisser quelques traces noires. À sa sortie, elle emprunta le tourniquet et récupéra le bon de cinquante cents, oublié par quelqu'un, qu'elle utilisa pour acheter un café. Un quart d'heure plus tard, elle se trouvait devant le véhicule, accompagnée de l'individu.

— Remontez dans la voiture ! On reprend la route !

— Où allons-nous ?

— Montez et démarrez ! Reprenez l'autoroute. Je vous indiquerai la direction en temps voulu.

Le téléphone du kidnappeur vibra. L'énergumène répondit et son visage se décomposa.

— Quoi ? Mais tu m'avais dit que tu serais sur place ! s'énerva le jeune homme. Bon, d'accord… Je sais pas, demain, je pense… OK, à plus.

Il jeta son téléphone sur la banquette arrière. Cette fois-ci, il s'installa à côté de Tanja.

— Un problème ? demanda Tanja, inquiète.

— Rien de grave. Roulez et taisez-vous, merde !

***

Même jour, Augsburg

Encore un *Shabbat* à passer en famille sans sa femme. Une fois de plus, elle l'avait laissé tomber. Jonas Rotfeld finit par se demander pourquoi sa dulcinée s'était convertie au judaïsme si elle ne faisait pas l'effort de célébrer *Shabbat* avec lui. Il préféra passer chez lui avant de se rendre chez ses parents. C'était inévitable qu'ils voudraient encore le bombarder de questions : pourquoi n'est-elle pas venue ? Pourquoi n'avez-vous pas d'enfant ? Pourquoi travaille-t-elle autant ? Pourquoi as-tu épousé une *goy*(45) ? Et à lui, lui avait-on demandé son avis ? Pourquoi devrait-on choisir sa partenaire selon son statut social ou sa confession ? Pour Jonas Rotfeld, l'essentiel était de trouver l'amour de sa vie avec qui construire un avenir fructueux, sans obligatoirement passer par la case « bambin ». Pourquoi

(45) Terme hébraïque repris par le yiddish pour désigner les non-Juifs.

tout régler comme du papier à musique ? Pourquoi céder à la pression sociale ? Pourquoi faire comme tout le monde parce que c'est la chose à faire ? Jonas, pourtant juif pratiquant, voyait le monde d'une autre façon. Tanja lui avait ouvert les yeux sur beaucoup de sujets.

Jonas Rotfeld se gara devant chez lui et ouvrit la porte. Il appela Tanja, mais elle n'était pas encore rentrée. Fou de rage, il essaya de faire sonner son mobile, mais tomba sur sa boîte vocale. Rien de tel pour le mettre en rogne. Elle allait l'entendre à son retour ! Il pénétra dans la cuisine et se servit une bière blanche bavaroise. Il passa trois fois devant la table avant de remarquer le post-it que Tanja avait laissé : *« Je ne rentrerai pas. Je n'ai pas de téléphone. Un miroir est le reflet de l'âme. Tanja. »* Que voulait-elle dire par *un miroir est le reflet de l'âme* ? Jonas ne reconnut pas l'écriture de sa femme. Il percevait des lettres non fermées, saccadées, comme si elle avait écrit en tremblant. Jamais Tanja n'écrirait aussi mal. Il sentit alors que quelque chose d'anormal s'était produit. Merde, il ne peut même pas prévenir ses parents. Pas de téléphone pendant *Shabbat*. Pas d'autres alternatives que d'aller chez eux et de les informer qu'il ne resterait pas manger. Il imaginait déjà les réflexions qui fuseraient dans tous les sens : *Cette femme te fait tourner la tête, tu mérites mieux. Tu aurais dû épouser l'une des nôtres...*

Pour la première fois de sa vie, Jonas parvint à défier ses parents, surtout sa mère. Il l'avertit que la vie était ainsi, qu'il ne changerait pas d'avis, que Tanja était sa femme et que s'ils n'étaient pas contents, il couperait les ponts avec eux. Il n'envisagerait jamais sa vie sans Tanja, qui s'était d'ailleurs convertie par amour pour lui et parce qu'elle pensait se retrouver un peu plus dans le judaïsme que dans le christianisme. N'était-ce pas une preuve d'amour ? De toute façon, peu importe la femme qu'il aurait épousée, ses parents auraient toujours trouvé quelque chose à redire : une pièce rapportée, une voleuse de fils...

Jonas souffrait de cette situation. Son souhait le plus cher : une entente parfaite entre ses parents et son épouse. Il se doutait que ce problème surgissait pour beaucoup de couples, surtout du côté de l'homme. Les parents de la femme étaient en général plus tolérants, en particulier ceux qui n'avaient pas de fils. Jonas ne laisserait personne se mettre en travers de son chemin. Tanja lui appartenait et il ne la laisserait jamais filer.

Il sortit de sa rêverie et se rendit à vélo chez Josef. Seul le collègue de sa bien-aimée pourrait l'aider à comprendre le message du post-it.

— Elle m'a laissé ce mot, paniqua Jonas.

— Je ne vois rien d'anormal.

— Regarde son écriture. Aucune harmonie, un mot écrit à la va-vite, dans l'urgence. Et cette histoire de miroir, tu en penses quoi ?

— Elle veut nous donner un indice, mais lequel ?

Josef se gratta le haut du crâne et déposa le message sur son bureau.

— Écoute Jonas, je vais le garder et je le ferai analyser. Je verrai ce qu'on peut tirer de ces quelques lignes. Surtout, préviens-moi si tu as des nouvelles de Tanja. Tu as bien fouillé partout pour voir s'il y avait un autre message ?

— Ah non, j'ai pas regardé ailleurs.

— Alors, fais-le ! Il y a forcément une explication. Sinon, je viendrai avec toi demain. Nous trouverons peut-être un indice…

CHAPITRE 29

Dimanche 14 août 2016, Illkirch-Graffenstaden

La petite maison à colombages de la rue du Denier scintillait sous les rayons de soleil qui illuminaient la ville d'Illkirch. Le père Rödel se souciait plus de son retour à Augsburg que de la forte chaleur qui allait l'étouffer en ouvrant sa chambre mal isolée. L'été, les pièces situées sous le toit devenaient une fournaise tandis qu'en hiver elles absorbaient le froid glacial de l'extérieur. L'ecclésiastique n'avait aucune envie de quitter l'Alsace. Tout lui plaisait dans cette région riche en culture et en paysages magnifiques. D'une allure vive, il marcha jusqu'à l'église catholique Saint Symphorien. Immobile devant l'édifice, il leva les yeux pour admirer les deux clochers. *« Qu'elle est splendide ! »*

L'eucharistie allait commencer. Le père Rödel se dirigea vers Helmut qui l'attendait devant l'autel. Depuis peu, les deux hommes avaient sympathisé.

— Veuillez m'excuser, Helmut. Je ne peux m'empêcher d'admirer cette église. Les deux tours m'impressionnent toujours, commença l'ecclésiastique, tout émerveillé.

— Oui, j'ai eu le même sentiment la première fois que je suis venu avec mon ami Dominique Oberlé.

— Vous avez déjà rencontré le prêtre de la paroisse d'Illkirch ?

— Non, il va arriver. J'aimerais m'entretenir avec lui sur les préparations de l'Eucharistie. Je pense qu'ici, tout diffère de ce que nous connaissons à Augsburg. Vous avez séjourné chez les frères franciscains, qu'en avez-vous pensé ?

— Je les trouve très accueillants. Ils n'ont pas hésité à m'héberger. Je me suis mêlé à eux comme si j'étais un membre de leur communauté. Tout s'est bien passé.

— Alors, pourquoi avoir quitté le couvent aussi précipitamment ?

— Je savais que j'étais recherché. J'ai pris peur. Je n'ai rien à me reprocher, vous savez. Tout cela s'est produit bien avant mon entrée dans les ordres.

— Vous n'avez pas besoin de me le répéter. Je n'étais pas un enfant de chœur avant d'avoir prononcé mes vœux. Je vous en parlerai plus en détail lorsque nous irons dîner.

Au même moment, le curé de la paroisse apparut devant l'autel.

***

Colmar

— Pourquoi vous ne voulez rien me dire ? Que fait-on ici ?

— Taisez-vous ! ordonna Peter Hering d'un ton agressif. Il faut toujours que vous posiez des questions, vous ! Fermez-la un peu !

— J'ai quand même le droit de savoir ce qu'on fait en Alsace ! Je ne parle pas un mot de français !

— Vous n'en aurez pas besoin. Vous resterez ici !

Tanja Rotfeld n'eut pas le temps d'en dire plus. Le sbire de Peter Hering, Maik Weyer, s'approcha d'elle, le visage bouffi et les traits tirés du fumeur de joints. D'une taille assez imposante, le gars ne passait pas inaperçu avec sa corpulence de videur. L'approcher pouvait effrayer : pas un poil sur le caillou, le crâne aussi lisse qu'une fesse de bébé, il en jetait, le gaillard. Cependant, il ne parvint pas à troubler la belle enquêtrice. Elle gardait son sang-froid, métier oblige. Pas question de faire un faux pas et de rater son évasion. Elle comptait bien s'en sortir sans l'aide de personne. Un peu de ruse et le tour serait joué, le krav-maga pourrait bien lui rendre service. De nos jours, les techniques de défense sont indispensables, surtout lorsque l'on est une femme. Elle tenta néanmoins de détendre l'atmosphère morose qui régnait depuis leur arrivée à Colmar.

— Je compte bien profiter de mes jours de congés forcés pour visiter cette ville. Je vous félicite, très bon choix. Ça changera un peu de la Bavière. Vous savez qu'ils mangent aussi des spätzle ici ? osa-t-elle, le sourire jusqu'aux oreilles.

— Pour l'instant, il n'est pas question de sortir. On verra ça plus tard si vous vous tenez à carreau, rétorqua Peter Hering.

— Vous vous rendez compte de ce que vous encourez ? Je suis lieutenant de police, vous en prendrez au moins pour vingt ans.

— Je sais très bien qui vous êtes. Pour l'instant, silence ! hurla le kidnappeur. Sinon, je vous bâillonne. À vous de choisir.

— C'est bon, mais réfléchissez-y…

Peter Hering quitta la pièce sombre et humide et monta à l'étage de la maison de son complice.

— C'est pas ce qui était convenu, Maik ! On devait aller à Stuttgart !

— Je sais, Peter, mais c'était impossible. Les flics te recherchent. Ils ont interrogé ma mère qui leur a dit que je vivais à Stuttgart. Tu penses bien que je pouvais pas t'héberger. Ici, c'est plus sûr. Personne ne pourra nous retrouver. Par contre, tu vas devoir m'expliquer qui est cette nana et ce que tu comptes en faire.

— Ça, pour l'instant, je vais le garder pour moi. Tu le sauras bien assez tôt.

— Mais que vas-tu faire d'elle ? Tu ne vas pas la buter ? Elle est quand même bonne la gazelle, ça serait dommage de la flinguer.

— La ferme ! Tu connais pas mes motivations. Je t'expliquerai plus tard. En attendant, fais ce que je te dis et tout se déroulera comme prévu. Tu te souviens de mes parents adoptifs ?

— Oui, bien sûr. Quelle boucherie ! On a assuré.

— Alors tu vois. Rien à craindre puisque j'ai été acquitté.

— En tout cas, elle est canon ta prisonnière. Si elle était plus jeune, je me la ferais bien, plaisanta Maik Weyer.

— Ouais, bof. Arrête tes conneries ! On verra bien par la suite ce que je vais lui réserver comme surprise. Elle va me servir pour savourer ma vengeance. Je ne vais pas me débarrasser d'elle tout de suite.

— Tu es sûr de ce que tu fais ? C'est un jeu dangereux, termina Maik en se grattant l'arcade sourcilière droite.

***

Augsburg

Jonas Rotfeld fouillait la maison dans les moindres recoins. Rien ne lui paraissait probant. Tanja aurait-elle caché un indice quelque part ? Mais où ? Ce n'était pas son genre de le laisser sans nouvelles plus de quelques heures. Certes, le grand amour des débuts s'était évaporé, mais il ne passait pas une journée sans qu'elle lui envoie un texto. Un incident s'était produit, il le sentait. Il se mit à penser au pire. Avait-elle un amant ? Avait-elle quitté Augsburg sans laisser d'adresse ? Était-elle toujours en vie ? Bien qu'il fût tourmenté de sa disparition soudaine, Jonas se promit de ne plus faire preuve d'agressivité à son égard. Il comprenait enfin qu'il avait mal agi, ces dernières années. Son complexe d'infériorité provoquait sans doute chez lui l'angoisse obsessionnelle de perdre sa femme. Il ne se trouvait pas toujours à la hauteur. Pour lui, sa douce avait tout quitté : sa religion, sa famille, ses amis... Un peu tard pour réaliser ses erreurs !

Sur la cuisine de type américaine, il remarqua une inscription gravée dans le bois : « TELEFON ».

— Josef, viens voir ! Y a une inscription sur la table !

Josef Falk accourut, une loupe à la main.

— Qu'est-ce que c'est ?

— C'est gravé « TELEFON ». Tu crois que c'est Tanja ?

— J'en suis sûr ! Que veut-elle dire par « TELEFON » ? Elle l'aurait oublié ici ?

— Non, j'ai tout inspecté, il n'y a rien. Elle a juste pris quelques fringues et sa brosse à dents.

— Elle m'épate, ta femme ! Elle s'est sûrement fait agresser et trouve le moyen de nous diriger vers une piste. En plus, elle a tout prévu ! Même sa brosse à dents !

Josef laissa paraître un sourire discret.

— Je ne vois pas ce qu'il y a de drôle ! s'énerva Jonas. Il faut la retrouver au plus vite ! Elle est peut-être en danger !

— Excuse-moi, Jonas. Je m'en occupe. Je crois qu'on va essayer de localiser son portable. C'est sûrement ce qu'elle nous demande de faire. Elle a dû le laisser allumé. Elle a pris son chargeur ?

— Non, il est là dans le tiroir de la table de chevet.

Le légiste sortit son téléphone portable de sa poche droite et composa le numéro du commissariat.

— Brenner, c'est Josef Falk. Tu peux me localiser le portable de Tanja ?

— Ah bon, pourquoi ?

— Ne pose pas de questions et dépêche-toi, avant que sa batterie ne lâche !

— D'accord ! Elle a disparu ? s'inquiéta le policier.

— Oui, elle nous a laissé un indice. Localise son téléphone, retrace ses opérations bancaires et son relevé téléphonique. Peut-être qu'elle aura contacté quelqu'un en particulier. Après tout, c'est ton boulot ! Moi, je suis légiste au cas où tu l'aurais oublié.

— Oui, je sais. Tanja trouvait déjà que je n'étais pas assez réactif. Ça ne fait que deux ans que je travaille ici. J'étais aux archives, avant.

— Ce n'est pas une raison ! Montre-nous de quoi tu es capable ! Je sais que tu es un bon flic. Faut juste que tu aies un peu plus confiance en tes capacités ! conclut Josef en quittant la pièce.

Hans Brenner, tout émoustillé par ces compliments, retrouva la motivation qui lui avait manqué et se jura de se reprendre en main et de montrer le meilleur de lui-même.

CHAPITRE 30

Lundi 15 août 2016, Colmar

L'odeur de moisissure qui recouvrait les murs de la pièce sombre où séjournait Tanja devenait insupportable. Au réveil, elle éternua et remarqua alors qu'elle était ligotée et bâillonnée. Les deux gusses l'avaient certainement droguée, la veille. Elle n'avait plus aucun souvenir. Où était-elle ? Qui étaient les deux lascars qui la détenaient contre son gré ? Une seule façon de le savoir : s'enfuir, s'échapper et vite ! Il ne faisait pas très frais, mais la jolie enquêtrice se mit à frissonner. Elle tenta de repérer un faisceau de lumière. Ce qui semblait servir de cave ne laissait entrer aucun rayon de soleil. Pas de fenêtre. Un trou. Comment s'en sortir dans le noir total ? Tanja Rotfeld détestait l'obscurité : elle s'y sentait vulnérable. Son portable, où était son portable ? De toute façon, ses collègues allaient lancer des recherches. Tôt ou tard, ils finiraient bien par remarquer sa disparition. Heureusement qu'elle avait activé la géolocalisation et pourtant, elle n'apprécie guère ce gadget permettant de traquer les citoyens. Avec les moyens de la police actuelle, tout devenait un jeu d'enfant pour retracer les appels téléphoniques, les transactions bancaires, les déplacements… Pour une fois, il s'avérait primordial que la police fasse bien son boulot. Hors de question de moisir dans ce trou à rats. D'ailleurs, il y en avait, des dizaines sans doute, elle le sentait. Elle les imaginait déjà lui ronger les orteils à travers les chaussures. L'humidité, la crasse, un nid à microbes cet endroit. Elle se décidait enfin à admettre que le krav-maga ne lui serait d'aucune utilité dans de telles conditions. La belle blonde osa à peine poser ses mains au sol tellement la puanteur l'envahit. Elle se demanda si un cadavre en voie de décomposition ne se trouvait pas tout près. Elle se força tout de même à effleurer les murs avec ses poignets liés, chercher une éventuelle issue, se diriger à l'aveuglette. À ce moment précis, Tanja comprit ce qu'avait dû endurer sa grand-mère qui souffrait de cécité.

Lorsqu'elle entendit des bruits de pas s'approcher, elle s'assit dans un coin et fit semblant de dormir.

Un individu déverrouilla la serrure et pénétra dans la pièce.

— Hé, réveille-toi, poulette ! On va faire un tour ! baragouina l'un des hommes en la secouant.

— Qui êtes-vous ? Où suis-je ? demanda Tanja, les yeux mi-clos.

— Tu le sauras bien assez tôt. Tu vas aller te changer dans la chambre et tu nous rejoins dans maxi un quart d'heure. Pas de faux pas sinon on te bute. Tu n'auras pas le droit à une seconde chance.

— D'accord, mais laissez-moi un peu émerger. Qu'est-ce que vous avez mis dans mon verre ? Ça assommerait un cheval, votre truc ! répondit-elle avec un humour forcé.

— On t'a donné un somnifère pour que tu passes une nuit tranquille et puis tu me fatigues. J'aurais jamais pensé que les nanas étaient aussi agaçantes à force de parler ! rigola le gros balourd.

— Oui, c'est notre nature ! Vous, c'est le foot et les bagnoles !

— Bon, assez discuté ! Allez, grouille-toi !

Le type la poussa jusque dans une chambre d'environ dix mètres carrés. Tanja plissa les yeux pour s'adapter à la lueur du jour qu'elle n'avait pas vu depuis au moins vingt-quatre heures. Elle se dandina tellement que le mec comprit qu'elle cherchait les toilettes. Il pointa de son index une mini pièce qui servait de salle de bains.

— Là-bas, si tu veux pisser ou autre. On te laisse quinze minutes. Dépêche-toi, ça passe vite ! T'auras pas le temps de te pomponner. Le strict minimum.

— Monsieur est trop généreux ! répondit Tanja en s'inclinant d'un air moqueur.

Elle savait qu'elle abusait. Une chance que le mec fût un peu débile. Il ne montrait aucune réaction à ses sarcasmes.

— On va où ? finit-elle par demander un quart d'heure plus tard, enfin prête pour la grande balade du siècle.

— On va faire un tour, répondit sèchement Peter Hering. Pas la peine de poser trop de questions.

***

Même jour, Illkirch-Graffenstaden

Helmut entendit son smartphone vibrer puis décrocha lorsqu'il vit apparaître le numéro de son frère.

— Tu avances un peu, frérot ?

— Helmut, Tanja a disparu. Il semblerait que quelqu'un l'ait kidnappée.

— C'est impossible ! Comment vous le savez ?

— Jonas, son mari, a trouvé quelques indices. Un mot de Tanja et une inscription gravée dans le bois de la table. Nous avons localisé son téléphone sur une aire d'autoroute près de Stuttgart…

— Vous l'avez retrouvée ? s'inquiéta l'officier du Saint-Siège.

— Non. Nous allons nous rendre sur place et tenter d'en savoir plus. De ton côté, essaie de voir si le père Rödel peut t'en apprendre plus. Il sait peut-être où se trouve le kidnappeur. Peter Hering n'a pas pu agir seul. Il a forcément un complice.

— De la famille à Stuttgart ?

— Un ami qui vit là-bas depuis quelque temps.

— Mais qu'est-ce que je dois faire alors ? Je suis avec le père Rödel. Nous comptions nous rendre au Vatican.

— Ah bon ? Et pourquoi ? s'étonna Josef.

— L'évêque veut l'excommunier. Je dois le convaincre de renoncer. Tout cela me dérange. Il me cache quelque chose et j'aimerais savoir de quoi il s'agit. Sa voix n'est pas comme d'habitude. Il me semble absent par moments. Il me confie une mission, mais ne m'apporte aucun secours, tout doit toujours être fait dans la plus grande discrétion. Je sais que la Sainte Église est menacée de scandale, mais je ne peux pas le laisser excommunier le prêtre tout ça parce qu'il avait une autre vie avant les ordres. Moi, j'étais bien toxicomane et il ne m'a pas banni pour autant. Il m'a aidé à m'en sortir, la foi m'a habité. Maintenant, je ne sais plus quoi penser.

— Helmut, je comprends. Mais ne te mêle pas de ça. Ce prêtre n'est certainement pas aussi net qu'il le prétend. Regarde, il a aiguillé des malfaiteurs pour commettre des cambriolages. Deux personnes ont perdu la vie à cause de lui.

— Cela n'a rien à voir. Il n'a pas commis de crime. Il subissait un chantage pesant. Qu'aurait-il pu faire ?

— Cela n'excuse rien. Il aurait dû avertir l'évêque.

— Qu'est-ce que ça change ? L'évêque l'aurait banni, car il avait un enfant caché. On en revient au même point.

— Mais il aurait pu éviter ces cambriolages et sûrement les deux homicides.

— Je n'en suis pas aussi persuadé. Bref, je vais prendre le premier vol pour Rome et je t'appelle dès que j'ai du nouveau. En attendant, je vais interroger le prêtre. Peter Hering a une idée en tête. Pour cela, nous devons savoir où il se trouve. Tu es mieux équipé que moi pour cette mission. Appelle-moi si tu retrouves Tanja. Je ne voudrais pas qu'il lui arrive malheur.

— Je m'y colle.

Helmut termina la conversation et proposa au père Rödel de manger dans un bon restaurant. La propriétaire de la maison où il logeait lui avait fortement conseillé *La Table de l'Ill*, située au cœur du centre-ville d'Illkirch, allée François Mitterrand. Les deux hommes se présentèrent au comptoir. Une charmante serveuse au sourire radieux vint les accueillir et les placer à table. L'intérieur était cosy(46). Ils commandèrent un verre de Pinot gris, qui leur fut servi rapidement.

Helmut fit signe à la serveuse pour passer commande.

— On m'a conseillé votre pièce de bœuf argentin. Vous n'en avez pas ?

— Ah, pas pour l'instant, mais je peux vous conseiller l'entrecôte au beurre d'escargot. C'est pour ma part mon plat préféré, proposa la jeune femme avec son plus beau sourire.

---

(46) confortable.

— Bien, je vais me laisser tenter par votre suggestion.

— Pour moi, une pizza *Pescatore*, s'il vous plaît, enchaîna le père Rödel.

Après le repas, ils sortirent fumer une cigarette. Helmut avait apprécié la *Table de l'Ill*. Bien sympathique et des plats délicieux. De quoi se réjouir avant de quitter l'Alsace pour le Vatican.

— Vous êtes sûr, Helmut? Je ne veux pas vous mêler à mes problèmes. Vous avez déjà tant fait pour moi. Je vais assumer mes actes.

— Non, c'est décidé, je pars. Vous restez ici ou vous m'accompagnez? J'ai autre chose à régler au plus vite.

— Je viens avec vous. Je souhaite m'entretenir avec Monseigneur Hausle.

— Je vous le dis en toute honnêteté, il se passe autre chose et l'évêque semble différent. Je n'aime pas être dans l'ignorance.

CHAPITRE 31

Mardi 16 août 2016, Augsburg

Au commissariat, Hans Brenner et ses collègues épluchèrent les relevés téléphoniques de Tanja. La veille de sa disparition, elle avait reçu plusieurs appels d'un numéro masqué provenant du Baden-Württemberg. L'officier de police s'empressa aussitôt de contacter l'opérateur du numéro concerné. On lui promit de le rappeler dans la journée.

— Bon, on fonce à Stuttgart, Josef ! J'ai contacté nos confrères. Ils ont des enregistrements vidéo du complice de Peter Hering. Il aurait cherché de l'argent dans une *Sparkasse*. Ils ont sa plaque d'immatriculation et vont lancer les recherches.

— Super ! Je vois qu'on avance. Mais moi, je n'ai plus rien à faire, il n'y a pas de cadavre à décortiquer, il me semble…

— Mais tu peux nous être d'une grande utilité avec tes connaissances en techniques scientifiques, ajouta Hans Brenner pour le convaincre.

— C'est vrai, mais j'ai encore des macchabées qui m'attendent. Je suis débordé.

— Comme tu veux, mais n'oublie pas que cette affaire concerne Tanja, qui est notre amie et pas une simple collègue.

Josef se sentit tout penaud et accepta de l'accompagner à Stuttgart.

— Allez, on y va ! Mais je dois rentrer avant jeudi. Mon cadavre m'attend bien au frais ! sortit Josef d'un humour déplacé.

***

Rome

À peine arrivés à l'aéroport Fiumicino, Helmut et le père Rödel se réjouissaient déjà de se rendre au Vatican. Bien sûr, ils avaient tous deux eu l'occasion d'y séjourner, mais les voyages s'avéraient toujours trop courts. Pas assez de temps libre pour explorer les merveilles du Saint-Siège. Ils prirent le bus Shuttle de SIT qui s'arrêtait à Piazza Cavour. La chaleur devint étouffante, les rues abondaient de touristes. Quarante minutes plus tard, ils descendirent au terminus. Les deux ecclésiastiques sortirent un mouchoir de leur poche pour essuyer les gouttes de sueur qui recouvraient leur visage.

Puis ils marchèrent jusqu'à la place Saint-Pierre, grande esplanade d'architecture baroque. Là, devant eux, se dressait l'édifice tant attendu : la Basilique Saint-Pierre.

— Allons-y avant de rencontrer Monseigneur Hausle, proposa Helmut.

— Avec plaisir. Surtout que nous ne faisons que l'aller-retour. Il serait dommage de ne pas en profiter, poursuivit le père Rödel.

— Et dire que cette magnifique basilique a été construite entre 1506 et 1626 ! Plus de cent ans pour parvenir au bout de ce chef-d'œuvre !

Helmut contempla la bâtisse religieuse, les yeux brillants d'exaltation.

— Il est juste un peu dommage qu'elle soit bondée de touristes. Maintenant, nous devons passer la sécurité, être fouillés comme des brigands.

— C'est nécessaire, père Rödel. Sinon, imaginez qu'un individu malveillant vienne commettre un attentat. Vous pensez bien que ce serait un vrai carnage.

— Oui, c'est sûr. C'est jusqu'à vingt mille personnes que le terroriste pourrait tuer.

Ils parvinrent enfin à pénétrer dans l'immense église, se dirigèrent vers la coupole et purent lire une inscription en latin recouvrant les contours internes du dôme : TV ES PETRVS ET SVPER HANC PETRAM AEDIFICABO ECCLESIAM MEAM. TIBI DABO

CLAVES REGNI CAELORVM (Tu es Pierre et sur cette pierre je construirai mon Église. Je te donnerai les clefs du royaume des Cieux). Les lettres mesuraient environ deux mètres de haut.

Puis sous la lanterne, ils lurent : S. PETRI GLORIAE SIXTVS PP. V. A. M. D. XC. PONTIF. V (À la gloire de saint Pierre, Sixte V, pape en 1590, cinquième année de son pontificat).

— La dernière fois que je suis venu ici, le pape Jean-Paul II vivait encore, continua Helmut en avançant vers la tombe du défunt pontife.

— Et moi, je devais avoir vingt-huit ans. C'était au début de mon noviciat, ajouta le père Rödel, d'une voix nostalgique.

— Bon, il est temps de rencontrer l'évêque… Nous aurons d'autres occasions de revenir au Vatican, croyez-moi.

— Peut-être pas pour moi, si je suis excommunié…

— Mais non ! Vous ne le serez pas ! Faites-moi confiance. J'ai perçu un malaise dans la voix de Monseigneur Hausle la dernière fois que j'ai parlé avec lui au téléphone. Je vais découvrir ce qui se trame. Il ne m'a certainement pas tout dit sur cette affaire. Je ne comprends toujours pas pourquoi ma mission consistait à vous retrouver. Au début, nous vous pensions mort. Mais lorsqu'il a été informé de votre fuite, j'aurais dû cesser mes fonctions. Le reste n'est plus de mon ressort.

— Au contraire, Helmut. Vous êtes concerné maintenant. Il y a eu des meurtres. Il me croit responsable de ce désastre et finalement, il n'a peut-être pas tort. Je n'aurais pas dû fuir. J'aurais dû assumer mes antécédents. Chassez le passé, il revient au galop !

— Bon, là n'est pas le problème. Vous étiez menacé par votre fils biologique. Cela vous a provoqué un choc. Découvrir que vous avez un enfant caché et en plus qu'il vous menace de tout révéler si vous ne lui obéissez pas. Quelle histoire !

Ils repérèrent vite l'endroit *au nom à ne pas citer*, le lieu secret des rencontres de l'évêque avec ses agents secrets. Eh oui, Helmut n'était pas le seul à être missionné par le Vatican. D'autres officiers tout comme lui enquêtaient partout en Europe. Au moins un serviteur par pays. Celui chargé de la France s'occupait à Paris d'une affaire de trafic de drogue dans une paroisse du XVe arrondissement. Deux religieuses avaient été retrouvées mortes d'une overdose. Quelqu'un les aurait droguées puis violées.

— Voilà, c'est là ! Il donne toujours ses réceptions dans ce bâtiment qui passe inaperçu, dit Helmut avec enthousiasme. Il va être surpris de nous voir !

— Parce qu'il n'est pas au courant de notre visite ?

— Non, sinon comment lui parler en toute discrétion ?

— Et s'il n'est pas là ?

— Il est là, j'en suis sûr. Je le sens ! Au pire, nous resterons un peu plus longtemps. Il finira bien par montrer le bout de son nez.

— Je ne sais pas si c'est raisonnable. Il ne va sûrement pas nous accueillir les bras ouverts.

— Cela m'est égal ! Je veux savoir pourquoi il me sollicite sans cesse. Au début, je prenais ça comme un honneur. Maintenant, je me pose des questions à son sujet… En plus, j'ai très peu de moyens pour agir en un court laps de temps. Heureusement que mon frère est médecin légiste ! Sinon, ce serait plus compliqué.

— Mais alors, pourquoi vous embaucher pour ce travail de professionnel ?

— Parce que je connais les milieux défavorisés. J'ai eu une adolescence tumultueuse, disons. Mais la dernière enquête au couvent de Kirchbach m'a donné beaucoup de mal. Je n'étais pas certain de mener à bien ma mission. J'ai réussi et j'ai donc accepté d'accomplir ma deuxième affaire : celle de votre disparition et des cambriolages mystérieux !

— Donc, vous n'êtes pas au service du Vatican depuis très longtemps ?

— Non ! Je pense que Monseigneur Hausle m'a laissé une chance de montrer ce que j'étais capable de faire. Comme je n'ai pas échoué, il m'a confié cette nouvelle enquête !

— Mais avez-vous encore le temps d'honorer vos devoirs de religieux ? Célébrez-vous encore les offices à Augsburg ?

— Très peu. Pour être honnête avec vous, tout cela ne me manque pas tant que ça. J'apprécie ma vie d'officier du SIV. Mais j'aimerais que Monseigneur Hausle m'accorde plus de moyens. Il ne veut pas que la police soit mêlée à mes investigations. Donc, je dois me débrouiller seul. Parfois, cela m'horripile !

— Je vous comprends, mon cher Helmut.

Soudain, une porte claqua. Ils aperçurent l'évêque entrer avec un jeune homme d'une trentaine d'années.

— Mais qui est ce type ? ronchonna Helmut. Que fait-il avec lui ?

— C'est peut-être un de ses agents, non ?

— Aussi jeune ? Ça m'étonnerait. Cet invité mystérieux n'est pas assez expérimenté…

— Vous pensez à quoi, alors ? Un membre de sa famille qui lui rendrait visite et il l'hébergerait ici discrètement ?

— Non, hélas, ce ne doit pas être son neveu. Entrons pour en savoir plus ! Cet endroit est censé rester secret.

— Mais comment allons-nous nous introduire dans le bâtiment ? Il y a un interphone, regardez ! dit le prêtre en pointant la sonnette avec son index droit.

— Nous allons attendre que quelqu'un sorte ou entre.

— Mais c'est de la folie, Helmut ! cria le père Rödel. Nous n'allons pas le surveiller. C'est hors de question !

— Bien, alors partez ! Je ne vous retiens pas. Tant pis pour l'excommunication. Vous n'allez pas me dire qu'on a fait tout ce chemin pour renoncer ? Je n'abandonne jamais mes missions. Je vais jusqu'au bout !

Helmut regarda furieusement l'ecclésiastique droit dans les yeux. Un malaise parcourut le curé fugitif, rongé par la culpabilité.

— D'accord, je reste ! Vous avez un plan, je suppose ?

— Non, pas vraiment. Mais j'ai peut-être une idée ! Vous avez votre permis de conduire ?

— Oui, mais j'ai encore le vieux modèle…

— Mince ! Vous n'avez pas le nouveau de la taille d'une carte de crédit ? Alors là, ça va poser problème… Une carte de fidélité ? Autre chose de la même dimension qu'une carte bancaire ?

— Attendez, je regarde… Ah, voilà ! Ma *Versichertenkarte*(47) !

— Parfait !

Helmut n'avait pas oublié son adolescence agitée où il avait flirté avec la drogue et les délinquants. Il avait autrefois un camarade cambrioleur qui lui avait montré ses tours de passe-passe pour pénétrer par effraction sans se faire attraper par la police.

— Vous surveillez pendant que j'essaie ! ordonna Helmut.

En quelques minutes, il parvint à ouvrir la porte d'entrée. Heureusement qu'il s'agissait encore d'une ancienne serrure. Sinon, il aurait fallu attendre que quelqu'un entre ou sorte. *« Quelle chance ! »* pensa le prêtre infiltré.

Deuxième étage à droite. La planque parfaite de l'évêque. Helmut s'approcha de la porte et y colla son oreille droite. Quelques petites bribes de conversations et des bruits suggestifs... qui clouèrent Helmut et le père Rödel sur place. Des pas se rapprochèrent de l'entrée. Les deux prêtres se précipitèrent vers les escaliers pour se cacher. Un homme assez jeune sortit et se dirigea vers l'ascenseur…

---

(47) Carte vitale allemande.

CHAPITRE 32

Mercredi 17 août 2016, Colmar

Les mains liées en avant, Tanja Rotfeld tentait d'attraper la nourriture que ses kidnappeurs lui avaient apportée. Pas facile de tenir une fourchette dans cette position inconfortable. Le menu du jour ne lui sembla pas faramineux : jambon coquillettes. *« Repas d'enfant »*, pensa-t-elle bien fort.

— Maintenant, les gars, il va falloir tout m'expliquer ! lança Tanja. Pourquoi vous m'avez enlevée ? Quel est votre but ?

— Tu le sauras en temps voulu, répondit Peter Hering sur un ton désagréable. Pour l'instant, tu te tiens à carreau et tout se passera bien.

— Cela ne répond en rien à ma question ! Pourquoi est-ce trop difficile de me dire ce que vous manigancez ? Vous voulez une rançon, c'est ça ? Pas de bol, je ne suis pas fortunée…

— Une rançon ? Ouais, ça pourrait être une idée. Encore faut-il que tu aies de la valeur ! renchérit le sbire de Peter Hering.

— Alors j'aimerais comprendre ce qu'on fout là ! C'est pas sorcier, bordel !

L'enquêtrice gigota dans tous les sens pour tenter de rompre ses liens qui lui coupaient la circulation sanguine. Ses poignets la faisaient souffrir.

— C'est trop tôt pour t'expliquer ! Tu devras toi-même chercher les réponses. Réfléchis bien ! rétorqua Peter Hering.

— OK, c'est un jeu qui ne me branche pas. Bon, c'est parti ! Je vais essayer de deviner qui vous êtes et ce que vous me voulez. Donnez-moi des indices, les mecs !

— Un indice par jour ! Tu as trois jours pour trouver. Puisque tu veux jouer, on va jouer. Si tu ne trouves pas, tu mourras. Si tu trouves, on peut t'épargner, poursuivit Peter Hering.

— D'accord ! Premier indice ?

Tanja commença à transpirer. Elle qui n'avait peur de rien, se mit à douter de ses collègues pour qu'ils la retrouvent à temps. Attachée, aucune chance de se servir de ses notions de krav-maga.

Les deux gars se concertèrent pour choisir une énigme pas trop simple à deviner. Il ne fallait surtout pas que la dame s'en sorte aussi facilement. Ils retinrent l'idée de la rançon pour plus tard.

— Bien, premier indice : Augsburg.

— Non, mais vous déconnez ! s'indigna Tanja. C'est vague comme indice ! Vous venez tous d'Augsburg, c'est ça ? Normal, vous m'avez enlevé là-bas ! C'est du délire !

Elle ne tarda pas à comprendre que les deux types ne la relâcheraient pas de sitôt. Elle s'efforçait néanmoins de rester calme et de réfléchir à une solution.

— Bon, je sais pas moi. Vous êtes des amis de Jonas ?

— Jonas ? Qui c'est ? demanda Peter Hering avec véhémence.

— C'est mon mari. C'est lui qui me fait une blague pour se venger, c'est ça ? Il m'en veut que je manque tous les *Shabbats* !

— Quoi ? Tu es mariée avec un Juif? s'étonna Maik Weyer, le complice de Peter Hering.

— Oui, et alors ?

— Tu es catholique, non ? demanda Peter Hering, plus que surpris.

— Je l'étais. Plus maintenant.

Peter Hering ne comprit pas pourquoi il ressentait un certain soulagement.

— Et pourquoi tu ne l'es plus ? s'acharna le comparse de Peter, Maik Weyer.

— Parce que je me suis convertie au judaïsme ! rétorqua Tanja avec fierté.

— Et c'est possible, ça ? Tout ça pour ton mec ?

Peter Hering ne comprit pas la motivation de Tanja à abandonner sa religion pour en adopter une autre. Il continua de plus belle :

— Tu as donc abandonné ta religion ! Tu es une traîtresse !

Tanja s'offusqua. Elle ne parvenait pas à décrypter le message que son kidnappeur tentait de lui faire passer.

— Expliquez-vous plus clairement, je ne vois pas où vous voulez en venir ! Qu'est-ce que cela peut vous foutre ? Je suis libre de me convertir à la religion que je veux, non, mais !

— Ce n'est pas un reproche, c'est un fait ! Tu sais très bien tout quitter quand ça t'arrange ! lâcha Peter Hering.

— Oh, vous commencez à me faire chier tous les deux ! hurla Tanja. Accouchez et déballez votre sac maintenant ! J'en ai assez de vos devinettes à deux balles ! En quoi ma vie vous regarde ?

Peter Hering s'approcha d'elle et la regarda droit dans les yeux. Tanja sentit un malaise l'envahir… Elle avait compris le message.

— Non, ce n'est pas possible ! Comment as-tu fait pour me retrouver ? C'est incroyable !

Tanja tomba à terre et se mit à sangloter.

— Tu vois, tout est possible. 1996, ça te dit quelque chose ?

***

Même jour, Stuttgart

Hans Brenner et Josef Falk arrivèrent dans la Hölderlinplatz. Une rue calme, des immeubles d'une couleur orangée quasiment neufs. Ils trouvèrent sans difficulté la boîte aux lettres de Maik Weyer. Après quelques sonneries sans réponse de l'homme, ils décidèrent d'utiliser une méthode plus radicale. Les deux enquêteurs pénétrèrent dans l'appartement sans problème. Le jeune homme devait être très organisé, pas une miette sur le sol, pas un seul papier qui traînait. Un maniaque du rangement, sans doute. Pas une minute à perdre ! L'urgence, c'était de retrouver Tanja vivante. S'ils étaient venus à Stuttgart, ils avaient dû passer par l'appartement de Maik Weyer. Hans sortit tout son attirail de recherche de traces. Il commença par relever des empreintes sur toutes les surfaces lisses. Partout les mêmes.

— Cette madame Weyer nous a menés en bateau ! Ce gars ne vit plus ici ! observa Hans Brenner.

— Mais c'est bien l'appartement de Maik Weyer, non ?

— Oui, mais rien ne semble avoir bougé depuis longtemps. Les empreintes sont certainement les siennes. À mon avis, ils ne sont pas passés par ici.

— Mais où, alors ? questionna Josef en baissant la tête.

— Je n'en ai aucune idée. Il faut encore interroger sa mère. Elle doit le couvrir.

— On va l'appeler, ça sera plus simple. Tu me dis qu'on a fait la route pour rien alors qu'un cadavre exquis m'attend ?

— Bon, je l'appelle.

Quelques minutes plus tard, la réponse leur claqua au visage. Madame Weyer ne savait pas où se trouvait son fils. Elle leur apprit par hasard qu'il effectuait un stage à Colmar, mais sans savoir où il logeait.

— Elle nous prend pour des cons, se fâcha Hans. Elle sait très bien où il crèche. Il l'a sûrement appelée.

— Tu as fait localiser son portable ?

— Ah non, juste celui de Tanja. Mais oui, je suis bête ! Quelquefois, je perds la boule.

— Bon, appelle les collègues, ils vont s'en charger. Je ne pense pas que le gamin soit assez malin pour éteindre son téléphone. Il va sûrement s'en servir.

— Tant mieux. On n'aura plus qu'à foncer et à rechercher Tanja. J'espère qu'elle est encore en vie, s'inquiéta Hans.

— Tu penses vraiment que le gars la tuera ? Il attend quelque chose en retour. S'il se sent menacé, il va changer de tactique. Il m'a l'air inoffensif et cherche juste à se venger de quelque chose. Selon moi, il veut réparer une injustice.

— Mais laquelle ?

— J'ai ma petite idée, mais je n'en suis pas sûr. Je dois appeler mon frère.

***

Illkirch-Graffenstaden

En cette soirée estivale, Dominique Oberlé était venu rendre visite à Helmut Falk. L'Alsacien appréciait le côté mystérieux de son ami de longue date. Depuis leur dernière rencontre, leur amitié s'était renforcée. D'habitude, Dominique Oberlé restait méfiant, voire distant envers les Allemands. Mais pour lui, Helmut dégageait autre chose, un côté énigmatique, attendrissant, réconfortant.

— *Wesch du wás*(48) ? J'ai vécu à Illkirch pendant mes études. J'étais au lycée Gutenberg, lança Dominique Oberlé avec fierté.

— Ah ? Et où habitais-tu ?

— Dans le quartier Lixenbuhl. Tu sais, où il y a le tram. On s'est baladé là-bas la dernière fois.

— Ah oui ! J'aime ce quartier, c'est sympathique. Donc tu connais l'histoire de la ville alors ? Je n'ai même pas eu le temps de me documenter. Je suis en mission, mais en même temps, je suis intéressé par la culture. Je me demande depuis combien de temps existe la ville.

— Ah beh ça fait déjà un bail. Avant la Révolution française !

— Ah oui, ça date quand même ! En tout cas, c'est magnifique ! J'adore cette ville ! Il y fait bon vivre. Je m'y sens chez moi comme à Augsburg. Tu devrais venir me voir, tu verras, tu aimeras Augsburg.

— Avec plaisir, *mein Freund*(49) !

Helmut entendit son téléphone sonner, puis s'excusa auprès de Dominique avant de décrocher. Josef était au bout du fil. Un problème à régler, urgent. Tanja restait introuvable.

— Mais ce n'est pas possible, Josef ! Comment puis-je t'être utile ?

— Il faudrait que tu demandes au père Rödel s'il aurait une idée de l'endroit où pourrait se cacher son fils biologique.

---

(48) Tu sais quoi ?

(49) Mon ami.

— Je ne sais pas s'il pourrait nous aider. Tu m'avais dit que la mère de son ami d'enfance savait où il logeait…

— Il n'y est plus. Nous sommes allés chez lui à Stuttgart, mais il a quitté les lieux. Je n'ai pas d'autre piste pour l'instant.

— Tu sais pourquoi Peter Hering aurait enlevé Tanja ? Je pense qu'il y a un lien étroit avec elle, mais lequel ? Tu crois qu'il serait capable de la tuer ?

— Ne parle pas de malheur ! Je ne crois pas. Il veut être reconnu. Selon moi, c'est pour ça qu'il s'attaque au père Rödel pour se venger.

— Je vais voir avec lui s'il peut m'éclairer un peu.

— Merci Helmut ! Je fonce encore au commissariat voir s'il y a du nouveau. Je te tiens au courant.

Helmut restait encore imprégné de sa visite au Vatican. Il se souvint de son dernier échange avec l'évêque…

Lorsque le jeune homme avait quitté la planque secrète du pontife, Helmut avait eu le courage d'affronter Monseigneur Hausle. Le père Rödel était sorti de sa cachette et les avait rejoints. Une tension plombait l'atmosphère déjà pesante.

— Que faites-vous ici ? demanda l'évêque, pris sur le fait.

Monseigneur Hausle comprit qu'il allait se retrouver dans une situation délicate.

— Nous n'étions pas venus pour vous surveiller, mais pour vous parler, répondit Helmut sans perdre son sang-froid.

Le pontife ouvrit la porte et leur fit signe d'entrer. Helmut observa la pièce dans les moindres recoins et s'arrêta sur la chambre dont le désordre l'étonna, connaissant le côté maniaque du souverain religieux.

Monseigneur Hausle remarqua le regard d'Helmut figé vers la porte. Il s'avança d'un pas décidé et la referma.

— Bon, prenez place ! Je vous écoute !

Helmut, qui était bien assis au fond d'un fauteuil en cuir, se redressa et posa ses mains sur ses genoux avant de prendre la parole.

— Voilà, comme vous le voyez, j'ai retrouvé le père Rödel qui m'a tout expliqué. Je suis venu vous demander de ne pas l'excommunier.

L'évêque cacha sa colère. Il avait pourtant fait preuve de discrétion et devrait cependant se plier à la requête d'Helmut. Toutefois, il tenta de manipuler son officier.

— Pour quelle raison ne devrais-je pas l'excommunier ? Vous savez tout comme moi que ses agissements sont contraires à notre communauté.

Le père Rödel bredouilla quelques propos incompréhensibles pour se justifier. Helmut commença à bouillir intérieurement. Il se retint et laissa l'évêque terminer son sermon.

— Je ne peux malheureusement pas faire d'exception. Ce serait nuire à notre réputation.

La cocotte-minute dans la tête d'Helmut allait exploser. De qui se moquait-il, le pontife ?

— Monseigneur, avec tout le respect que je vous dois, vous n'êtes plus en mesure de refuser ma demande. Quel scandale pourrait bien éclater au grand jour si jamais la communauté apprenait votre écart de conduite ? rétorqua Helmut avec subtilité.

— Qu'insinues-tu, Helmut ? tenta l'évêque en élevant la voix.

— Vous savez très bien de quoi je veux parler. Nous avons vu un jeune homme sortir de chez vous. Nous l'avons croisé près de l'ascenseur. Il ne ressemblait pas à l'un de vos agents, si vous voyez ce que je veux dire…

Le père Rödel, lui, restait silencieux et observait avec attention les mimiques de Monseigneur Hausle qui semblait tourmenté.

— Vous n'avez aucune preuve à ma connaissance. Avec votre passé tumultueux, vous pensez honnêtement me faire peur ? termina l'évêque, sûr de lui.

— Mais j'ai bien des preuves, Monseigneur, dit Helmut en lui montrant quelques clichés sur son smartphone. N'oubliez pas qu'à l'époque de mes erreurs de jeunesse, je n'étais pas encore prêtre… Mais vous, vous êtes ÉVÊQUE ! Que va penser le pape ?

Helmut plongea dans les yeux de l'évêque qui finit par abdiquer, souhaitant éviter de s'embrouiller avec son meilleur élément du SIV. Le père Rödel échappa à une fin tragique. Puis Helmut ajouta :

— Concernant l'enquête, ma mission pour vous est terminée. J'ai retrouvé le père Rödel.

Helmut éprouva une certaine fierté dans ses réactions. Il avait su défier l'évêque, tout en restant posé. Il se sentit libéré d'un poids. La culpabilité qui l'avait habité pendant plusieurs jours le quitta aussitôt.

***

Colmar

« Il va bien falloir que je ruse pour me barrer de cet endroit, se dit Tanja Rotfeld, toujours enfermée dans l'obscurité. *Allez, Tanja, concentre-toi et réfléchis. »* Son seul espoir : se servir du krav-maga. L'occase parfaite pour le mettre en pratique. Si elle parvenait à se libérer de ses bourreaux, elle se jura d'être plus assidue à ses cours d'autodéfense.

Dans un premier temps, dans le noir quasi total, elle échauffa ses muscles pour se préparer à l'attaque. Au bout de quelques minutes, elle élabora un plan pour s'enfuir.

Elle s'allongea sur le sol crasseux bien que cela la répugnât. Elle commença à geindre jusqu'à ce que la porte s'ouvrît.

Peter Hering apparut quelques minutes plus tard.

— Qu'est-ce qui se passe ? demanda le jeune homme en survêtement.

Tanja, toujours allongée, feignit une douleur abdominale.

— Vite ! Un médecin ! Je veux pas crever comme ça, s'il vous plaît.

Peter s'approcha d'elle et alluma sa lampe de poche. Tanja, éblouie par la lumière, plissa les yeux et porta son bras gauche à son visage.

— Qu'est-ce qu'il y a ? demanda-t-il une nouvelle fois.

Tanja se plia en deux et simula une souffrance atroce.

— J'ai mal au ventre, c'est insupportable ! gémit-elle en jouant la comédie.

Peter Hering se baissa pour la porter. Tanja en profita pour appuyer sur le visage de son ravisseur avec ses mains et visa ses yeux. Cependant, elle n'avait pas prévu que Maik Weyer déboulerait aussi vite. Le complice de Peter l'attrapa par le cou avant qu'elle eût le temps d'atteindre les yeux de Peter.

— Tu vas me le payer ! hurla le bourreau. Voilà ce que c'est de trop faire confiance. Maik, va chercher une corde. On va la ligoter.

Maik continuait de tenir Tanja en lui liant les mains dans le dos.

— Alors, on veut s'échapper ? Tu es mal barrée avec nous.

Elle comprit alors qu'elle allait passer un sale quart d'heure et que les deux individus pratiquaient sans doute un art martial.

Une fois sur pieds et remis de cette mésaventure, Peter Hering avait soif de vengeance. Il s'approcha de Tanja et lui donna une gifle monumentale.

— Ne t'avise jamais de recommencer.

CHAPITRE 33

Jeudi 18 août 2016, Illkirch-Graffenstaden

Bip ! Un nouveau courriel sur la boîte de messagerie d'Helmut Falk. L'officier du Vatican, assoupi sur son bureau, sursauta et releva ses e-mails :

De : badboy-666@gmx.de

A : Helmut-Falk.Augsburg@vatican.bayern

Objet : Tanja

Je sais qui vous êtes. Surtout, n'essayez pas de prévenir la police. Suivez mes ordres et tout se passera bien pour votre copine... Un conseil : restez connecté...

Pas de signature, juste une adresse de messagerie plus que blasphématoire. Une fuite au sein du Vatican ? Comment était-ce possible qu'un pirate informatique réussisse à se procurer toutes les informations confidentielles sur les agents du SIV ? Juste un bug informatique ou une taupe parmi les religieux ?

Bien que surpris par cet étrange message, Helmut mènerait son enquête jusqu'au bout pour retrouver l'auteur de ces actes répréhensibles.

***

Augsburg, 2002

L'ambiance pesante règne depuis plusieurs années au sein de la famille Grass. Tanja ne s'est toujours pas remise du vol de son bébé.

Parfois, elle se demande à quoi il ressemble, son petit garçon. Elle voulait l'appeler Leo. Depuis, elle s'est endurcie. Les épreuves de la vie sont telles qu'une force de caractère permet de dissimuler toutes sortes de difficulté. Selon la jeune femme, extérioriser ses sentiments était un signe de faiblesse : trop gentil, trop abruti. De jour en jour, elle doit apprendre à se maîtriser, à ne rien laisser paraître, à éviter les sujets qui fâchent. Cependant, elle prend conscience de ses qualités, de ses défauts, des différences entretenues par ses parents entre elle et son frère cadet Markus. Assise sur son lit, les écouteurs sur ses oreilles, Tanja s'évade, tente de fuir cet univers mélancolique dans lequel elle vit depuis si longtemps. Un jour, elle quittera le nid familial pour construire sa propre vie loin de sa famille. Timide, réservée, Tanja avait su pardonner, mais ses parents en ont profité pour la manipuler. Elle se souvient de leur dernier dîner : un long silence puis des reproches, des tentatives d'intimidation, une rébellion de sa part, un coup de poignard de son frère pour l'enfoncer, un chaos indescriptible :

— Tu devrais commencer à te reprendre en main, lance Markus d'un ton agressif. Regarde comment papa et maman sont malheureux à cause de toi !

— Arrête, Markus ! hurle le père.

— Vous n'en avez pas assez de me pourrir la vie ? rétorque Tanja. Vous m'avez enlevé mon enfant, vous voulez mon pardon et vous recommencez à me reprocher toute la misère du monde ?

La jeune fille a osé tenir tête à sa famille, elle prend de l'assurance. Elle poursuit son plaidoyer avec subtilité.

— De toute façon, il n'y en a que pour Markus ! Ça ne vous a pas dérangé qu'il soit devenu un coureur de jupons et un élève médiocre ! Par contre, moi, je dois toujours faire mes preuves, me surpasser pour exister ! J'en ai marre.

— Espèce de petite insolente ! crie sa mère. Tu devrais avoir honte ! C'est bien toi qui t'es fait engrosser à seize ans sans réfléchir.

La mère regrette aussitôt ses paroles, mais le mal est fait…

Tanja quitte la pièce et ses parents ne la reverront pas de sitôt…

***

Jeudi 18 août 2016, Strasbourg

Sœur Judith sortit du train et se dirigea vers le hall où devait sans doute l'attendre Helmut. Elle ne regrettait pas sa décision : quitter le couvent pour quelques jours, l'aider dans sa mission et peut-être à nouveau pratiquer une séance d'exorcisme… À vingt-sept ans, elle rêvait de découvrir d'autres horizons, de secourir l'humanité. Une Mère Teresa des temps modernes ! Pas facile de descendre les marches avec sa longue robe de religieuse. La jeune professe s'étonna du manque d'assistance des voyageurs. À Augsburg, personne ne la laisserait porter sa valise avec peine. Toujours un chevalier servant pour lui venir en aide. Elle se dit que les jeunes d'aujourd'hui ne ressemblaient en aucun cas à leurs aïeuls. La politesse se perdait tout comme la solidarité… Et l'arrivée de ces nouvelles technologies qui tuaient les relations sociales : pourquoi se parler si l'on peut s'envoyer un « texto » ? Pourquoi se priver de Facebook ? Pourquoi refuser d'avoir 1500 personnes dans sa liste d'amis ? Des amis virtuels, des amis de longue date, des amis que l'on ne rencontrera sans doute jamais. Sœur Judith avait déjà essayé d'utiliser Twitter, Snapchat ou Whatsapp… Mais elle n'en voyait pas l'utilité. Pourquoi se priver de véritables amis, de vraies relations humaines ? Comment repérer une émotion, un état d'âme sur Facebook ou sur LinkedIn ? Tout cela la dépassait. Pourtant, elle ne se sentait pas trop âgée pour employer les nouveaux moyens de communication. Elle se dit qu'il faudrait aussi créer un réseau social pour les fervents religieux. Une application qui permettrait de rencontrer d'autres sœurs d'autres couvents dans d'autres pays… Elle savait seulement qu'il y avait un ordre franciscain à Strasbourg…

Sous la coupole vitrée, elle aperçut Helmut qui lui faisait signe, comme toujours avec son sourire radieux. Elle s'approcha de lui et il empoigna sa valise.

— Bonjour Helmut, merci !

— Comment allez-vous sœur Judith ? Je vous remercie de venir m'aider. Je dois vous avouer que je ne sais plus où donner de la tête.

— Expliquez-moi, que se passe-t-il ?

— J'ai reçu un mail étrange. Il s'agit du ravisseur du lieutenant Rotfeld de la Kripo d'Augsburg.

— Le kidnappeur l'aurait amenée jusqu'en Alsace ? Mais dans quel but ?

— C'est une très bonne question… Nous avons quelques pistes à explorer.

— Bien, vous me raconterez tout ça en route. Où logez-vous ?

— À Illkirch, une ville voisine sympathique.

— Très bien. Est-ce loin ?

— Non, vingt-cinq minutes en tram et dix minutes de marche.

— Cela ne nous fera pas de mal ! Et où en est votre enquête sur les cambriolages de Göggingen ?

— En fait, je pense que tout est lié : la disparition du prêtre, les cambriolages, l'enlèvement de Tanja Rotfeld…

— Je ne saisis pas…

Helmut oblitéra les tickets de tram et fit signe à Judith de prendre la ligne A.

— Eh bien, le cambrioleur n'est autre que Peter Hering, le fils biologique du père Rödel… Vous voyez où je veux en venir ?

— Non ? Comment est-ce possible ?

— À l'âge de seize ans, la compagne du père Rödel de l'époque est tombée enceinte. Autrefois, il n'était pas religieux et n'a jamais su que sa petite amie attendait un enfant de lui. Les parents de l'adolescente ont tout fait pour les séparer… De plus, ils se sont emparés du bébé et l'ont abandonné.

— Oh *mein Gott*, mais c'est horrible ! Qu'est devenu l'enfant ensuite ?

— Il a été adopté, mais il a eu de sérieux problèmes durant son enfance. Il aurait assassiné ses parents adoptifs lorsqu'il avait découvert qu'il n'était pas leur fils biologique. Ensuite, il aurait fait des recherches pour trouver ses parents…

— Mais pourquoi s'en prendre à eux après tant d'années ?

— À sa sortie de prison… Sûrement la soif de vengeance. Faire payer ceux qui l'ont abandonné… Mais ce jeune homme ne sait pas que sa mère biologique et le père Rödel ne sont pas responsables de son abandon… Mais j'y pense…

Soudain, Helmut comprit.

— Merde ! Pourquoi n'ai-je pas fait le rapprochement plus tôt ? s'écria-t-il. J'avais la solution depuis le début et je n'ai pas su établir un lien entre ces deux affaires. Tanja Rotfeld n'a pas été enlevée par hasard. Elle est la mère biologique de ce Peter Hering !

Complètement stupéfié par cette découverte, il s'empressa de téléphoner à Josef. Judith l'interrompit.

— Et comment puis-je vous être utile ? Je suis aussi surprise que vous par cette révélation. Allez-y, passez votre coup de fil.

Elle s'éloigna un instant. L'ecclésiastique informa Josef de ses trouvailles. Le légiste n'en revenait pas. Jamais il n'aurait pu imaginer une pareille histoire.

Une fois la conversation terminée, Helmut rejoignit Judith.

— Nous devons retrouver Tanja avant qu'il ne soit trop tard. Josef a demandé la géolocalisation du téléphone du comparse de Peter Hering. J'attends des nouvelles.

— Qu'avez-vous comme information pour l'instant ?

— Nous savons juste que le kidnappeur a un complice qui vit à Stuttgart. Mon frère Josef est allé lui rendre visite, mais le type a quitté les lieux. Il connaîtrait quelqu'un en Alsace. Nous devons trouver l'identité de cet homme et nous rendre sur place.

Sœur Judith replaça son voile qui avait glissé et laissé paraître une mèche brune bouclée.

— Bien, vous devez savoir si le complice de Maik Weyer est étudiant ou bien s'il travaille ici. Nous allons découvrir son identité, croyez-moi !

L'ecclésiastique infiltré invita sa nouvelle alliée à Illkirch. Ensemble, ils réussiraient. Ensemble, l'affaire serait vite résolue.

Arrivés rue du Denier à Illkirch, Helmut présenta Judith au père Rödel. L'entente s'avéra cordiale.

Le père Rödel, Helmut et Judith passèrent le reste de la journée à rechercher des indices. La professe pensa judicieux d'appeler elle-même la mère du complice pour en savoir plus. Jamais elle ne soupçonnerait une religieuse de mener une enquête policière.

— Vous êtes un génie, sœur Judith ! s'émerveilla le père Rödel.

— Ce n'est pas pour rien qu'elle est devenue la nouvelle mère supérieure de Kirchbach, continua Helmut.

— Arrêtez ! Vous allez me faire rougir, enchaîna Judith en piquant un fard. Allez contacter votre frère Josef pour savoir s'il y a du nouveau. J'appelle la mère de ce Maik Weyer.

Judith s'isola dans le salon de la petite maison de la rue du Denier et composa le numéro de madame Weyer.

— Bonjour, madame Weyer, ici sœur Judith du couvent de Kirchbach en Bavière. Je vous appelle concernant votre fils Maik.

— Qu'est-ce que vous lui voulez ? La police m'a déjà interrogée à son sujet.

— Je suis une proche de son ami Peter Hering qui a disparu. Nous nous inquiétons et nous pensons que votre fils pourrait nous aider à le retrouver. Peter ne part jamais sans donner de nouvelles. Nous avons peur qu'il lui soit arrivé malheur, simula Judith d'une manière convaincante.

— Que voulez-vous savoir ?

— Savez-vous si votre fils a un ami en Alsace ?

— Mon fils ne me raconte pas sa vie. Il vit à Stuttgart.

— Auriez-vous son numéro de téléphone pour que nous puissions le joindre ?

— Je ne vous donnerai pas ses coordonnées. Qui me dit que vous n'êtes pas de la police ?

— Appelez le couvent de Kirchbach et demandez sœur Judith. Vous verrez bien que je suis religieuse dans ce couvent. Nous sommes des sœurs franciscaines.

— J'aimerais vous aider, ma sœur, mais je ne peux pas. Je n'ai pas de nouvelles de Maik depuis plusieurs jours. Son téléphone est éteint.

— Comment pouvez-vous en être aussi sûre ?

— Je tombe sans cesse sur son répondeur. Je lui ai laissé plusieurs messages, mais il ne me rappelle pas. Je suis aussi inquiète que vous ! pleura madame Weyer.

— Écoutez, madame Weyer. Nous devons contacter la police. Votre fils est peut-être en danger. Il a certainement été entraîné dans une sombre affaire.

— OK, je vous donne son numéro. Mais s'il vous plaît, n'appelez pas la police. Je peux vous faire confiance ?

— Oui. Je vous le promets.

Sœur Judith nota les coordonnées de Maik Weyer sur un post-it et rejoignit les deux prêtres dans la cuisine.

— C'est fait ! J'ai le numéro de Maik Weyer. Mais ne contactez pas les autorités, je le lui ai promis. Nous devons agir discrètement.

— Parfait ! Merci sœur Judith !

Helmut s'empressa d'écrire un mail à Josef pour faire pister le téléphone.

Josef,

Voici le numéro de Maik Weyer. Agis en toute discrétion. Ne contacte pas tes collègues de la Kripo sinon tout pourrait mal tourner. Essaie de faire localiser son portable. Apparemment il serait éteint, mais on ne sait jamais. Tiens-moi informé.

À bientôt

Helmut

***

Augsburg

Jonas Rotfeld, un verre de whisky irlandais à la main, s'avança vers la porte-fenêtre de son salon. Apposée au linteau de l'entrée, une *Mezouzah* protégeait la demeure. Jonas, juif pratiquant, la touchait avant de pénétrer dans la pièce. Pourtant, il avouait tout de même que malgré son côté religieux, il se permettait quelques écarts. Un bon verre de whisky s'ajoutait volontiers à ses habitudes.

L'homme suait, s'agitait, allait et venait dans le salon, tracassé par la nouvelle que Josef lui avait annoncée.

Sa femme lui avait caché bien des choses. En fait, il ne savait rien d'elle, pratiquement rien. Elle n'avait jamais été très affectueuse ou romantique. Elle trouvait cela ringard. Pourtant, lui, il aurait tant aimé lui prouver son amour avec des gestes de tendresse, des mots doux.

« Un peu trop dépassé », se dit-il enfin. Plus il réfléchissait, plus Tanja lui semblait distante telle une étoile filante dans l'univers. Mais là, ce qu'il venait d'apprendre l'avait cloué sur place. Un coup de poignard dans le dos. Sa belle n'était finalement pas si droite que ça. Il n'avait su remarquer que ses nombreuses qualités qui dissimulaient parfaitement ses petites faiblesses et ses vices. Pas si parfaite que ça, sa dulcinée. Bref, il s'en moquait, il voulait juste la retrouver et reconstruire leur histoire. Mais comment oublier cette nouvelle ?

Un enfant abandonné à la naissance ! Un ex-copain cureton ! De quoi en perdre la tête. Quelle galère ! Pas question que ses parents l'apprennent. Sinon, bonjour les emmerdes et l'interrogatoire interminable de sa mère.

Dès qu'il aurait retrouvé Tanja, il s'expliquerait avec elle. Il y avait bien une raison à tout ce mystère. Pourquoi ne lui en avait-elle pas parlé ? Sans doute manquait-elle de confiance en lui. Tout se mélangea dans la tête de Jonas.

Il se servit à nouveau un verre de whisky bien rempli, ingurgité en quelques secondes. Puis un autre, jusqu'à l'ivresse…

CHAPITRE 34

Vendredi 19 août 2016, Illkirch-Graffenstaden

Helmut perdait patience. Le père Rödel restait silencieux. Pas moyen de lui faire avouer qui était la mère de Peter Hering. Alors il réfléchit, lia tous les événements… Il connaissait la réponse, mais le silence du prêtre l'agaçait.

Il rejoignit l'ecclésiastique qui observait attentivement les cygnes, assis sur un banc au bord de l'Ill.

— J'ai tout compris, en fait ! s'écria Helmut avant de prendre place à côté du prêtre.

— Donc vous savez tout ?

— Oui. Tout cela n'est pas une coïncidence. L'enlèvement de Tanja Rotfeld de la Kripo n'est pas un hasard !

— Tanja Rotfeld ? Je ne connais pas cette personne ! répondit le père Rödel.

— Et Tanja Grass ? Ça vous dit quelque chose ?

— Tanja Grass ? Mais… Tanja Rotfeld et Tanja Grass sont la même personne ? s'étonna le curé.

— Évidemment !

Helmut commençait à devenir agressif. Il se surprit même à lancer quelques jurons, mais s'excusa dans la foulée.

— Alors Tanja est mariée… s'inquiéta le religieux.

— Oui, une charmante femme ne peut pas rester célibataire…

— Vous me paraissez bien proche d'elle, Helmut. Je me trompe ?

— Elle est la collègue de mon frère Josef, c'est tout. Vous la connaissez mieux que moi !

Helmut ne parvenait pas à contenir sa frustration et sa colère. Jamais personne ne l'avait connu aussi agité. La sagesse qui l'habitait depuis quelques années s'estompait-elle ?

Lorsqu'un papillon multicolore vint se poser sur son bras, il sentit sa colère se dissiper peu à peu.

***

Vendredi 19 août 2016, Augsburg

Rien de tel qu'un bon verre de vin rouge français pour se changer les idées. Josef Falk sentait qu'il avançait un peu plus dans l'affaire de la disparition de Tanja Rotfeld. Assis sur son canapé en cuir marron, il s'évadait dans ses pensées. Tout se mélangeait dans sa tête : sa vie avec Annika et ses enfants, son métier de médecin légiste, ses enquêtes pour le Vatican, ses longues journées à décortiquer des cadavres en mauvais état… Un claquement de porte le ramena à la réalité. Annika venait de rentrer, un sac de voyage à la main.

— Te voilà de retour ? demanda Josef.

— En fait, j'ai décidé de rentrer. Je suis aussi chez moi, ici. Nous avons acheté la maison ensemble !

— Je m'en souviens ! Et nous la vendrons ensemble ! riposta le légiste.

— Quoi ? Tu comptes vendre la maison ? Et les enfants alors ? Tu y as pensé ?

Annika vint s'asseoir à côté de son mari et se servit à son tour un verre de vin, tout en percevant une grande tristesse dans les yeux de son époux.

— Oui, j'y ai pensé. Nous ferons comme d'autres parents séparés. Nous opterons pour la garde alternée.

— La garde alternée ? Et quand comptes-tu t'occuper de tes enfants ? Tu es rongé par ton travail !

Annika marqua un point. Josef n'avait pas songé à ce détail. Il devrait réduire son temps de travail, tout serait plus que compliqué. Il ne saurait pas comment occuper Lena et Matthias.

— Bon, tu les garderas et je les prendrai pendant les vacances scolaires. Je te verserai une pension.

— Ah voilà ! L'option de facilité ! Tu me les refiles en échange de quelques euros. Vous les mecs, vous avez la belle vie ! Quel esprit de famille ! Il y a une troisième option possible !

— Ah bon ? Et laquelle ?

— Nous restons ensemble et nous repartons à zéro... Tu ne crois plus en notre avenir? demanda Annika d'une voix radoucie en prenant la main de Josef.

— Je ne sais plus où j'en suis... Je me demande déjà si je pourrai garder ce chat.

L'animal sauta sur les genoux de son nouveau maître et lui lécha la main.

— Je te propose une solution. Je sais que j'ai merdé et que tu ne pensais qu'à notre bonheur. Moi, j'étais frustrée de ne pas avoir pu poursuivre ma carrière comme je l'aurais souhaité.

— Je peux le comprendre. Mais je ne t'ai jamais demandé de tout sacrifier pour moi. Je voulais des enfants, c'est tout.

— Mais les enfants, il faut s'en occuper. Ils ont besoin d'attention à temps plein. C'est un métier à part entière. D'ailleurs, j'admire les femmes qui en ont plus de trois. Je voudrais reprendre le travail. Nous pourrions trouver quelqu'un pour garder les petits...

— OK, mais je garde le chat.

— Comme tu veux... Mais tu dois peut-être voir avec son propriétaire d'abord, non ?

— Je m'en charge. Je suis partant pour qu'on se donne une deuxième chance. Mais finis tes caprices et tes absences sur un coup de tête. Nous devons communiquer. Pour la garde des enfants, on trouvera une nourrice. Je vais appeler Helmut pour régler quelque chose. Je reviens.

Josef enlaça son épouse et s'enferma dans le bureau. Maintenant que le père Rödel avait refait surface, il allait falloir se battre pour cette petite boule de poils.

***

Illkirch-Graffenstaden

20 heures 30. Le silence régnait dans la petite maison à colombages de la rue du Denier. Helmut entendit son téléphone vibrer. Son frère, au bout du fil, n'hésita pas une seconde à solliciter son aide : parler au père Rödel.

— Attends, Josef. Il est près de moi. Je vais lui poser la question.

Helmut revint quelques minutes plus tard, le sourire aux lèvres.

— Alors ? demanda Josef tout anxieux.

— C'est bon ! Tu peux le garder. D'ailleurs, le père Rödel l'avait totalement oublié. Pas sérieux, hein ? Il sera mieux chez toi.

— Oui, cesse de me taquiner ! Je ne voyais pas comment ce prêtre pourrait prendre soin de cette bête s'il s'absente aussi longtemps. Heureusement que nous sommes arrivés à temps. Sinon, il serait sans doute mort de faim. Pauvre chaton...

— Oui, c'est sûr. Te voilà rassuré, frérot ?

— Oui, soulagé. En plus, je me suis réconcilié avec Annika !

— C'est une bonne chose, surtout lorsqu'il y a des enfants en jeu. Je suis heureux pour toi. Moi, j'ai quelques petites affaires à régler avec l'évêque. Il ne m'a pas tout dit et ça me turlupine. Je m'efforce de rester sur le droit chemin et lui-même s'est déjà égaré ! Et ensuite j'ai une pression pour résoudre des enquêtes, je dois rester dans l'ombre, rester discret ! Mais avec aussi peu de moyens, comment boucler une enquête en quelques jours ? Impossible ! Alors moi, je suis un peu remonté. Il pense pouvoir me muter en ex-RDA ! Il rêve ! Tout ce qui m'importe à ce jour, c'est de retrouver Tanja vivante.

— Nous la retrouverons, ne t'en fais pas.

Helmut raccrocha puis retourna dans le salon, salua sœur Judith et le père Rödel avant de consulter ses mails sur son ordinateur portable. Un courriel de menace !

De : badboy-666@gmx.de
A : Helmut-Falk.Augsburg@vatican.bayern
Objet : Tanja

Si vous voulez retrouver Tanja vivante, je vous conseille de suivre mes instructions à la lettre. Comment ai-je obtenu votre adresse mail, monsieur l'agent infiltré ? Il m'est très facile de trouver toutes les informations nécessaires. J'ai des connaissances très bien placées comme vous pouvez vous en douter. Je suis persuadé que vous avez déjà découvert le secret bien caché de Tanja. Vous saurez donc rapidement qui je suis. Un conseil : ne tentez pas de faire analyser ce mail par vos amis de la police sinon je tuerai Tanja. Ceci est un avertissement.

Consultez régulièrement vos mails. Les prochaines instructions ne tarderont pas à suivre...

Helmut resta cloué sur place. Comment procéder pour arrêter le ravisseur si la police ne devait pas être impliquée ? Seul recours : Josef en mission secrète. Avec l'aide de sœur Judith, ce ne serait plus très long pour dénicher le malfaiteur.

***

Colmar

Peter Hering sortit Tanja de la cave et la ramena dans le salon. La lumière artificielle éblouit la jeune femme blonde. Elle plissa les yeux. Elle faisait peine à voir : son visage blafard montrait qu'elle souffrait, ses yeux fatigués et ses cernes lui donnaient mauvaise mine, elle avait maigri. Elle, qui ne surveillait jamais son alimentation, avait réussi à mincir, mais dans quelles conditions ! Elle aurait préféré perdre du poids de son plein gré. La bouffe infecte dont la nourrissaient les deux lascars ne la rassasiait pas.

Peter Hering la poussa sur une chaise et lui ordonna de bien l'écouter surtout que sa vie en dépendait.

— À partir de maintenant, tu vas mettre fin à tes sarcasmes et tes vannes bidon. Tu vas faire ce qu'on te dit. C'est ta dernière chance de survivre. Un seul faux pas et on te bute, tu as compris ?

— Oui, mon fils ! osa-t-elle avec ironie.

Peter Hering ne sut comment comprendre les dernières paroles de sa mère biologique. Pensait-elle sérieusement ce qu'elle avait dit ? Était-ce encore une plaisanterie ?

— Bon, tu vas rester ici. Tu dois être présentable pour l'échange. Maik va te conduire à la salle de bains. Change-toi et pas d'entourloupe !

— C'est promis, cette fois-ci je ne m'évaderai pas ! Je veux juste rentrer chez moi. Vous m'avez encore fait rater un *Shabbat* et je vais prendre cher à cause de vous les gars !

— Pourquoi ?

— Mon mari n'aime pas que je manque les offices. C'est encore raté ! De toute façon, mon métier ne me permet pas de concilier vie privée et travail. J'ai fait mon choix.

— Et pourquoi es-tu devenue flic ? demanda Peter Hering.

— Tu vas me croire ou non, mais lorsque j'ai accouché de toi, je voulais te garder et vivre avec ton père. Hélas, mes parents t'ont enlevé de force. Ils t'ont laissé et je ne savais pas où. Crois-moi, j'ai tant lutté pour te retrouver, mais j'étais à bout de forces. Ton père ne savait même pas que j'étais enceinte. Puisque j'ai trouvé ce destin tragique et injuste, j'ai voulu me battre pour entrer dans la police et faire régner la justice. C'est un miracle que tu sois ici devant moi.

Des larmes envahirent le visage de Tanja. À ce moment, elle ne simulait pas, elle ne jouait pas avec ses kidnappeurs. Peter Hering le comprit en regardant les yeux brillants de sa mère.

— Tu ne peux pas imaginer ce que j'ai dû endurer. Découvrir que j'avais été adopté m'a détruit. Et savoir que j'avais été abandonné à la naissance, cela m'a brisé le cœur en mille morceaux.

— Tout comme le mien lorsque mes parents m'ont arraché mon fils. C'est pourquoi je n'ai pas voulu d'autre enfant.

— Tu n'as pas d'autre enfant que moi ?

— Non. Et si on arrêtait tout ça ? J'expliquerai à mes collègues que tu voulais seulement me retrouver. Je leur raconterai mon histoire, notre histoire…

Tanja était très rusée. Peter Hering faillit gober ses paroles.

— Je ne peux pas. C'est trop tard, je dois terminer ce que j'ai commencé. Ta survie dépendra de toi et de tes amis.

CHAPITRE 35

Samedi 20 août 2016, Colmar

Accrochée au bras de Peter Hering, Tanja avançait péniblement dans les rues piétonnes de Colmar. Pas évident de garder son calme. Compliqué de simuler un sourire pourtant forcé. Pour mieux ruser, elle devait rester raisonnable, ne pas tenter de s'échapper. Qui sait de quoi seraient capables ces deux individus. Les lascars ne lui avaient laissé aucune indication. Qu'allaient-ils faire en ville ? Certainement pas du shopping ! Une fois de plus, elle allait faire marcher sa cervelle pour trouver un moyen de se faire repérer. Ses collègues devaient déjà être à sa recherche. En espérant qu'ils eussent déchiffré son message codé gravé dans la cuisine… Encore un *Shabbat* raté ! Cette fois-ci, Jonas ne pourrait pas le lui reprocher, puisqu'elle n'y était pour rien.

— Je peux savoir où on va ? demanda Tanja, curieuse.

— On va se dégourdir les jambes. Tu dois retrouver la forme pour l'échange… répondit Peter Hering.

— Quel échange ? De quoi parlez-vous ?

— On t'a pas enlevée pour rien, ma chère *môman* ! rétorqua le jeune délinquant en survêtement gris clair avec ironie.

— Une rançon ? Mais mon mari n'a pas une thune ! Vous aurez du mal à lui faire cracher un million !

— Qui te dit qu'on veut un million ? On s'est bien renseigné avant ! Il a pas une thune, mais il saura en trouver pour te sauver la vie. Tu as du bol d'avoir un mec comme ça.

— Ça, tu n'en sais rien, mon fils, lança Tanja d'un ton narquois.

—T'es pas à plaindre ! T'as pas eu ma vie. Et tout ça, c'est à cause de toi. Tu m'as abandonné comme une merde ! poursuivit Peter Hering en la regardant d'un air accusateur.

— Dans un sens, oui. Mais j'avais seize ans, Peter ! Seize ans ! J'étais mineure, mes parents m'ont arraché mon bébé des bras sans me dire où ils l'emmenaient ! Comment aurais-je pu te retrouver ? Pourquoi crois-tu que je n'ai pas eu d'autre enfant ? Je ne pouvais absolument pas. Tu crois que je n'ai pas culpabilisé toute ma vie ? Pourquoi suis-je entrée dans la police à ton avis ? As-tu un instant réfléchi à ce que j'ai vécu au lieu de te plaindre sans cesse ? Non ! Alors, fini les reproches ! J'ai tout fait pour te retrouver, en vain. Alors maintenant ça suffit ! Tu crois que j'ai eu des parents en or ? Eh bien tu te trompes ! Je n'ai jamais été la petite fille modèle dont ils rêvaient tant. Eh bien, je m'en fiche maintenant, je vis ma vie comme bon me semble. Tu devrais en faire autant. Tu vas la gâcher et la passer en prison, si tu continues ainsi…

Peter Hering commença à pâlir. Il savait au fond de lui que sa mère biologique n'avait pas tort, mais il préféra persister à jouer le caïd pour se venger.

— Peut-être, mais tu m'as quand même abandonné ! Et ça, c'est inexcusable !

— Tu as raison, tu ne me pardonneras jamais. Je n'ai pas pardonné à mes parents de m'avoir volé mon bébé. D'ailleurs, tu veux aller voir tes grands-parents ? Pourquoi ne pas t'en prendre aux vrais coupables ? proposa Tanja le temps de penser à une issue.

— Ils sont encore vivants ?

— Bien sûr ! Je ne suis jamais allée les revoir depuis que j'ai quitté la maison familiale. Ils seront surpris ! On pourra se venger ensemble ! Tu pourrais leur faire peur ?

— On verra… Pour l'instant, on termine notre plan. Si tout le monde est raisonnable et que tu en sors vivante, je pourrai envisager de rendre visite à mes chers grands-parents !

Ils errèrent quelque temps dans le centre-ville avant de s'arrêter dans un café près de la petite Venise, un quartier touristique pittoresque de la ville. Ses canaux de la Lauch faisaient penser à la ville italienne des amoureux.

Tanja termina sa bière Meteor et demanda l'addition. Elle insista pour régler, mais elle se souvint qu'elle n'était plus en possession de son sac à main ni de son téléphone portable. Quelle poisse !

— Les gars, j'aimerais encore faire un tour dans la ville. Ce quartier me fait penser à Venise. C'est vraiment charmant !

— OK, mais après on rentre ! répondit Peter Hering. Et tu connais Venise ?

— Oui, j'y suis allée avec Jonas pour notre lune de miel. C'était vraiment magique !

CHAPITRE 36

Dimanche 21 août 2016, Illkirch-Graffenstaden

Au bord de l'Ill, non loin du collège du Parc, sœur Judith profitait d'un brin de soleil, assise sur un banc, à observer les canards qui nageaient, décollaient, atterrissaient d'une habileté impressionnante. À ses côtés, Helmut consultait son smartphone. Un message important l'avait interpellé : les collègues de son frère avaient réussi à localiser le portable du complice de Peter Hering, Maik Weyer.

Helmut,
Rappelle-moi dès que possible. Suspect localisé. Josef

Le nasillement des canards, le gazouillis des oiseaux, tous les ingrédients pour une journée qui s'annonçait bien. Helmut espérait boucler l'enquête dans la semaine. La Bavière commençait à lui manquer.

Judith le fixa, intriguée par son regard pensif.

— Une nouvelle intéressante ? demanda-t-elle avec curiosité.

— Oui, je dois rappeler Josef. Apparemment, notre suspect aurait été repéré. J'espère juste qu'il ne se trouve pas à l'autre bout du pays.

— Ce serait fort rageant. Mais si toute cette affaire nous a menés jusqu'ici, il y a forcément une raison. Je sens que le Seigneur va nous guider jusqu'à sa cachette.

— Je l'espère, sœur Judith, je l'espère !

Helmut se dit qu'il prendrait un congé sabbatique après la résolution de l'affaire. Cette part de mystère que dégageait l'évêque n'avait cessé de lui ronger le cerveau. Sa découverte, cet air innocent... Désormais, Helmut ne serait plus dupe... Et dire qu'il avait fait excommunier de nombreux prêtres pour moins que cela ! L'ecclésiastique en mission avait perdu toute confiance en cet homme qu'il considérait comme son mentor, son sauveur. Quelle naïveté ! Tout n'était prétexte que pour se servir de lui, éviter tout scandale au sein de l'Église. Une vibration de son téléphone le sortit de son amertume. *« Tiens, en parlant du loup ! Quoi ? Il s'impatiente ? »* En attendant, il ne lui avait pas donné plus de moyens pour avancer. Pendant que Monseigneur se prélassait tranquillement au Vatican, le serviteur dévoué Helmut devait suer et se démener, sans assistance du pontife pour rechercher un fugitif. Il y avait de quoi se rebeller, de quoi tout laisser tomber et ne remplir que son rôle de prêtre. En bref, une vie bien plus calme et reposante que de parcourir des kilomètres à la recherche du moindre indice.

Helmut ne manqua pas de courage et pianota le numéro de son frère sur son téléphone. Une sonnerie, deux sonneries...

— Oui, Helmut ! Tout va bien ?

— Le soleil brille, les oiseaux chantent, donc tout va bien. Juste un bémol : mon enquête qui piétine !

— Justement, j'ai une super nouvelle à t'annoncer...

— Ne me dis pas que je vais devoir voyager des kilomètres...

— Non ! Ton suspect a trouvé refuge en Alsace. Parfois, les malfaiteurs sont très bêtes. Nous avons pu le localiser assez facilement. Il n'a pas pensé à désactiver la fonction géolocalisation de son téléphone.

— Mais c'est formidable ! Où est-il ?

— Tout près de toi ! À Colmar.

— À Colmar ? Mais que peut-il bien faire en Alsace ? Tu crois qu'il connaît quelqu'un ?

— Oui, probablement. Il doit loger chez un proche.

Helmut se gratta le menton, tourna la tête vers Judith et poursuivit sa conversation.

— Donc, Tanja doit être là-bas...

— C'est fort possible si elle a été enlevée.

— Mais je me demande pourquoi l'emmener en Alsace ? Qu'est-ce qui se passe dans la tête de cet individu ?

— Il y a un lien qui l'a mené jusqu'à Colmar. Au fait, tu es toujours avec le père Rödel ?

— Oui, il est en train de chercher un moyen de m'aider. N'oublions pas que c'est son fils biologique et que ce jeune homme doit lui en vouloir.

— Après tout le chantage qu'il lui a fait pour l'aiguiller dans ses cambriolages, il ne doit pas être très content que le prêtre se soit évaporé.

— Oui, et dire qu'il a réussi à retrouver sa trace... Bon, je te laisse, j'ai encore quelques points à vérifier. Sœur Judith va m'aider, ça me rassure.

Après sa conversation, Helmut se retourna vers Judith et lui proposa de marcher un peu au bord de l'Ill. De nombreux platanes plantés le long du cours d'eau servaient de refuge aux oiseaux qui venaient y faire leur nid. L'Ill paraissait à première vue calme et peu profonde, mais cette impression s'avérait trompeuse. S'y aventurer à la nage risquerait surtout de provoquer la noyade. Quelques pêcheurs se montraient patients, tenant leur canne au bout de laquelle un asticot pendait sur l'hameçon. *« Quel terrible destin que de servir d'appât »*, se dit sœur Judith. À côté d'eux, une glacière qu'on imaginait remplie de canettes de bière Kronenbourg. Il fallait bien passer le temps.

— Les poissons ne mordent pas aussi facilement, surtout s'ils sont dérangés par des bruits les faisant fuir, observa Helmut.

— Je n'aime pas la pêche, enchaîna la religieuse. Je ne comprends pas comment on peut rester des heures entières à attendre la capture d'une truite.

Judith n'éprouvait aucune sympathie envers ces « chasseurs de poissons ».

— La plupart du temps, ils les relâchent. Je ne pense pas qu'ils les consomment.

— Justement, pourquoi blesser inutilement ces pauvres petites bêtes ? Cela n'a pas de sens.

Helmut perçut le mécontentement de la jeune professe. Il ne pouvait pas lui avouer que de temps à autre, il s'adonnait aussi à la pêche en étang. Il préféra éviter le sujet.

— Je comprends votre point de vue, sœur Judith. Vous ne mangez pas de poisson ?

— Si, mais je n'apprécie pas la pêche pour le loisir. Les remettre à l'eau alors que leur gueule a été sans doute écorchée par l'hameçon, je trouve cela cruel. Leur taux de mortalité augmente s'ils tardent à être remis à l'eau.

— Je pense que les pêcheurs ont l'habitude et sont attentifs pour décrocher l'hameçon et libérer le poisson. S'il n'est pas viable, ils le conservent pour le manger.

Le quinquagénaire peina à trouver des explications. Il sentit que Judith désapprouvait ces pratiques et lui suggéra de s'arrêter boire un café au centre-ville. La mère supérieure accepta, s'imaginant déjà savourer une glace à la fraise.

CHAPITRE 37

Lundi 22 août 2016, Augsburg

Une journée de plus à cocher le calendrier. La santé de Jonas Rotfeld se dégradait de jour en jour. Comment réussir à fermer l'œil quand son esprit est tourmenté ? Le mari de Tanja Rotfeld s'agitait sur son fauteuil, un verre de vodka à la main. Ses mains tremblèrent, son cœur s'accéléra, son esprit se figea. Pas question de rester là à poireauter comme un con sans rien faire. Il fallait absolument qu'il retrouve sa femme. Toutes sortes d'images se perdirent dans sa tête… De son enfance à sa rencontre avec Tanja… Des moments inoubliables qu'il ne voulait pas voir s'achever brusquement. Une seule solution se présentait à lui : partir à la recherche de sa belle enquêtrice. Jonas Rotfeld posa son verre sans le renverser et enfila son blouson en cuir, monta sur sa moto Hornet bleue et se dirigea vers le commissariat. Il roulait bien trop vite, grillait presque tous les feux rouges, un vrai bolide. Le vent qui lui fouettait le visage lui fit remarquer qu'il avait oublié de porter son casque. Il s'en foutait, sa priorité était de retrouver sa femme. Il trouva une place discrète pour se garer, un peu éloignée du poste de police. Jonas Rotfeld entra en furie dans le commissariat et demanda tout essoufflé à parler au commissaire.

— Monsieur, le commissaire n'est pas disponible pour le moment. Comment puis-je vous aider ? demanda un jeune agent à l'accueil.

La rage de Jonas ne fit qu'empirer. Il ne comprenait pas pourquoi les policiers restaient aussi passifs.

— Je veux parler au commissaire, un point c'est tout ! Je suis le mari de Tanja Rotfeld ! Elle a disparu au cas où vous ne seriez pas au courant ! vociféra Jonas pour intimider son interlocuteur.

— Je... je comprends votre inquiétude, je vais voir si quelqu'un peut vous recevoir en attendant le retour du commissaire...

Le jeune blondinet au visage poupin marcha d'un pas nerveux jusqu'au bureau de son supérieur direct.

— Inspecteur, il y a le mari du lieutenant Rotfeld qui s'impatiente. Il veut parler au commissaire...

Le jeune homme semblait perturbé. Une auréole sous les bras le trahit.

— Bon, j'arrive ! répondit Hans Brenner, le coéquipier de Tanja. Il va encore nous faire chier, celui-là. Il croit qu'on va la retrouver aussi facilement ! On fait ce qu'on peut.

L'inspecteur pria Jonas de le suivre dans son bureau. Le mari de Tanja observa la pièce avec attention. Sur les murs, des affiches sur les avis de recherche en cours. Une photo de Tanja au premier plan attira son regard.

— Vous en êtes où pour retrouver ma femme ? Je n'ai pas de nouvelles, je commence à péter un plomb ! s'énerva Jonas.

— Calmez-vous, Rotfeld. Nous faisons tout notre possible pour la retrouver. C'est que le zozo qui l'a enlevée nous donne du fil à retordre.

— Vous savez où elle est ? Vous l'avez localisée ?

Jonas ne put s'empêcher de ronchonner et de traiter les enquêteurs de fainéants.

— Écoutez, Rotfeld, je vous prie de rester calme sinon je vous mets en cabane pour vous calmer !

Hans Brenner avait repris le dessus et ne se laisserait pas impressionner par cet homme agressif.

— Je veux juste retrouver ma femme ! Est-ce trop vous demander ou on vous paie à rien foutre ? hurla Jonas.

— Maintenant, ça suffit. Encore sur ce ton et je vous boucle ! Nous savons juste qu'elle a été kidnappée et que ses ravisseurs se trouvent en France. Nous supposons qu'ils l'ont emmenée quelque part en

Alsace. Quelqu'un est déjà sur place pour enquêter. Maintenant, rentrez chez vous. Nous vous informerons dès qu'il y aura du nouveau.

Insatisfait de la réponse de Hans Brenner, Jonas Rotfeld s'excusa toutefois de son comportement avant de quitter le commissariat en colère. Pas d'autres solutions que de se rendre lui-même sur place. Une seule personne pourrait sans doute l'éclairer un peu plus : Josef Falk. Lui et Tanja étaient si proches qu'il lui sembla improbable que le légiste n'eût aucune information.

Il enjamba sa moto et fila à toute berzingue chez Josef Falk. Il perçut une sirène de police et s'empressa d'accélérer de plus belle pour semer les képis qui le poursuivaient au volant de leur BMW verte. Ouf! Il les avait bernés! Il bifurqua tranquillement sur la première à droite et rangea sa moto dans la cour du légiste. Bien planquée derrière la voiture de Josef, personne ne la détecterait. Quelle chance, le collègue de Tanja n'avait pas quitté son domicile de la soirée.

Jonas tambourina comme un fou à la porte du légiste. Josef finit enfin par lui ouvrir. La visite de son ami le surprit.

— Jonas, que me vaut l'honneur de ta visite? Tu n'as pas l'air en forme?

— Bien sûr que non, j'ai pas la forme! Ma femme a été enlevée et je sais toujours pas si elle est vivante! lança Jonas d'un ton ironique. T'aurais pas des nouvelles par hasard?

— Pas plus que toi. Nous attendons de retrouver ses kidnappeurs.

— Au commissariat, ils m'ont dit qu'elle est en Alsace! Tu sais où ?

— Non, pas exactement. Mais mon frère est sur place pour mener l'enquête.

Jonas sentit son cœur exploser dans sa cage thoracique. Ses antécédents de mari jaloux refirent surface.

— Quoi? Ton frère? Pourquoi lui? Il est pas curé, lui?

Josef ne tarda pas à remarquer le mépris envers Helmut qui se dégageait du regard inquisiteur de Jonas.

— Oui, mon frère est prêtre. Il est sur une enquête qui est vraisemblablement liée à la disparition de Tanja. Si nous en savions plus, sois sûr qu'on t'aurait averti. Le métier d'enquêteur n'est pas aussi simple que tu le penses, répliqua Josef, agacé par le comportement de son ami.

— Excuse-moi, je suis juste fatigué d'attendre et que rien ne se passe. Je suis de plus en plus inquiet. Tu crois qu'elle est encore vivante ?

— J'en suis persuadé. Elle nous a laissé quelques indices pour qu'on retrouve sa trace. C'est une question de quelques jours à mon avis. On sait déjà qu'elle est en Alsace, à Colmar pour être précis. Il ne reste plus qu'à capturer les ravisseurs.

— Je l'espère… Tu m'offres un verre ? s'incrusta Jonas sans savoir si le légiste avait d'autres occupations.

— Oui… Une bière ? Au fait, comment es-tu venu ? Tu n'as pas pris ta voiture ?

— Je suis venu en bécane, c'est plus rapide.

— Sois prudent quand même, Jonas. Il ne faudrait pas qu'on retrouve Tanja saine et sauve et toi en macchabée…

— T'inquiète, je suis un dur à cuire, une mauvaise herbe récalcitrante !

CHAPITRE 38

Mardi 23 août 2016, Colmar

Assis devant son ordinateur, Peter Hering rédigea à la hâte le mail qu'il allait envoyer à Helmut Falk. Bientôt la fin de sa quête, encore un peu de patience… Il savourait déjà sa victoire, un sourire narquois au coin des lèvres. Des années qu'il attendait ce moment, la révélation ! Le chapitre final d'un passé plus que tumultueux. Des comptes à régler et vite.

— Sers-moi un verre de pinard ! ordonna-t-il, s'adressant à Maik Weyer.

L'ami de Peter Hering s'empressa de chercher un tire-bouchon et déboucha la bouteille de vin rouge qui traînait à la cave depuis plusieurs heures.

Peter Hering ingurgita la substance en moins d'une minute.

— Ah, que c'est bon ! On va bientôt passer aux choses sérieuses, mon pote ! Tu as fait quoi de ma *reum* ?

— Elle attend bien sagement dans sa cellule. Tu en es où ?

— Je finis le mail et je l'envoie au gars qui me poursuit. Il peut toujours courir pour me retrouver. Avec cette connexion VPN, pas moyen qu'il retrouve mon adresse IP ! Je suis pas un gros débile comme il pourrait le penser !

Peter Hering poussa un cri démoniaque.

— T'es sûr ? Il attend ton mail depuis un bail. Je voudrais pas qu'on se fasse choper aussi près du but !

Le complice ne parvenait pas à dissimuler son agitation. Aider son pote, d'accord, mais plonger à cause de lui, pas question. Il se dit qu'il devait trouver un plan B si jamais tout devait tourner en sa défaveur. Nier, nier les faits et affirmer que son ami l'avait entraîné dans son délire, ce qui n'était pas vraiment un mensonge.

Peter Hering réfléchissait à la suite des événements. Trouver un lieu de rencontre pour le soi-disant échange, réclamer du blé à l'autre bourge qui pourrait sans problème débourser un max de thunes pour libérer sa femme. Bien sûr, le fric ne lui changerait pas son passé, mais serait un bon dédommagement pour les conséquences psychologiques qui avaient suivi sa naissance. De quoi tenter de se reconstruire, de disparaître.

De : badboy-666@gmx.de
A : Helmut-Falk.Augsburg@vatican.bayern
Objet : Tanja
Rendez-vous à Colmar, au parc du château d'eau. Pas d'entourloupe. Venez seul, jeudi à 10 heures précises avec 100 000 euros en petites coupures. Je porterai un jean et une veste de survêt' grise à capuche. Appelez les flics et je flingue votre copine.

Point final. Il envoya le mail et éteignit son ordinateur portable.

— Maintenant, on se casse ! On va faire un tour en ville. Laisse-la au trou encore un peu. Faut pas leur rendre en trop bon état.

— Mais… tu vas pas la zigouiller quand même ? s'inquiéta Maik.

— De quoi je me mêle, le rabat-joie ? Je fais ce que je veux, s'emporta Peter Hering, en jetant un regard dévastateur vers le jeune homme.

— OK, comme tu veux. Mais je veux pas faire partie de ton plan foireux. Si ça capote, je plonge avec toi !

Le blond un tantinet dodu sentit qu'il aurait dû la boucler. Il ne réalisa aucunement les conséquences de ses paroles. Peter Hering s'approcha de lui, excité comme un bulldozer.

— Soit tu fermes ta gueule et tu suis mes instructions, soit je te refroidis. À toi de choisir.

Le jeune fixa le revolver qui se trouvait sur la table et se mit à trembler. Son visage se recouvrit de larmes qui dévalaient ses joues pour atteindre le sol. Pourquoi s'était-il embarqué dans cette galère ? Il fallait la jouer pépère pour éviter le drame.

— OK, excuse-moi ! Je te suis. J'ai juste un peu la trouille…

— Je vois ça ! T'en fais pas, on va assurer. T'as vu tout ce qu'on a fait ensemble jusqu'à présent ? Y a pas de raison pour que ça foire. Fais-moi confiance, bordel !

Le comparse de Peter Hering irait jusqu'au bout pour sauver sa peau. Il aurait des circonstances atténuantes, de toute façon. Le juge finirait bien par découvrir que Peter Hering n'était qu'un dérangé de la cabosse. Au pire, il s'en tirerait avec un sursis.

Pas si sûr…

***

Illkirch-Graffenstaden

Allongé sur son lit, Helmut s'apprêtait à appeler son frère. Une envie de fumer le prit soudainement. Il s'approcha de la fenêtre et respira l'air devenu plus frais. Pas le moindre bruit dans la rue du Denier. Seule une voiture fonçant à presque 50 km/h traversa la ruelle. L'enquêteur suffoqua tant les émissions de CO^2 du véhicule lui montèrent au nez. Comment pouvait-on encore rouler avec de telles voitures de nos jours ? Écologiste depuis longtemps, Helmut savait que son seul défaut restait la cigarette. Impossible de s'en dépêtrer. Il avait commencé à fumer il y a trente ans et peinait à s'en débarrasser. Un jour, il y parviendrait. Juste une question de volonté. Pour être honnête, il n'envisageait pas du tout de prendre de bonnes résolutions, enfin, pas cette année. Trop de tracas, trop de travail, trop de perturbations dans sa vie de prêtre censée être rangée. Une petite voix lui murmura de ne pas négliger sa santé. La vie était précieuse et il fallait la recevoir comme un don du ciel. À cet instant précis, il songea aux enfants abandonnés, maltraités, livrés à eux-mêmes, au terrorisme, à ce monde devenu cruel. Il se posait souvent des questions sur l'avenir de l'Homme. Les versets de l'Apocalypse qu'il avait triturés dans tous les sens pendant son enquête le ramenèrent à la réalité. Il le sentait, la fin approchait. L'homme est l'ennemi de l'homme, son seul destructeur. L'homme, prédateur de tant de races animales éteintes ou en voie d'extinction…

« *Helmut, calme-toi ! Pense à ta mission. Tu es si près du but, il ne serait pas bon de perdre la tête*, se dit-il intérieurement. *Bon, un coup de fil à Josef et au lit !* »

Trois sonneries retentirent avant d'entendre la voix épuisée de son frère.

— Josef Falk, j'écoute.

— Frérot, c'est moi. Je te dérange ?

— Non, ça va. J'allais me coucher, mais vas-y, tu as quelque chose à me demander ?

Helmut perçut l'éreintement de Josef. L'idée de le déranger l'ennuyait beaucoup, mais il avait besoin de lui pour son enquête.

— Oui… Je viens de recevoir un nouveau mail du ravisseur. Il me demande de le rencontrer jeudi avec l'incroyable somme de 100 000 euros. Où vais-je trouver cet argent ? s'inquiéta l'ecclésiastique.

— Quoi ? 100 000 euros ? Je pense qu'il vise Jonas Rotfeld.

— Ce jeune homme croit sans doute que le mari de Tanja baigne dans les billets de banque… Je ne dois pas prévenir la police, sinon il risque de tuer Tanja.

Le stress envahit Helmut, qui s'alluma une cigarette et inspira deux énormes bouffées.

— Je suis désolé, mais nous devons prévenir nos collègues.

— Ce n'est pas la police française qui doit agir dans ce cas ?

— Si l'individu est resté en Alsace, oui. Mais je vais les contacter pour leur demander de l'aide.

— C'est risqué. Je ne voudrais pas que Tanja soit assassinée à cause de ma négligence.

— Qu'en pense sœur Judith ?

— Je ne lui en ai pas encore parlé. C'est vrai, elle a des intuitions surprenantes. Elle pourrait m'être d'un grand secours.

Helmut acheva sa cigarette, écrasa le mégot sur le rebord de la fenêtre et l'enveloppa dans un mouchoir en papier avant de le jeter dans la corbeille de sa chambre.

— Dans tous les cas, tu m'appelles demain. Il faut régler cette histoire de rançon au plus vite. Au pire, je verrai avec mes collègues pour obtenir de fausses coupures pour l'opération.

— C'est légal tout ça ?

— En fait, on va préparer de faux billets, des photocopies sur un papier spécial et on va mettre des vrais billets au-dessus pour donner l'illusion…

— Ce n'est pas risqué comme mode opératoire ? Et si jamais le kidnappeur s'en rendait compte ? Il tuerait Tanja sur-le-champ.

— On va le coincer avant, ne t'en fais pas. Aie confiance !

CHAPITRE 39

Mercredi 24 août 2016, Augsburg

Sa valise se trouvait devant l'entrée. Bien décidé à retrouver sa femme, Jonas Rotfeld avait planifié son départ. Pas question de laisser Tanja se faire tuer dans un patelin en Alsace sans bouger le petit doigt. Après de longues nuits à tergiverser, il avait compris une chose importante : son comportement n'avait pas toujours été exemplaire, loin de là. Il était temps pour lui de reconquérir sa belle et de se faire pardonner ses sautes d'humeur plus que désagréables. Tant pis si pour elle, le *Shabbat* n'avait pas tant d'importance, tant pis si sa carrière prenait une grande place dans sa vie. Il réalisait tout à coup qu'un fossé s'était creusé entre eux depuis plusieurs mois. Petit, il s'était senti abandonné, avait tout fait pour mériter l'attention de ses parents. Ces derniers ne s'étaient préoccupés que de sa *bar-mitsva* et de leur future descendance… qu'ils attendaient toujours, rejetant sans cesse la faute sur leur fils. Il avait fait les mauvais choix, surtout en épousant cette *goy* qui de plus s'avérait trop féministe à leur goût, une *goy* infertile. Avaient-ils au moins une fois cherché à faire connaissance avec l'élue de Jonas ? Il l'avait choisie, point final. Quand allaient-ils enfin finir par l'accepter ? Jonas tapa du poing sur la table de la cuisine. Sa vie lui appartenait-elle ? Assez de ses géniteurs qui tentaient de l'influencer. Assez de cette société intolérante. Assez de ces flics qui tardaient à résoudre l'enquête sans se soucier de leur collègue prisonnière d'un fou dangereux.

Jonas Rotfeld quitta la maison vers 10 heures du matin, se retourna d'un mouvement bref de la tête et scruta une dernière fois son domicile. Il confia son chien à ses voisins qui promirent d'en prendre soin. À bientôt, Augsburg. Maintenant, en route pour l'Alsace. D'après les informations que Josef lui avait transmises, il se débrouillerait pour découvrir la tanière du féroce prédateur qui avait entraîné Tanja dans un périple dangereux. Pas une minute à perdre ! Une véritable chasse au fauve s'imposait.

Une fois installé dans sa voiture, le mari de Tanja brancha son système de navigation et entra «Colmar». Presque quatre heures de route. Encore fallait-il réussir à traverser Stuttgart, le nid à embouteillages. Passer par les routes nationales ? *« Pourquoi pas ? »* pensa-t-il. Ne pas prendre les autoroutes, c'était éviter les bouchons. Plus de cinq heures de conduite ? *« Tant pis, va pour l'itinéraire principal. »* Jonas Rotfeld n'était pas habitué aux longs trajets. D'habitude, il prenait l'avion. Tanja n'aimait pas les transports en commun. Elle, la rebelle, préférait se farcir les heures de route en voiture plutôt que de s'écraser au fin fond de nulle part et griller comme une brochette sur un barbecue. Jonas n'oubliait jamais les paroles de son épouse, ses paroles parfois un peu trop abruptes, dans un langage franc et direct. Ses expressions sorties d'un chapeau noir lui manquaient. Un peu tard pour s'en rendre compte. Toujours la même chose, lorsque l'être aimé est en danger, on s'aperçoit combien sa présence est précieuse. Imaginer sa vie sans elle, c'était comme sauter d'un avion sans parachute.

Jonas se décida. Il allait emprunter l'autoroute pour arriver le plus vite possible à Colmar. Il consulta une dernière fois son itinéraire avant d'enclencher la première vitesse : dans un premier temps, direction Ulm !

***

Colmar

La cave, toujours aussi humide, fit suffoquer Tanja Rotfeld. La blonde lieutenant ne supportait plus l'obscurité dans laquelle elle s'efforçait de vivre depuis trop longtemps à son goût.

Elle se mit à tousser à plusieurs reprises, ce qui lui donna la sensation d'avoir les poumons en feu. Les mains toujours liées dans son dos, elle essaya tant bien que mal de se détacher. Il lui faudrait un objet coupant. Rien, rien dans ce taudis glauque. Les mains tâtonnant le sol, elle tenta de repérer un objet qui pourrait lui servir. Un morceau de verre ? Cependant, elle risquerait de s'entailler les mains. Non, elle devait ruser d'une autre manière.

Puis la porte s'ouvrit. Elle cligna des yeux, tant la lumière lui agressait le visage. Elle reconnut la silhouette de Peter Hering. *« Bon, assez rigolé*, se dit-elle. *Il n'y a qu'une solution : la manipulation mentale. Je dois le convaincre de me relâcher. Je dois jouer la mère repentie, ce qui sera facile puisqu'il y a une part de vérité. »*

— Peter, écoute-moi, commença-t-elle. Je suis sincèrement désolée pour tout ça. Je t'en prie, crois-moi. Je suis toujours affectée par le comportement de mes parents. Je t'ai retrouvé et j'ai envie d'apprendre à te connaître. Mais dans ces conditions, ce n'est pas adapté, tu ne penses pas ?

Le jeune la fixa longuement avant de s'agiter.

— Tu crois que c'est aussi simple ? Le mal est fait. J'ai vécu l'enfer à cause de toi ! Toi et toi seule m'as donné naissance ! Tu aurais pu avorter ! Tout cela ne serait pas arrivé !

Tanja ressentit un picotement au cœur. Il avait touché un point sensible.

— Je sais, Peter, je sais. J'avais seize ans ! Je voulais te garder ! Comment aurais-je pu imaginer un seul instant que mes parents allaient t'enlever et te refourguer je ne sais où ? Avec les jeunes, c'est toujours pareil ! La mère est toujours tenue pour responsable de tout : de l'abandon, du divorce, du manque d'argent. Étais-je seule à te concevoir ?

— Non, t'étais pas seule. Mais t'as même pas dit à mon père que j'existais. Tu aurais pu changer le cours des événements, mais t'as rien fait ! T'as même pas lutté pour moi.

Paf ! Encore un poignard dans le dos de Tanja. Peter Hering s'approcha d'elle et lui délia les mains.

— Qu'est-ce que je peux y changer ? Tu ne crois pas que j'ai déjà assez de regrets ? Je suis toujours rongée par ce passé sombre. Si tu es d'accord, je suis prête à rattraper le temps perdu. Je suis ta mère, après tout !

— C'est trop tard ! J'ai vingt ans ! C'est avant que j'avais besoin de toi !

Elle perçut la tristesse dans le regard du jeune homme. Il ne lui semblait pas si méchant, au fond. Un môme paumé, sans identité. Tanja ne reniait pas sa part de responsabilité. Avorter ? À l'époque ? Impossible ! Déjà en 2016, c'était mal vu, alors en 1996 ! Exactement le même problème qu'avec les couples franco-allemands à la fin de la guerre. Comment devait être traitée une Allemande en France ? Un Français en Allemagne ? Tous ces préjugés, ces codes de bonne conduite qu'il fallait respecter pour rentrer dans le moule de la société. Ce modèle, Tanja l'avait fui depuis bien longtemps. Pourquoi ce monde devait-il toujours se mêler de la vie des autres ? Chacun était libre de mener son existence comme il l'entendait, non ? Peter Hering sortit sa mère biologique de ses pensées rebelles.

— C'est fini, ma chère *môman* ! Demain, tout prendra fin. Prépare-toi psychologiquement…

Tanja ne comprit pas où il voulait en venir. Qu'allait-il se passer le lendemain ? Le jeune allait-il commettre l'irréparable ?

Le délinquant referma la porte, sans se soucier qu'il avait omis de rattacher Tanja.

« Bon, j'ai les mains libres maintenant, je dois vite me barrer, sinon je vais passer l'arme à gauche, je le sens. Il ne compte pas me faire de cadeau, le morveux. Il pense sûrement que j'ai eu le choix ? Le choix de me le faire enlever à sa naissance ? Il pense sans doute que j'étais heureuse sans lui. On m'a volé mon enfant, volé ma vie et je

dois encore en payer le prix. » Ses pensées s'agitèrent dans sa tête, son cerveau entra rapidement en ébullition.

***

Illkirch-Graffenstaden

La soirée s'annonçait douce. Malgré le soleil couchant, l'air restait agréable, des températures dignes d'un mois d'été. Sœur Judith s'entretenait encore avec Helmut, une bonne marche dans les rues paisibles d'Illkirch. L'église Saint Symphorien s'imposait, fascinait Judith. La religieuse appréciait cette architecture néo-romane. Une toute nouvelle maison du Seigneur. À force de la contempler, un passant s'arrêta devant et s'adressa à elle.

— Elle est magnifique, n'est-ce pas ?

Judith écarquilla les yeux, elle qui ne comprenait pas un mot de français.

— *Deutsch* ? demanda le passant.

— *Ja* ! répondit Judith.

Le jeune homme, qui à la base ne parlait pas un mot d'alsacien, tenta de baragouiner quelques phrases dans un allemand scolaire, ce qui fit sourire la religieuse.

— Quand a été érigée cette église ? demanda la professe, dans l'espoir que le trentenaire pût lui apporter une réponse.

— Oh, je dirais au XIXe siècle. Elle est toute récente. Et l'extérieur a été repeint il y a une dizaine d'années, je crois. Bon, je vous souhaite une excellente soirée, ma sœur.

— Merci. A vous aussi.

Helmut, qui s'était éloigné pour téléphoner et fumer une cigarette, rejoignit Judith devant l'édifice religieux.

— Sœur Judith, installons-nous tranquillement et discutons un peu de l'affaire. Je sais que vous avez une intuition hors pair.

— Oui, de quoi s'agit-il ?

— J'ai reçu un mail du ravisseur de Tanja Rotfeld qui réclame la somme de 100 000 euros. Il menace de la tuer si nous ne rassemblons pas la somme demain. La police ne doit pas intervenir. Qu'en pensez-vous ?

Après un temps de réflexion, sœur Judith s'efforça de trouver une solution possible.

— J'ai le pressentiment que ce jeune ne cherche qu'une vengeance personnelle. Si Tanja est sa mère biologique comme vous me l'avez expliqué il y a quelque temps, il ne prendra pas le risque de la tuer. Pourquoi agir ainsi ? Quel est l'intérêt ? Lui faire payer son abandon, d'accord, mais la tuer, je ne pense pas.

— Il a pourtant assassiné ses parents adoptifs ! Il peut être capable du pire.

— Oui, ses parents adoptifs, car ils lui ont caché la vérité. Tanja doit juste être transparente et ne rien lui cacher. Si elle est sincère, le jeune le sentira et la laissera vivre. Pourquoi rechercher ses parents biologiques pour ensuite les éliminer ? Cela n'a pas de sens pour moi. Je peux me tromper, mais j'ai l'impression qu'il est juste perdu, il est en quête de réponses.

— Admettons, mais comment faire pour l'argent ? Mon frère proposait de reproduire des faux billets pour l'illusion. Si jamais le jeune homme s'en aperçoit, c'est le drame assuré. Je dois me rendre au lieu de rendez-vous seul, avec les liasses de billets pour l'échange. Je doute qu'il libère Tanja.

— Il veut réparation du préjudice subi. Ses parents adoptifs étaient-ils issus d'un milieu aisé ?

— Non.

— Alors l'argent sera pour lui un dédommagement, un dû.

— Donc on tente le coup avec la mallette ?

— Soyez juste prudent. Je peux vous accompagner si vous voulez.

— Non, c'est trop risqué.

— Si, j'insiste ! Et on prévient les autorités.

— Je dois rester discret. S'il remarque que la police est à ses trousses, tout peut basculer.

— Comme vous voulez. Mais c'est plus raisonnable. Et pour l'argent, vous faites comment ?

— La mallette sera prête demain à 8 heures, au commissariat d'Illkirch. Je dois me rendre à Colmar. On doit préparer l'intervention ce soir. Je fonce et je vous tiens au courant.

***

Colmar

Tous réunis dans une pièce, les OPJ et Helmut récapitulaient la mise en scène de l'opération. Le chef des opérations, Tony Merck, un grand gaillard d'une quarantaine d'années, précisait chaque point à ne pas négliger. Il ressentait néanmoins l'incompréhension de ses subordonnés.

— Chef, je comprends pas pourquoi on collabore avec les curés ! C'est à nous de diriger l'enquête ! sortit l'un des policiers.

— Je sais, mais c'est comme ça ! Cette affaire est compliquée ! On bosse avec les autorités allemandes en plus.

— Que vient faire ce gars chez nous ? poursuivit le policier en pointant Helmut du doigt.

L'officier du Vatican perçut le manque de respect de la police envers le Saint-Siège. Il ne put s'empêcher de recadrer l'équipe d'intervention…

— Vous pensez que ça m'amuse de travailler avec vous ? Non ! Je n'ai pas le choix. Si jamais le lieutenant Rotfeld devait périr, sachez que je vous en tiendrai pour responsables !

L'assurance et la colère d'Helmut remontèrent à la surface. Il observa les officiers et les agents qui restèrent muets après son coup de gueule.

Tony Merck reprit la parole pour calmer les esprits agités de ses hommes.

— Bon, il ne faut rien laisser au hasard. Vous savez qu'une erreur de notre part pourrait tout faire capoter. Falk, vous serez armé et vous porterez un gilet pare-balles. Nous vous munirons d'un micro et d'un émetteur pour vous localiser à chaque instant.

— Le ravisseur a bien précisé qu'il tuerait Tanja si la police intervenait. Vous devez rester discrets, lança Helmut.

— Tout est prévu. Nous placerons un bouton sous la poignée de la mallette. Vous appuierez dessus lorsqu'il sera temps d'intervenir.

Ils analysèrent en détail un plan du parc du château d'eau avec les emplacements précis où devraient se positionner les officiers en civil.

— Qui va intervenir ? Vous-mêmes ? demanda Helmut.

— Nous préparons le terrain. Nos collègues d'Illkirch vous remettront la mallette comme prévu. Nous allons interdire l'accès au public. Le parc sera évacué. Nous enverrons quelques-uns de nos hommes en civil dans le parc pour jouer les promeneurs. Ils seront équipés de micros et d'émetteurs tout comme vous. Certains seront armés.

Chacun connaissait dès à présent sa position, sa mission. Les réactions du ravisseur ne pouvant pas être prévisibles, ils étudieraient différents cas de figure pour faire face à d'éventuels imprévus. Quant à l'amertume de l'équipe, elle s'était peu à peu estompée. Pour la première fois de leur carrière, la plupart des officiers allaient collaborer avec l'Église !

CHAPITRE 40

Jeudi 25 août 2016, Illkirch-Graffenstaden, 8 h, commissariat d'Illkirch, rue des Sœurs

Accompagné du père Rödel, Helmut se présenta et récupéra la mallette laissée par un officier de police judiciaire. Il ne se sentait pas à l'aise avec ce procédé. Plus que deux heures avant la rencontre fatale, la fin de la mission si tout se déroulait comme prévu. Comme convenu, il loua un véhicule pour se rendre à Colmar. Rendez-vous au parc du château d'eau à 10 heures précises. Interdiction d'être en retard. Tous les scénarios possibles se mélangèrent dans sa tête. Pas question d'échouer. Une fois de plus, sa mission allait aboutir, enfin il l'espérait. Helmut se plongea alors dans de sombres réflexions… Et si les ravisseurs se rendaient compte du subterfuge ? Quelle serait la destinée de la belle enquêtrice ? Il s'en voudrait jusqu'à la fin de ses jours. Tous respecteraient le plan et tout se passerait dans les meilleures conditions.

Helmut fuma une cigarette avant de regagner le véhicule de location. Pensif, il imaginait déjà la suite des événements : l'échange avec les malfaiteurs, la libération de Tanja, l'arrestation de Peter Hering et de ses complices… et une fin heureuse pour tous les protagonistes. Rödel, assis près de lui, garda un silence pesant.

***

Colmar

8 h 30 : Peter Hering descendit à la cave pour réveiller Tanja. La trentenaire aux cheveux bouclés avait perdu tout son enthousiasme et sa fraîcheur. Des cernes foncés sous les yeux, les cheveux ébouriffés, Tanja était marquée par la fatigue et l'absence de nourriture équilibrée, elle qui avait l'habitude de gérer ses apports nutritionnels ! Le manque d'exercice, l'obscurité, l'humidité avaient contribué à sa descente aux enfers.

— Maintenant, lève-toi ! ordonna le jeune homme vêtu d'une veste de survêtement grise. Il va falloir se préparer et partir. Monte prendre un café. Tu as une mine d'enfer comme ça !

— Pas étonnant vu où je suis logée…

— Tu as pris dix ans d'un coup, ma chère *môman* ! ricana Peter Hering en détachant Tanja.

— Je suis épuisée… Tu veux bien me donner quelque chose à manger ? supplia-t-elle.

— Tu te crois au palace ou quoi ? OK, je veux bien faire une exception ! C'est bientôt l'heure de se dire adieu, *môman* !

— Ah bon ? Tu comptes partir ? demanda Tanja en se frottant les yeux.

— Pas exactement, mais toi, oui ! Mais on a quelque chose à régler avant. Ne te fais pas trop belle, il faut que tu paraisses maltraitée, hein ?

— Paraisse ? Parce que je suis bien traitée selon toi ? Regarde dans quoi tu me laisses vivre ! Un trou à rats sans lumière !

— Et moi ? J'ai vécu dans la misère toute ma vie ! Tu crois que c'est mieux ? Toi, tu as eu la belle vie ! Sans te soucier de moi !

— Peter, on en a déjà parlé ! Tu sais que je ne pourrai jamais changer le passé. Je n'ai jamais souhaité ce qui est arrivé. J'en veux toujours à mes parents, tu sais. C'est contre eux que tu devrais être fâché !

— Mais c'est toi qui m'as mis au monde ! Tu m'as conçu avec un pauvre type qui est devenu prêtre !

— Quoi ? Mais Anton n'était pas prêtre quand je l'ai rencontré ! De quoi parles-tu ?

Tanja, ébahie, commença à comprendre la raison de son kidnapping.

— Je n'ai pas d'excuse, je sais. Mais ce que tu fais est grave. Tu risques la prison si tu te fais choper. Tu mérites mieux que ça. Laisse-moi une chance… Nous ne rattraperons pas le temps perdu, mais nous pouvons au moins essayer de faire connaissance, tu ne crois pas ?

Les tentatives de Tanja pour attendrir son fils biologique semblaient peine perdue.

— C'est trop tard. Je suis trop rancunier, désolé. Mais tu vas contribuer à mon avenir, ne t'inquiète pas.

Il empoigna la jeune femme par le bras et la tira jusqu'au salon.

— Prépare du pain et des confitures pour madame ! ordonna-t-il à son complice. Après, on se prépare et on se casse. Phase finale en cours.

***

8 h 45 : déjà une heure qu'il était levé. Le corps tout engourdi, il avait réussi à retrouver la trace de sa chère épouse. Jonas Rotfeld n'abandonnerait pas. Il irait jusqu'au bout du monde pour retrouver Tanja. Il ne fallait pas faire capoter toute l'opération sinon sa vie serait en danger. Il était bien gentil, Josef, de lui avoir donné les instructions. De toute façon, il n'avait pas eu le choix. C'était ça ou Jonas pétait un nouveau scandale au commissariat. Il sortit de sa chambre d'hôtel pour prendre un bon petit-déjeuner avant sa mission. Mais quelle responsabilité ! Libérer sa femme de ces tarés qui l'avaient enlevée. Il passerait pour un héros et il parviendrait à la reconquérir.

Jonas Rotfeld prit un café et avala rapidement un croissant. Il tremblait. La peur commençait peu à peu à l'envahir. Et si tout basculait ? Et si la police ne réussissait pas à neutraliser les malfaiteurs ? Qu'adviendrait-il de Tanja ? La retrouverait-il vivante ou enfermée dans une housse mortuaire ? Il secoua la tête à plusieurs reprises comme s'il voulait dissiper ses pensées morbides.

***

9 h 30 : le GPS de la voiture de location indiqua à Helmut de prendre la prochaine sortie. Il arriva enfin à Colmar. Une fois près du rond-point, il fut surpris de voir la statue de la Liberté. *« Quelle idée originale*, pensa-t-il. *Bon, pas le moment de faire du tourisme. »* Il fallait se rendre au parc du château d'eau et déposer la mallette. L'officier du Vatican avait transpiré durant le trajet. D'habitude de nature posée et réfléchie, il découvrit une facette de sa personnalité qu'il n'imaginait pas un seul instant. Crispation, gorge sèche… Il avala quelques gorgées de sa bouteille d'eau pétillante qu'il avait préparée sous son siège. Une demi-heure à patienter, une demi-heure à cogiter et un prêtre toujours silencieux, passif…

***

9 h 45 : avant de quitter la maison, Peter Hering ligota Tanja et lui recouvrit les yeux d'un bandeau marron foncé assez épais pour qu'elle ne puisse rien voir.

— Non, tu abuses, Peter ! Je suis déjà dans le noir toute la journée et tu ne me laisses même pas profiter du soleil !

Tanja poussa un soupir de mécontentement et entra dans le véhicule sans se cogner la tête.

— Patience, *môman*, patience ! Plus qu'un quart d'heure et tout sera fini.

— Je l'espère bien, mon fils. Réfléchis bien à ce que je t'ai dit. Ne cours pas de risques inutiles dans le seul but de te venger. Ce n'est pas la meilleure solution.

Futée comme toujours, elle tenta le tout pour le tout. Elle simula une crise de larmes.

— Qu'est-ce qui t'arrive ? V'là qu'elle chougne maintenant !

Peter Hering se laissa émouvoir par cet instant de faiblesse.

— Allez, tiens le coup.

— Comment veux-tu que je tienne le coup ? J'ai le pressentiment que tout n'est pas terminé. Tu n'es pas armé au moins ?

— Quelle question ! Je n'ai pas le choix. Je ne peux plus reculer, je dois aller jusqu'au bout.

— Si tu veux de l'argent, je peux m'arranger. Mais ne commets pas de délit. Je peux encore parler en ta faveur. Mais tu dois rester raisonnable…

Au fond, Tanja comprit la détresse du jeune homme. Après tout, il resterait son fils pour toujours. Elle qui n'avait pas d'autre enfant, pourquoi ne pas saisir l'occasion et le ramener sur le droit chemin.

— Je ne te demande rien. C'est avant que j'avais besoin de toi.

— Je peux me rattraper. Tu viendrais habiter à la maison, tu poursuivrais tes études…

— Moi ? Des études ? Trop tard, j'ai vingt ans…

— Il n'est pas trop tard. Il faut savoir se reprendre. Ce n'est pas impossible, crois-moi…

— C'est pas dans mes plans. J'ai prévu autre chose…

— Quoi, Peter ? insista Tanja en secouant son siège.

— Ta gueule ! On va être en retard.

***

9 h 50 : Jonas Rotfeld se rongea les ongles. Plus que dix minutes. Mais que pouvaient bien faire ces zigotos ? Pourquoi demander autant d'argent ? Pour quoi faire ? Pour aller où ? Allaient-ils vraiment la laisser partir ? Ou était-ce une ruse pour obtenir de l'argent facile ? Toutes ces questions traversèrent l'esprit perturbé de Jonas. Soudain, il crut reconnaître Helmut dans une voiture bleue garée dans l'avenue Joffre. Il sortit de son véhicule et se dirigea vers lui.

— Helmut Falk !

— Jonas Rotfeld ! Qu'est-ce que vous faites là ? C'est dangereux. Vous ne devriez pas être ici. Qui vous a informé ?

— C'est votre frère. De toute façon, il n'avait pas le choix. Je serais tout de même venu. C'est ma femme, merde ! Il faut bien que je vienne à son secours.

— Écoutez, Jonas… Je suis mieux habilité que vous pour la sauver. Je suis entraîné pour ce genre de situation. Nous ne savons pas si l'homme est armé. De plus, il n'est pas seul. Restez caché dans votre voiture et laissez-moi faire. Si jamais l'individu se doute de quelque chose, l'opération peut échouer. Je ne voudrais pas qu'il arrive malheur à Tanja.

— Non, je ne veux pas rester là les bras croisés à vous regarder agir ! s'énerva Jonas en serrant les poings. Après cette mission, je vous demanderai de laisser ma femme tranquille. J'ai compris votre manège ! Vous voulez la sauter !

Premier coup de poignard dans le cœur d'Helmut qui ne se laissa pas impressionner. Néanmoins, il savait au fond de lui que Jonas n'avait pas tort. Il se remémora brièvement la nuit qu'il avait passée avec Tanja.

— Quel langage ! Je ne compte pas séduire votre femme, cher monsieur. N'oubliez pas que je suis prêtre. Je suis en mission et mon devoir n'est autre que de faire libérer Tanja. Je ne pense pas que ce soit le moment de nous égarer. Restons concentrés sur notre objectif.

Helmut savait toujours trouver les mots pour apaiser la situation.

— D'accord. Mais ne ratez pas votre mission ! La vie de Tanja est entre vos mains.

— Je ne suis pas seul, la police de Colmar dirige l'opération. Un faux pas et tout peut mal se terminer. Vous allez regagner votre véhicule et me laisser faire, bordel !

Il y avait longtemps qu'Helmut n'avait pas juré de la sorte. Jonas obtempéra sans dire mot.

Ils entendirent un crissement de pneus qui leur indiqua l'arrivée des kidnappeurs et de Tanja.

— Filez, maintenant ! Vite ! Les voilà !

— Ne jouez pas au con avec moi, Falk ! riposta Jonas en pointant son index vers Helmut.

Puis Jonas Rotfeld s'éclipsa, tout en contenant sa colère.

Quelques secondes plus tard, la vieille Opel Corsa toute rouillée se gara près de la voiture du prêtre. Le conducteur ouvrit sa vitre. Des lunettes noires et une capuche masquaient son visage.

— C'est vous Helmut ? demanda l'individu d'une voix rauque.

— Oui, je vous attendais.

Peter Hering remarqua la présence du père Rödel dans la voiture d'Helmut.

— Ah, tu es là, toi ! C'est bien, tu vas assister au spectacle ! Vous, sortez la mallette et rendez-vous dans le parc, ordonna-t-il en pointant son doigt vers Helmut. Allez jusqu'à la statue de Bartholdi et déposez la mallette.

— D'abord, je veux voir Tanja. Où est-elle ?

— Derrière.

Impossible d'y voir quoi que ce soit, la bagnole étant dotée de vitres teintées.

— Je ne vois rien. Je veux une preuve. Laissez-la sortir.

— Fais-la sortir vite fait, demanda Peter Hering à Maik Weyer.

Enfin, Helmut put apercevoir Tanja, ligotée comme un rôti.

— Qu'est-ce que vous lui avez fait ? Elle n'est pas en forme.

— Elle a mal dormi, c'est tout. On lui a rien fait. Maintenant, allez déposer la mallette et éloignez-vous ! cria le complice.

Helmut se souvint des conseils de Josef. Obéir aux types. La police française, éparpillée dans tout le parc, serait sur place pour interpeller les suspects.

— Et après ? Comment fait-on pour l'échange ? Quand allez-vous relâcher Tanja ?

— On la laissera devant le château d'eau dès que vous vous serez écarté. Ne jouez pas au con avec moi ! Je ne suis pas dupe. Si vous tentez quoi que ce soit, je n'hésiterai pas à la buter ! bougonna Peter Hering.

Tanja, à l'écoute de ces paroles hargneuses, comprit qu'elle ne s'en sortirait pas. Elle pensait pourtant avoir réussi à calmer son fils. Elle s'était trompée. Sa vengeance, ce serait de la tuer et de partir avec l'argent, point barre.

— Peter, tu veux vraiment me tuer ?

— Si je n'ai pas le choix, oui. Si le gars fait ce que je lui dis, je te laisserai partir.

Helmut les interrompit.

— Je compte suivre vos instructions. À vous de respecter votre part du marché.

Helmut ferma la portière de la voiture et se dirigea vers le parc. Il remarqua Jonas qui semblait manquer de patience. Une voiture de police banalisée se trouvait à quelques mètres, bien cachée dans l'avenue Poincaré. Il n'y avait aucune raison que les malfaiteurs la repèrent.

Une fois sur place, Helmut posa délicatement la mallette derrière la statue. Personne en vue. Le malfrat devait le surveiller, caché quelque part derrière toute cette verdure.

Peter Hering apparut aussitôt pour récupérer l'argent, seul. Helmut flaira le mauvais plan. Il reprit la mallette et posa ses conditions.

— Attendez ! Je ne déposerai l'argent qu'une fois Tanja libérée. Allez la chercher !

***

Pendant ce temps, dans la voiture, une montée d'adrénaline s'empara de Tanja. Elle essaya de détacher ses liens en se contorsionnant.

— Qu'est-ce que tu fais ? hurla Maik Weyer. C'est pas le moment de jouer les héroïnes.

— Tu n'y es pour rien, je le sais. Laisse-moi partir et je ne dirai rien. Je ne te connais pas et je ne t'ai jamais vu, OK ?

— Je peux pas laisser Peter dans la merde.

— C'est lui qui t'y a plongé, n'oublie pas. Tu vas sombrer avec lui !

Le jeune homme secoua la tête en ricanant.

— Non, je ne plongerai pas. Je vais respecter les ordres de mon pote. Après tout, tu l'as abandonné comme une merde ! Tu restes là et pis c'est tout !

***

Judith, installée dans la voiture banalisée avec le chef d'opération, sentait un mauvais présage. Selon elle, quelqu'un serait blessé. Le commandant l'écouta attentivement, mais après tout, c'était lui le flic qui dirigeait l'enquête. En quoi une bonne sœur allait l'aider ?

— Je vous conseille de ne pas intervenir trop tôt, dit Judith.

— Je connais mon boulot, ne vous inquiétez pas ! répondit le policier en parlant un allemand de base avec un fort accent alsacien.

— Je vous aurai prévenu…

***

Peter Hering n'avait pas prévu la demande soudaine d'Helmut. Les mains moites, le teint pâle, il sortit une arme de sa poche et la dirigea vers l'officier du SIV.

— Bougez pas, sinon *boum* !

Helmut fut pris de sueurs froides. Heureusement qu'il portait un gilet pare-balles comme l'avaient exigé les officiers de police judiciaire. Un détail qui pourrait lui sauver la vie, sauf si le malfaiteur décidait de lui tirer une balle en pleine tête.

— D'accord, je ne bouge pas, mais baissez votre arme !

— Pas question !

Peter Hering appela Maik Weyer tout en menaçant Helmut de son revolver.

***

Maik sortit Tanja du véhicule et la poussa pour qu'elle avance plus vite.

La jeune femme garda son sang-froid et ne laissa paraître aucune crainte malgré la situation. Tout en trottinant, les mains liées dans le dos, elle réfléchissait à un plan pour se débarrasser de l'individu. Elle n'allait pas crever comme ça sans rien faire. Elle n'avait aucune idée de ce qui l'attendait dans ce parc, mais au loin, elle crut apercevoir Peter Hering qui leur faisait signe d'approcher. Puis elle vit Helmut.

— Mais, que fait-il ici ?

— C'est ton sauveur ! lança Maik d'un ton moqueur.

Helmut en profita pour appuyer sur le bouton de secours sous la poignée de la mallette. La fin approchait. Les deux ravisseurs seraient capturés. *« Tout finirait bien »*, se dit-il pour se rassurer.

Peu après, le père Rödel arriva, le pas lent, le regard sans expression.

Tanja reconnut son ancien amant, celui avec qui elle avait conçu ce monstre qu'était devenu Peter Hering.

— Anton ! Qu'est-ce que tu fais là ?

— Tanja ! Je ne sais pas si c'est un pur hasard, mais je m'étais réfugié en Alsace pour fuir les menaces de notre fils…

Tanja avait loupé un épisode.

— Mais… quelles menaces ?

Peter Hering les interrompit, la rage au fond des yeux.

— Assez ! Tout ça, c'est de votre faute ! Vous deux, vous m'avez ignoré, vous m'avez abandonné comme une merde !

Helmut sentit le jeune déstabilisé et tenta l'impossible. Il s'avança tout doucement vers Tanja pour essayer de la libérer.

Maik comprit l'entourloupe et sortit une arme qu'il pointa sur la tempe de Tanja.

— Toi là-bas, recule ou je la bute ! hurla Maik Weyer.

Helmut préféra renoncer et suivre les ordres du complice de Peter Hering.

Tanja essaya de jouer son numéro de mère éplorée pour forcer Peter à se rendre.

— Peter, tu peux encore tout arrêter ! Tu n'es pas obligé de faire tout ça pour te venger de nous. Nous avons nos torts, c'est vrai, mais tu attaques les mauvaises personnes. Qui nous a séparés ? Qui ? Tu m'en veux à moi et tu ne cherches même pas à savoir qui est vraiment responsable. Pourtant, je te l'ai déjà répété plusieurs fois…

À cet instant, Tanja en voulut à ses parents. Elle ne leur avait jamais pardonné leur geste immonde. Elle s'était reconstruite, avec bien du mal et avait presque effacé cette partie sombre de son existence. Doucement, elle avait refait surface. Il fallait assumer d'avoir engendré ce monstre, ce gamin paumé, traumatisé.

— Oui, je sais ! Tes parents !

— Tes propres grands-parents, Peter ! cria Tanja.

— Tu peux dire ce que tu veux, c'est toi la responsable de tout !

La tentative de Tanja avait échoué. C'est à elle que Peter en voulait le plus. Il était rancunier. Sans doute un trait de caractère qu'il avait hérité d'elle.

Peter Hering ne se laissa pas manipuler :

— La mallette, Falk, sinon je vous refroidis ! ordonna-t-il, son arme toujours dirigée vers le visage de l'officier du Vatican.

Contre toute attente, Peter Hering força Maik et Tanja à l'accompagner. Ils s'enfuirent avec l'argent… et avec Tanja.

Maik se retourna vers Helmut et le père Rödel, les menaçant de tirer si jamais ils tentaient de les suivre.

Derrière un arbre, armé, un policier s'apprêtait à intervenir pour neutraliser Maik Weyer.

Tanja profita de la situation pour tenter de se libérer. C'était le moment ou jamais d'utiliser ses compétences en krav-maga. Elle donna un coup de pied vers l'arrière, en visant les parties génitales du complice de Peter qui, dans sa chute, perdit son arme.

Peter se retourna avant de se précipiter vers le revolver, tout en maintenant le sien pointé vers Helmut.

À cet instant, le policier sortit de sa cachette et dirigea son arme vers Peter.

— Lâchez votre arme ou je tire !

Mais un événement imprévu se produisit… Jonas Rotfeld, qui était resté tranquillement dans la voiture de police, ne gardait plus son calme. Il avait décidé de se rendre dans le parc en courant pour retrouver sa femme.

— Tanja ! hurla Jonas.

La jeune femme ne comprit pas ce que son mari venait faire ici.

— Putain, Jonas ! Qu'est-ce que tu fais là ? s'énerva-t-elle.

Au fond de lui, Helmut pensa que cet idiot allait tout faire foirer.

Peter perdit le contrôle et tira sur l'officier de police qui s'écroula, blessé à la cuisse.

— Arrêtez vos conneries, maintenant ! grogna Tanja en se précipitant vers le blessé. Il faut appeler les secours !

— Pas question, *môman* ! s'écria Peter Hering.

Non loin de là, un officier en civil, protégé aussi d'un gilet pare-balles, avait entendu le coup de feu. Il appela immédiatement des renforts.

Jonas Rotfeld s'affola et insulta les deux crapules.

Maik, pour se venger, donna un coup de poing dans le ventre de Tanja qui tomba à terre, pliée de douleur.

Jonas commença à perdre patience. La goutte d'eau qui fit déborder le vase. Il saisit son flingue, prêt à dégainer. Puis il visa Maik Weyer…

— Laisse ma femme, espèce d'ordure !

Il tira dans la jambe droite de Maik Weyer qui s'effondra en gémissant.

Peter, affolé, tira à son tour sur Jonas. Raté.

Helmut se jeta sur Peter Hering et parvint à le neutraliser.

— Toi, tu ne bouges plus ! vociféra-t-il.

Au même moment, la police fit son apparition, une équipe armée jusqu'aux dents.

Peter Hering, plaqué au sol par les policiers, jeta un regard furieux vers Helmut.

— Vous m'avez baisé la gueule ! Je vous aurai ! jura-t-il à plusieurs reprises.

Jonas se précipita vers Tanja et la serra dans ses bras.

— Oh chérie ! J'ai eu si peur ! sanglota-t-il.

— Et moi donc ! Qu'est-ce que tu fais là ? Tu as failli tout faire capoter ! D'où sors-tu cette arme ?

— Je suis venu te sauver ! Je ne pouvais pas rester à la maison à me morfondre. Je devais agir. J'ai ressorti mon Beretta que j'avais planqué au grenier depuis des années…

— Tu aurais pu tuer quelqu'un ! Je suppose que Josef avait planifié ma libération avec Helmut, non ?

— Oui, mais l'autre va dégager vite fait bien fait, maintenant…

Une boule de rage monta au nez de la prisonnière. Jamais il ne pourrait changer. Toujours aussi possessif.

— Putain, tu vas arrêter tes conneries maintenant ! Un homme essaie de me secourir et tu pètes une durite ! J'en ai marre, Jonas ! Calme-toi ! Sinon ça va mal finir !

Énervée, Tanja se releva et s'approcha de Peter Hering, menotté par un policier.

— Je suis vraiment désolée, Peter. Je suis sincère quand je te dis que je n'ai rien pu faire et que j'ai essayé de te retrouver sans succès. Alors, j'ai gardé ma rancune envers mes parents et j'ai continué ma vie, sans pour autant oublier que j'avais un fils…

Elle se mit à verser un océan de larmes. Peter, froid comme un glaçon, ne croyait pas un mot des belles paroles de sa mère biologique.

— Tout ça, c'est des conneries ! J'ai pas eu de mère… J'ai pas eu de père… Juste des parents adoptifs qui m'ont construit un arbre généalogique qui n'est pas le mien…

Tanja s'adressa au policier en allemand. Heureusement, le flic alsacien la comprit.

— Attendez avant de l'emmener. On n'a pas fini…

Puis elle fit patienter son fils et se dirigea vers le père Rödel qui restait planté près de la statue.

— Alors comme ça tu es devenu prêtre, Anton ? dit-elle avec un sourire et une voix douce.

— Oui, et toi, tu es mariée !

— Oui… Je devais refaire ma vie. Notre séparation m'a laissé des séquelles pendant plusieurs années.

— Et pourquoi ne rien m'avoir dit pour notre fils ?

— Comment aurais-je pu ? J'avais toujours mes vieux sur mon dos. J'étais surveillée, épiée, traquée. Quel enfer ! Par contre, mon frangin, lui, la belle vie !

— Quel petit con !

— Oui. Je m'en veux terriblement… J'ai l'impression qu'on a créé ensemble le monstre qu'est devenu Peter. Quel gâchis…

Ils se tombèrent dans les bras et se consolèrent.

Jonas, qui observait la scène, ne put contenir sa jalousie maladive. Il accourut vers eux et les sépara.

— Ça suffit maintenant ! Tu laisses ma femme tranquille, toi, le cureton ! Qu'est-ce qu'ils ont tous à vouloir me la piquer !

Jonas Rotfeld entra dans une fureur que même Tanja n'avait jamais remarquée auparavant.

Un policier se précipita vers lui et lui suggéra de se calmer.

Puis Anton Rödel et Tanja Rotfeld s'approchèrent de Peter Hering.

— Nous voilà réunis, Peter ! lança le prêtre en le serrant dans ses bras.

— Peter, je viendrai te voir en prison. Tu reconstruiras ta vie quand tu seras libéré…

— Non, ma vie est foutue ! Je vais finir au trou avec les cafards ! Je suis qu'une merde !

Peter Hering se laissa tomber au sol. Le policier l'aida à se relever.

Même si Tanja réalisa qu'elle n'avait pas mérité un tel traitement, le moment était venu de se réconcilier avec son fils unique.

— Si tu n'avais pas commis toutes ces atrocités, tu n'en serais pas là. Pourquoi tuer tes parents adoptifs ? Cambrioler des pauvres gens ? Pour le fric ? Avec l'argent, tu n'achèteras jamais l'amour de quiconque. Tu peux encore changer d'avis et je serai là pour t'aider… Je suis ta mère, mon petit…

Fondant en larmes, la jeune lieutenant n'avait pas l'habitude d'extérioriser ses sentiments. Au fond d'elle, elle désirait renouer avec son enfant perdu… une fois qu'il aurait purgé sa peine. Trop d'émotions pour le fils de Tanja qui finit par accepter la situation et promit d'essayer de lui pardonner… Ses muscles se relâchèrent et il baissa la tête. Tanja le prit dans ses bras pour le rassurer : elle avait retrouvé une partie d'elle-même… Le policier les sépara et embarqua Peter Hering qui avait le visage inondé de larmes.

Tanja se retourna, jeta un regard vers chacun de ses amants. Son ex, son aventure d'un soir, son mari. Elle devait prendre une décision. Mais tout cela, une fois qu'elle serait rentrée à Augsburg.

Helmut s'adressa à Tanja et lui demanda si elle n'était pas blessée. Elle répondit par la négative, ainsi s'ensuivit regards explicites, sourires échangés…

Jonas les observa, prêt à bondir. Mais il préféra régler ses comptes plus tard. Son épouse était saine et sauve, rien n'était plus important à ses yeux.

De son côté, Helmut s'éloigna un instant pour téléphoner. Encore une mission réussie. Cette fois-ci, il désirait prendre quelques jours de repos pour se consacrer uniquement à sa paroisse, espérant que le vicaire qui le remplaçait n'avait pas trop chamboulé ses habitudes. À peine le temps de souffler que l'évêque lui proposa une nouvelle mission. L'officier du Vatican déclina l'offre. Non pas qu'il mettrait un terme à sa collaboration avec le Saint-Siège, mais il aspirait à plus d'indépendance. L'idée lui était venue d'exercer sa fonction d'enquêteur en Alsace. Et pourquoi ne pas s'y installer définitivement ?

— Merci Monseigneur, mais j'ai décidé de suivre une autre voie...

L'évêque, stupéfait, ne s'attendait pas à un tel revirement de situation. Il comprit que leur entretien au Vatican avait pesé dans la balance.

— Et que comptes-tu faire maintenant, Helmut ? demanda le pontife pour attiser sa curiosité.

— Je ne sais pas encore, mais depuis que je suis en Alsace, j'ai l'impression qu'un nouveau souffle de vie m'habite. Je rentre à Augsburg pour voir comment se porte ma paroisse. Il faudra sûrement me trouver un remplaçant.

— Et ta foi ? s'inquiéta le religieux.

— Elle ne m'a jamais quitté, rassurez-vous. C'est le moment ou jamais de commencer une nouvelle vie. Mes missions m'ont donné plus d'assurance et je souhaite poursuivre dans cette voie. Toutefois, je reste en contact avec vous au cas où une nouvelle mission m'intéresserait.

Il raccrocha, satisfait de sa conversation.

Pendant ce temps, Jonas tomba dans les bras de Tanja, qui ne le rejeta pas. Elle saurait apprendre à lui pardonner, à reconstruire un avenir avec lui, tout en gardant un lien étroit avec Helmut, en tout bien tout honneur. Toute cette histoire l'avait bouleversée : sa dureté de caractère n'était autre qu'une carapace dans laquelle elle s'enfermait pour atténuer les blessures de son passé douloureux.

Lorsque le père Rödel remercia Helmut, il lui annonça son souhait de quitter définitivement Augsburg et son désir de changer de vie et se consacrer au Seigneur dans un monastère.

REMERCIEMENTS

Merci à Alexander pour ses conseils et son soutien.

Merci à Jean-Pierre Schackis et Laurent Pocry pour leurs précieux renseignements.

Merci à Patrick Demory, Jocelyn Peyret, André Cabaret et Adélaïde Kientzy pour leurs recommandations et remarques constructives.

Merci à Karen Prat, qui sait traquer toutes les coquilles.

Merci à Valérie Palanchon pour sa relecture et ses recommandations.

Merci à Michel Kopp pour ses encouragements, ses conseils, ses corrections et son aide pour le projet de salon à Illkirch.

Merci à Benoît Herbet pour partager avec moi des séances de dédicaces en magasins.

Et enfin, un grand merci à mon éditeur Yannick Piel pour sa confiance et sa disponibilité ainsi qu'à toute l'équipe des Editions Coëtquen.